Susanne Benda
Dein Schweigen, Vater

Susanne Benda

Dein Schweigen, Vater

Roman

URACHHAUS

ISBN 978-3-8251-5331-1

Erschienen 2022 im Verlag Urachhaus
www.urachhaus.com

ⓔ Auch als eBook erhältlich

Für meinen Vater

Prolog

Die kleinen Füße. Mit Zehen dran wie kleine, fleischige Krallen. Wenn man am Bettrand sitzt und die Beine herunterbaumeln, kann man aus zehn Zehen zwei Fußfäuste machen. Maria macht das gerne, auch an diesem Abend. Weil es ihr zeigt, wie viel Kraft sie besitzt. Weil es sie stärker macht, stärker noch als die Plastikpistole, die sie unter ihr Kopfkissen gesteckt hat. Eine Erbsenpistole, gefüllt mit kleinen, grauen Kügelchen. Eine Angstwegjagpistole. Eine Starkmachpistole.

Die Tür zum Kinderzimmer steht einen Spaltbreit offen, weil Maria und ihr Bruder sich nicht fürchten sollen in der Dunkelheit. Sie sollen ruhig einschlafen in dem Licht, das durch die Milchglasscheibe der Wohnzimmertür hinausfällt in den Flur. Sie sollen müde werden von dem leisen Gemurmel der Stimmen, die dem Vater gehören, der Mutter und dem Sprecher der Tagesschau.

Das Licht ist ein Weg. Eine Milchstraße auf dem Fußboden. Man kann darauf tanzen. Der Holzboden knarrt nicht, als sich die Füßchen des Kindes, erst geballt und dann ganz flach und lang, auf ihn senken und sich dann, langsam, ganz langsam, zu drehen beginnen, zu kreisen, nach rechts, nach links.

Die Dielen geben keinen Laut, weil der kleine Mensch über den Füßchen noch ganz federleicht ist, weil er noch nicht so am

7

Boden verhaftet ist wie die Großen, die im Wohnzimmer sitzen. Weil der kleine Mensch noch fliegen kann wie ein Vöglein oder wie ein Engelchen.

So schweben die kleinen Füßchen zur geöffneten Tür. So tastet sich das Kind mit Zehenfäustchen und Fußsohlen vorwärts, leise, damit weder die murmelnden Stimmen gestört werden noch der Bruder, der mit offenem Mund eingeschlafen ist und den heimlichen Auszug der großen Schwester nur als einen Hauch wahrnimmt. Als sanften Luftzug, der die Vorhänge vor dem Fenster aufbläht wie Segel am Mast eines Schiffes.

Maria tanzt.

Aus dem Halbdunkel des Kinderzimmers tanzt sie hinaus in den milchglasdämmrigen Flur, vorbei an der großen, leeren Blumenvase, vorbei an dem Spiegel, in dem sie sich nur dann ganz sieht, wenn sie den Schuhanziehstuhl darunterstellt. Vorbei an der Garderobe, vorsichtig jetzt und in weitem Bogen, denn die Mäntel hängen dort so, als könnte von einem Moment auf den anderen das Leben derer in sie hineinfahren, die sie sonst durch die Straßen tragen, und dann wären sie plötzlich prall gefüllt mit Menschenleibern, und die Ärmel, die man im Halbdunkel jetzt kaum sieht, würden sich heben und senken, und dann hängten sich Vaters schwere schwarze Wolljacke und Mutters Persianermantel selbst von den Haken ab und öffneten die Wohnungstür, um hinauszugehen ins Leben, zur Arbeit, auch zum Einkauf, damit gut gegessen werden kann, und jeder würde sagen: Herr Lustig, Frau Lustig, wie nett Sie heute wieder aussehen und wie warm Sie angezogen sind, es ist ja auch so kalt geworden draußen.

Maria duckt sich, huscht an der dunklen Garderobe vorüber, schnappt ihren Hut, der auf dem Schuhschrank liegt: einen Cowboyhut. Er behütet sie, er macht sie zu einem großen, starken Mann, der raucht und schießt, der Blutsbrüder hat und Muskelarme und der unter dem Sattel seines Pferdes das Fleisch weich reitet. Maria stapft durch den Flur mit großen, schweren Cowboymännerschritten, stapft hin zu den Stiefeln des Vaters, den braunen, die gleich neben der Wohnungstüre stehen. Die sind genau so, wie ein Cowboy sie braucht. Mit ihren kleinen Füßen fährt Maria hinein in das viel zu große Schuhwerk, und dann schlurft sie hin zum Spiegel, weil sie sehen will, wie groß sie jetzt geworden ist.

Als sie bei der Garderobe ihre Schritte beschleunigt, um möglichst rasch an den Mänteln der Erwachsenen vorbeizukommen – da stößt plötzlich einer der Schuhe an den anderen. Maria stolpert. Sie kann sich nicht halten. Die Schuhe sind viel zu groß für ihre kleinen Füße. Sie greift nach dem Stuhl, der fällt und den Spiegel mitreißt, und während Maria laut zu Boden stürzt, zerbricht das Glas in tausend kleine Splitter, in denen sich der fahle Lichtschein bricht. Nie mehr wird es Platz haben für einen ganzen Menschen. Die kleine Welt glitzert und glänzt, doch der Traum wird nicht mehr heil, und seine Scherben haben scharfe Kanten.

Die Stimmen drinnen im Wohnzimmer verstummen.

Maria wagt nicht, sich zu rühren.

Es ist ganz still.

Dann öffnet sich die Wohnzimmertür, und ein Schatten fällt in den Flur. Der Schatten ist so riesig, dass er den ganzen Boden dunkel macht: an der Garderobe vorbei über Maria und die glitzernden Spiegelscherben hinweg bis hin zur Wohnungstür.

Maria blickt auf. So schuldig fühlt sie sich und so klein.

Im Gegenlicht steht ein großer Körper. Augenlos, mundlos.

Der Vater schweigt.

I

Durch die Gitter des Kellerfensters sieht Paul hinaus. Er steht auf einem Stuhl, den er unter das Fenster gerückt hat, und er sieht Füße, die vorübergehen. Sie gehören Soldaten, Partisanen, Männern, Frauen und Kindern, sie stecken in Stiefeln, in feinen, glänzenden Schuhen, in einfachen Schnürschuhen, in Sandalen, in Schuhen mit Löchern, mit abgelaufenen Sohlen.

Manche Schuhe bleiben stehen, und so gerne wüsste Paul, warum. Durch das Fenster kann er es nicht sehen, sein Blick reicht höchstens bis zu den Oberschenkeln der Menschen, die nach rechts gehen, nach links. Menschen, die da sind und bald danach schon ganz weit weg.

Es gibt schnelle Schuhe und langsame.

Woher sie kommen? Wohin sie gehen? Während ihr Schritt auf Sand und Steinen knirscht und knackt, denkt sich Paul Geschichten aus, die zu den Schuhmenschen passen, und Länder, die sie erreichen könnten.

Zum Beispiel Australien mit den hüpfenden Kängurus. Das hat sich Paul vorgestellt, aber dann ist ihm etwas Komisches eingefallen, und da muss er zu Großmutter laufen und sie fragen, nämlich, ob die Schuhe der Menschen, die hier ganz normal über die Straße gehen, dort womöglich in der Luft hängen, weil sich Australien ja genau auf der anderen Seite der Welt befindet. Großmutter lacht, aber ob die Straßen in Australien vom Himmel hängen, das kann sie nun wirklich nicht sagen.

So schickt sie Paul zu Großvater. Der aber muss schnell los, weil er von Bekannten ein paar Äpfel vom Vorjahr haben kann, schrumpelige Früchte voller brauner Stellen, aber mit saftigem Rest. Das kann helfen, wenn das Brot ausgeht, sodass Paul dann nicht ganz ohne Abendessen ins Bett gehen muss, und das, sagt Großvater, ist nicht gut, denn es macht schlechte Träume, Bub.

Manchmal schaut Paul so lange aus dem Fenster, bis Großmutter mit dem Kochlöffel auf sein Schulheft schlägt, das aufgeschlagen auf dem Tisch liegt. »Lernen sollst, Paule«, sagt sie dann, und: »Bub, was schauen deine Augen wieder in die Ferne!«

Heute aber hat der Bub nichts zu tun. Der Krieg ist aus, die Schule auch, obwohl eigentlich erst Mai ist, also noch keine Ferien. Eben hat sich Paul vorgestellt, dass ein Sandalenfuß nach Afrika läuft und dass es da vielleicht einen Baum gibt, an dem Schokolade wächst – also genau so eine Schokolade, wie sie ihm neulich erst ein Russe zugesteckt hat und von der schon das erste Stück seinen Mund ganz voll und glücklich gemacht hat. Das war nach dem letzten Bombenalarm. Paul hat sein Geschenk niemandem gezeigt und heimlich die ganze Tafel alleine aufgegessen. Nicht einmal Pavel hat er etwas davon abgegeben, ja nicht einmal Marie, dabei ist er mit ihr doch sozusagen verlobt.

Draußen hüpfen Maries Füße im Takt über Pflastersteine. Paul sieht, dass sie das rote Kleid trägt, das sie von seiner Cousine Ida geerbt hat und das er so sehr an ihr mag. Im roten Kleid tanzt Marie, wie nur Marie tanzen kann: so leicht, als ob sie schweben und gar nicht zur Erde gehören würde.

Paul öffnet das Fenster.

Marie tanzt.

»*Něm-ci ven! Něm-ci ven! Něm, ci——ven!*«

So, genau so singt sie, die Marie, mit ihrer hellen Stimme, so singt sie das, was auf der Straße gerade viele Leute rufen, so singt sie mitten auf der Gasse, mitten in der Stadt, und so springt sie im Dreivierteltakt. Rechter Fuß, linker Fuß, beide Füße.

Rechts, links, Sprung. *Něm-ci ven*, Deut-sche raus. Drei Silben, drei Schritte. Es ist, das sieht Paul gleich, ein Spiel mit Regeln: Man muss auf den Pflastersteinen bleiben, man darf nicht in die Lücken treten, darf nicht wanken, nicht hinfallen. Das ist schwierig, denn an vielen Stellen ist die Straße aufgerissen und uneben, und manchmal ist der Boden kaum mehr zu sehen unter dem Bombenschutt, der immer noch überall herumliegt, sodass man die Augen immer auch nach unten richten muss, um nicht zu fallen.

Dann sieht er Albert. Der war früher Hausmeister an Pauls deutscher Schule, die nun geschlossen ist. Jetzt ist Albert einer von denen, die aufräumen sollen, damit man überall wieder hüpfen und ohne Angst in den Himmel schauen kann.

Albert räumt schon seit ein paar Wochen auf: seitdem die riesigen Panzer mit den roten Fahnen nach Brünn gekommen sind, und an der Straße standen die Menschen und haben ihnen zugejubelt. Jetzt sammelt er Schutt in Eimer, leert die Eimer in einen Leiterwagen, fährt den Wagen fort und kommt dann zurück. Das macht er immer wieder, immer wieder. So viel, sagt Albert, ist kaputtgegangen in diesem Krieg, das auf der Straße sind alles Erinnerungssplitter, und was wohl herauskäme, wenn man sie alle zusammensetzte?

Alberts Rücken ist krumm, sein Gesicht ist grau geworden bei der Arbeit, weil, sagt Maries Opa, in dem Lager, in dem er jetzt wohnt, nicht genug Platz ist zum Schlafen, und richtig gutes Essen gibt es da auch nicht.

Seitdem die Deutschen keine Lebensmittelmarken mehr bekommen, sondern nur noch Brotmarken, gibt es auch bei Pauls Familie nicht mehr richtig gutes Essen, aber immerhin ab und zu Kartoffeln und Gemüse, das Pavels Mutter von ihrem Acker mitbringt. Und alte Äpfel von Opas Bekannten. Ein paar eiserne Vorräte, sagt Großmutter, sind auch noch da, aber die sind wirklich sehr, sehr eisern und werden immer eiserner. Maries Großmutter, die bei Marie Oma heißt, backt, weil sie mehr eiserne Vorräte hat als Pauls Familie, immer samstags einen Kuchen, und manchmal gibt sie Marie ein wertvolles Stück davon, damit sie es Albert geben soll. Aber nur wenn keiner es sieht, kein Russe und vor allem kein Tscheche. Nicht mal Pavel, hat Maries Oma gesagt, darf das sehen, und dann hat sie Marie gezeigt, wie sie Albert so an die Hosentasche langen soll, dass sie das kleine Paket unbemerkt da hineinschieben kann. So von hinten herum.

Das ist geheim.

Natürlich hat Marie ihr Geheimnis Pavel erzählt. Schließlich ist sie seine Freundin. Und schließlich ist er ihr zweitbester Freund – nach Paul. Paul ist Maries erstbester Freund, denn das ist nun mal so, wenn man sich verspricht, dass man heiraten will. Und heiraten muss Marie Paul auch deshalb, weil das mit Pavel ja nicht geht. Weil jetzt in Brünn Tschechen und Deutsche getrennt worden sind und also auch nicht mehr heiraten dürfen. Ob Vierteltschechen wie Pavel damit auch gemeint sind, das hat der Präsident wahrscheinlich nicht genau gesagt. Paul war allerdings nicht dabei, als der Beneš neulich in der Stadt eine große Rede gehalten hat, weil alle Deutschen an diesem Tag und am Tag davor und danach nicht vor die Haustür gehen durften.

Dabei gehört der Präsident von einem Land doch eigentlich allen, die da wohnen. Das hat Großvater gesagt, und der sagt Sachen nie einfach so.

Manchmal fragt sich Paul, wie er das machen würde, wenn er selbst der Beneš wäre: also, wo er aufhören würde, einen Tschechen tschechisch zu finden und einen Deutschen deutsch. Wenn zum Beispiel der Urgroßvater eines Jungen halb deutsch und halb tschechisch war, die Urgroßmutter Tschechin, und Ähnliches wäre auch bei seinem Vater der Fall, aber seine Mutter hätte lauter deutsche Vorfahren: Wäre der Junge dann Tscheche, Halbtscheche oder doch eher Deutscher?

Paul findet das kompliziert. Man müsste, denkt er, Gesetze machen, die das mit den Vierteln und Halben und Achteln ganz genau regeln. Sonst weiß am Ende keiner mehr, was er nun eigentlich ist. Wo genau er hingehört und ob er Sieger ist oder Verlierer.

Andererseits... Warum muss das überhaupt sein? Und warum bricht jetzt, wo der Krieg aus ist, plötzlich hier, wo im Krieg fast nur Frieden war, plötzlich so etwas aus wie ein neuer Krieg? Großvater sagt, die Familie lebt seit mehr als zweihundert Jahren in der Tschechei, und wenn man die angeheiratete Familie Hawiger mitrechnet, dann sind es sogar 700 Jahre, weil Hawigers nämlich schon seit König Wenzel dem Ersten in diesem Land sind, und der hat die Deutschen extra zu sich eingeladen.

In Pauls Familie sprechen alle deutsch, aber auch tschechisch. Und ein bisschen Hantek. Das ist eine lustige Sprache, die gibt es nur in Brünn. Jakob spricht sie, und Paul hat immer ein bisschen lachen müssen, wenn Jakob *Erteple* gesagt hat und nicht Kartoffeln.

Bis vor wenigen Wochen sind Tschechen und Deutsche gemeinsam in die Schule gegangen. Da hat keiner gefragt, woher man kommt. Und wenn sich Paul dort mit irgendwem geprügelt hat, dann bestimmt nicht, weil der andere ein Tscheche war. Sondern weil Paul wegen irgendetwas eine Sauwut auf ihn hatte. Oder der andere auf ihn. Jetzt plötzlich ist Paul nicht nur Paul, sondern Deutscher, und ihm passieren Sachen, die ihm nur als Paul nicht passiert sind. Dabei ist er doch weiter einfach nur Paul, und wenn er so weiterleben dürfte wie vorher, würde er das als Paul tun und nicht als Deutscher. Paul versteht das einfach nicht.

Über ihr rotes Kleid hat Marie die weiße Armbinde mit dem N darauf gebunden. Die müssen sie jetzt immer tragen, wenn sie nach draußen gehen.

N, das heißt *Němec*. Deutsch. Manche Leute, die keine solche Armbinde tragen, spucken einen an oder treten einen, wenn sie die Binde sehen. Das hat ihnen der Beneš, sagt Pavel, sogar richtig erlaubt. Vorgestern, als Paul beim Bäcker um Brot anstand, hat ihn ein alter Mann einen Nazijungen genannt und gesagt, dass er heim soll ins Reich, und als Paul sich dann traute, ihm zu sagen, dass sein Heim hier in Brünn ist und dass sein Vater ein Arzt ist und im Krankenhaus allen geholfen hat, die zu ihm kamen, ja wirklich allen, und es war ihm ganz egal, wie sie heißen und woher ihre Familie kommt, da hat der Mann so ausgesehen, als ob er ihn gleich schlagen wollte, und da ist Paul ganz schnell weggerannt. Ohne Brot. Er hat mehr Angst vor Männern wie diesem als davor, dass man ihn festnehmen könnte, weil er keine Armbinde trägt. Deshalb nimmt er die Binde meistens ab, sobald ihn vom Kellerfenster aus keiner mehr sehen kann. Mutter, Großvater und Großmutter: Sie sollen sich keine Sorgen machen. Nicht wegen ihm. Paul ist doch so stark.

Wenn er Pavel treffen kann, fühlt er sich ohnehin sicher, denn Pavel ist sein Freund, und Pavel hat gesagt, eher lässt er sich vierteilen als mitanzusehen, dass man Paul etwas antut, und dass er, Pavel, wenn das tatsächlich mal passieren sollte, allen

Tschechen sagt, dass sein tschechischer Nachbar mehr Nazi war als alle Deutschen, die er hier kennt: weil dieser Miloš nämlich den Nazis böse Geschichten über ganz viele seiner Landsleute erzählt hat, um selbst bei den Deutschen gut angesehen zu sein. Wenn man ihm das nicht glaubt, sagt Pavel, dann nimmt er das Gewehr von seinem Vater und ballert, und dann hängt er sich so auf, wie es neulich der Herr Klaus getan hat, als er abends heimkam, und in sein Haus war eine tschechische Familie eingezogen. Da ist der Herr Klaus in die Scheune gegangen, die vorher seine gewesen war, hat das Seil genommen, mit dem er seine Kuh immer auf die Weide hinter dem Haus geführt hatte, hat es über einen Balken geworfen und festgebunden. Dann hat er eine Schlinge geknotet, seinen Kopf da hineingesteckt und ist vom Heu gesprungen. Das ist ein schneller Tod, sagt Pavel, das knackt nur kurz im Nacken, die Augen werden dunkel, und dann ist es schon vorbei.

Ach ja, und am selben Tag, an dem der Herr Klaus vom Heu sprang, haben sie übrigens den Bruder vom Herrn Klaus, der gerade frisch operiert worden war, weil immer etwas von seinem Darm aus seinem Bauch hinausgewollt hat, in seinem Bett vor das Krankenhaus geschoben. Dort musste er aussteigen und sollte nach Hause gehen. Als seine Frau davon hörte, ist sie ihm zwar entgegengelaufen, aber sie traf nur noch Leute, die ihr sagten, dass ihr Mann mitten auf der Josefská zusammengebrochen ist und dass er vorher in seinem Krankenhausnachthemd durch die Straße gelaufen war und dabei ganz bleich und leblos ausgesehen hat wie eine Leiche, bei der man sich wundert, dass sie noch gehen kann.

Dann haben sie ihn weggetragen.

Marie hat ihre weiße Binde immer an. Die trägt sie sogar richtig gern. Das liegt daran, dass sie noch klein ist und dass sie nichts befürchten muss, weil sie jeder irgendwie gernhat. Auch die Russen und Tschechen stecken ihr immer wieder Bonbons zu. Außerdem hat ihr die Oma erzählt, dass die Binde ein geheimes Zeichen ist und dass alle, die sie tragen, zusammengehören. Unter ihrer dicken Brille hat die Oma Marie zugezwinkert, das hat Paul gesehen, weil er dabei war, und die Oma hat Marie gesagt, dass die Binde so etwas ist wie ein Mitgliedszeichen für alle, die zur Bande der Naseweise gehören, und dass das eine sehr, sehr heimliche Bande ist. Marie glaubt das, weil sie erst sechs ist, und Pavel und Paul haben beschlossen, ihr die Wahrheit nicht zu erzählen, weil man die erst ertragen kann, wenn man doppelt so alt ist, und das ist Pavel seit mehr als einem Jahr und Paul schon in ein paar Tagen. Außerdem müssen Jungs Mädchen beschützen, so wie Männer die Frauen, und deshalb passen Paul und Großvater daheim auch auf Großmutter und Mutter auf. Nur vergessen die beiden manchmal, dass auch Paul sie beschützt, und wenn sie ihn dann abends ins Bett geschickt haben und alleine bleiben, sind sie ganz hilflos, aber was für ein Glück, dass sie das nicht wissen.

Maries Oma hat gesagt, dass Marie nicht weit weg gehen und draußen auf jeden Fall immer Tschechisch reden soll, denn das ist die Sprache, die die Naseweise auf der Straße sprechen müssen, damit niemand merkt, dass sie Naseweise sind. »Nichwahrnich?«, hat sie am Ende gesagt, denn dieses Dreiwortwort ist das Lieblingswort von Maries Oma, wenn ihre Sätze fertig sind.

Auch Albert, der den Schutt wegräumt, trägt eine weiße Armbinde, und er beugt sich so tief zum Boden, dass er Marie erst sieht, als sie direkt neben ihm steht. Ein Blick nach rechts, ein Blick nach links – rasch steckt ihm Marie den Kuchen in eine Tasche seiner Hose, die ihm viel zu groß geworden ist. Paul sieht das, und er sieht auch, dass der Kuchen den Stoff herunterzieht und dass Albert die Hose festhält. Dass er die Kordel, die er um seinen Bauch gebunden hat, jetzt fester bindet und den Stoff darunter an seinem hageren Leib hinauf nach oben zieht, sodass oben ein Stück Hose übrigbleibt und vom Kordelgürtel aus nach unten baumelt. Das sieht lustig aus, es erinnert Paul an die Clowns, die er vor ein paar Jahren im Zirkus gesehen hat.

Albert steht jetzt fast vor Pauls Kellerfenster. »Kannst kein Deitsch mehr?«, sagt er zu Marie, die offenbar Tschechisch mit ihm gesprochen hat. Marie schüttelt den Kopf, legt einen Finger auf den Mund. Nachher wird sie bestimmt erzählen, dass sie nun weiß, warum Albert den ganzen Tag Schutt wegräumen muss: weil er nämlich die heimlichen Gesetze der Naseweise nicht kennt. Und dann wird sie uns fragen, ob wir vielleicht wissen, ob es im Kaunitz-Kolleg, wo Albert wohnt, nicht einen Lehrer für Tschechisch gibt, damit Albert das lernen kann. Schließlich war dieses Haus früher doch mal so etwas wie eine Schule.

»Marie!«

Da ist Pavel. Da kommt er angerannt, läuft Marie direkt in die Arme. Heho! Pavel schwingt Marie so im Kreis herum, dass ihr rotes Kleid in der Luft wirbelt, und Marie lacht, wie sie es immer tut, und auch Pavel lacht ganz laut. Das tut er immer, wenn er sie sieht. Dann lässt er sie zu Boden gleiten, und dann greift er ihr an die Seite, genau dort, wo sie so schrecklich kitzelig ist. Da läuft sie fort, Pavel jagt ihr hinterher, und rasch, bevor seine Großmutter etwas einwenden kann, schnappt sich Paul seine Armbinde, öffnet die Wohnungstür, wirft sie wieder hinter sich zu, läuft die vier Stufen empor zur Straße und rennt in die Richtung, in die Pavel und Marie verschwunden sind.

Durch die Masaryková läuft er, dann die Behounská entlang, vor seinen Augen immer Maries hüpfendes rotes Kleid mit seinem Freund Pavel dahinter, der kaum mithalten kann, weil seine Beine zwar schon lang gewachsen sind, aber viel zu langsam auf Maries flinke Haken reagieren.

Paul hört Maries lautes, glucksendes Lachen.

»Ich heirat' dich«, ruft Pavel keuchend nach vorne.

»Nein«, ruft Paul, auch nach vorne, »Marie ist meine Braut, das weißt du doch!«, und Marie, ganz vorne, dreht sich um und ruft »Ich heirate euch beide«, und schon hat Paul Pavel eingeholt, schon stürzen sich die Buben aufeinander, wälzen sich auf dem Boden, dann ist mal der eine oben, mal der andere, und Marie klatscht dazu, ruft erst »Paul!«, dann »Pavel!«, und als die beiden sozusagen als Pavelpaulrolle an einer Stelle der Straße angekommen sind, die nur mit Sand bedeckt ist, staubt es ganz mächtig, sodass Marie richtig husten muss.

Plötzlich steht da ein Mann in Uniform, und blitzartig fällt Paul ein, dass sie eben Deutsch gesprochen haben, alle drei. Da schreit der Mann auch schon *Německá sviňa!*, das heißt deutsche Sau, und sein Stiefel tritt Paul in die Seite, dass er laut schreien muss, und seine Hand reißt Pavels Arm nach oben, und dann trifft Paul ein Gewehrkolben am Kopf.

»*Pomoc!*«, schreit Pavel, »Hilfe!« Rasch läuft ein anderer Mann auf sie zu, der Pavel zu kennen scheint. Er zieht Pavel zu sich und redet mit ihm, während Paul noch immer am Boden liegt. Ihm tut alles weh.

Vorsichtig hockt Marie sich neben Paul, legt ihre Hand auf seinen Kopf. »Der ist selber eine Sau«, flüstert sie. »Du darfst nicht Deutsch reden«, das flüstert sie auch, »Paul, das weißt du doch, du«, und dann streichelt sie Paul über die Stelle am Kopf, die bald eine dicke Beule sein wird, und als sie etwas lauter auf Tschechisch fragt, ob es noch arg weh tut, antwortet er, ebenfalls auf Tschechisch: »Mir tut nie etwas weh, wenn du da bist, Marie.«

Der Mann in Uniform spuckt auf die Straße und geht.

Pavel kommt zu ihnen, begleitet von dem Mann, mit dem er gerade geredet hat. Der Mann greift Paul unter die Arme und zieht ihn hoch.

»Das ist Antek«, sagt Pavel. Antek stützt Paul ein wenig, bis er alleine weiterhumpeln kann.

»Kommst du so nach Hause?«, fragt Pavel. Paul nickt. Marie nickt auch und hakt sich bei Paul unter.

Pavel bleibt bei Antek, und als Paul noch einmal zurückblickt, sieht er, wie die beiden rauchend nebeneinanderstehen.

Er weiß nicht, ob ihm Marie beim Gehen wirklich hilft, weil sie an seinem Arm weiter hüpft und zieht, aber es tut gut, dass sie da ist. Sie streift Paul die Binde über den Arm, und sie begleitet ihn nach Hause.

Mutter ist schon zurück vom Kartoffelschälen, für das sie seit einer Woche bei den Russen eingeteilt ist. Seit sie bei den Rotarmisten arbeitet, sind ihre Augen immer traurig, und sie schaut weg, wenn Paul sie ansieht. Meistens geht sie abends ganz früh ins Bett. Dann denkt Paul, dass sie jetzt wohl weint, aber einmal ist er zu ihr gegangen und hat gesehen, dass sie das gar nicht tut, sondern einfach nur ganz still daliegt mit offenen Augen, und das, findet er, ist viel schlimmer, denn ihre Augen sind leer. Über den dunklen Augenringen sehen sie aus wie große, tiefe Seen.

Einmal hat Großmutter zu Großvater gesagt: »Es ist eine Schande, was der Russe unseren Frauen antut«, und da hat sich

Paul viele Gedanken gemacht, was für eine Schande das wohl sein kann und wer *der Russe* eigentlich ist. Er kennt viele Russen, nicht bei ihren Namen, wohl aber von ihren Stiefeln vor dem Fenster oder von ihren Gesichtern, und die sind alle unterschiedlich. Er kennt auch viele Tschechen, aber die haben alle Namen, ebenso wie die Deutschen.

Jetzt steht Mutter neben Großmutter, eine Hand im Kreuz, die andere vor den Augen, und als Paul sie sieht, läuft er zu ihr, ohne an seine Schmerzen zu denken. Er umarmt sie, und Marie läuft hinter ihm her und umarmt sie ebenfalls, und dann sagt Mutter etwas, das gar nicht zu seiner Umarmung und auch nicht zu seinen Schmerzen passt.

»Das ist unglaublich«, sagt Mutter, »das ist wunderbar«, und Großmutter sagt das auch.

»Was ist denn so wunderbar?«, fragt Paul, und da schaut Mutter ihn an, zum ersten Mal seit langer Zeit schaut sie ihm in die Augen, und Paul spiegelt sich in den ihren mitsamt seinem verschrammten Gesicht und der Beule auf dem Kopf, die jetzt deutlich zu sehen ist.

Da sagt Mutter: »Junge, wie schaust du denn aus?« Aber ihre Frage klingt, wie wenn jemand ganz anderer sie gestellt hätte: mit einer Stimme, die gar nicht hier ist in diesem Kellerzimmer, und dann ist die Frage auch schon vorbei, und die Mutter sagt, woran sie wirklich denkt.

Vater kommt heim.

Vater.

Wie oft hat Paul dieses Wort gesagt.

Vater, Vater, Vater.

Wie oft hat er dieses Wort gedacht.

Vater.

Das ist der Mann auf dem Foto, das auf der Anrichte steht. Der ernste Mann mit Anzug und Brille. Das Foto ist wie ein Gemälde. Paul hat oft davorgestanden, bewundernd, wie ein Besucher vor einem Bild im Museum.

Wie lange ist Vater weg gewesen?

»Drei Jahre«, sagt Großmutter in ihrer Brünner Großmuttersprache und mit einem Zittern in der Stimme, »und nu kommt er endlich zurück.«

Drei Jahre? Ist es wirklich nur drei Jahre her, dass Vater ihr Haus verließ, um als Arzt dort zu helfen, wo die Front ist? Paul weiß bis heute nicht wirklich, was das genau bedeutet. Weil die Front ja überall sein kann und weil sie ständig woanders ist. Vater hat ihm damals zum Abschied zugewinkt, und Paul hat, um besser sehen zu können, wie der kräftige, gerade Mann in Richtung der Jakobskirche davonschritt, die Geranien vor seinem Fenster so auseinandergebogen, dass Blütenblätter auf die Straße hinabrieselten und dort einen großen roten Fleck machten.

Hinter ihm stand Mutter, die ihn festhielt, blass und so merkwürdig tränenlos, dass er alles dafür getan hätte, um sie lachen oder weinen zu machen, und er wusste doch nicht, wie.

Paul spürt noch heute, wie schrecklich alleine er sich damals gefühlt hat.

Zwei Mal kam Post. Großmutter hat Paul die Briefe von Vater vorgelesen, immer wieder wollte der Bub sie hören, so lange, bis sie in seinem Kopf zu Geschichten aus einer anderen Welt geworden sind.

Paul hat sich auch oft vor das Hochzeitsfoto von Vater und Mutter gestellt, auf dem sie sich anschauen und beide so fröhlich sind. Auf dem Bild hat Vater schöne, wilde Locken, seine Augen sehen so aus, wie sie manchmal aussahen, wenn er abends, nachdem er aus dem Krankenhaus gekommen war, mit ihm durch die Stube tobte. So, wie er dort lächelt, sieht man, sagt Großmutter, dass er ein wirklich guter Mensch ist. Und so glicklich, Paule.

Jetzt denkt Paul daran, dass Vater immer wusste, was man tun und denken soll, und dass er das dann mit so klarer Stimme gesagt hat, dass Paul ganz ruhig geworden ist und sicher wusste: Das tun wir, und das ist richtig.

Es tat weh, als Vater wegging. Und es tat auch weh, als Paul plötzlich nicht mehr einfiel, wie sein Lachen klang. Und welche Farbe seine Augen hatten. An einem Abend, als Paul wach im Bett lag und auf den Schlaf wartete, der einfach nicht kommen wollte, ist er aufgesprungen, zur Mutter gelaufen, hat sie umarmt und geweint: Heute, hat er geschluchzt, habe ich den ganzen Tag nicht an Vater gedacht, und da hat ihn die Mutter gestreichelt und gesagt, macht nichts, Bub, er kommt ja bald zu uns zurück.

Das ist jetzt viele Abende her. Manchmal hat Paul Vaters zurückgelassenen Mantel an der Garderobe angeschaut, er hat ihn angefasst, ihn angezogen. Anfangs schien es ihm, als rage da noch ein Stück von Vater aus der Hülle, aber das verging, und das Hochzeitsfoto mit dem lockigen Mann darauf war irgendwann nur noch ein Hochzeitsfoto mit einem lockigen Mann. Das, was Vater wirklich gewesen ist, hatte sich hinausgestohlen aus dem Bild. Vielleicht war es auch gar nie drinnen gewesen. Oder es hatte nur in seinen Augen gewohnt, und dann war es irgendwann hinausgeflossen, als es kalt wurde draußen oder als Paul einmal traurig war.

Ob Vater weiß, dass sie nun hier im Keller leben? Dass in ihrem alten Haus jetzt der dicke Miroslav wohnt, der während des Krieges in der Zbrojovka-Fabrik Pistolen für die Deutschen gebaut und mit einer von ihnen Pavels Großonkel auf offener Straße erschossen hat, ohne dass er je dafür bestraft wurde?

Oh, so vieles will Paul fragen. Seine Wangen sind rot: So aufgeregt ist er jetzt. Der Mann von dem Foto wird wiederkommen und sich dann in seinen richtigen Vater verwandeln! Wie er wohl aussieht jetzt, nach so vielen Tagen so weit weg? Ob Vater ihn überhaupt wiedererkennt, jetzt, wo er so sehr gewachsen ist? Ob er weiß, dass Paul jetzt nicht mehr in die Schule gehen muss? Ob er immer noch am allerliebsten Marillenknödel isst? Und ob er schon eine weiße Armbinde mit einem N darauf hat?

Ja, womöglich steht Vater jetzt schon vor ihrem schönen Haus bei der Jakobskirche, so wie neulich erst Großmutter davorstand, als Paul nachmittags zusammen mit Marie nach Hause kam: zwei Koffer in der Hand, neben ihr am Gartenzaun ein Schild mit der Aufschrift *Zabaveno*, das heißt: beschlagnahmt. Damals hatte Marie gleich zu hüpfen begonnen, weil ihr das Wort so gefiel. Vier Schritte, vier Sprünge. *Za-ba-ve-no. Za-ba-ve-no.*

»Gib Ruh'!«, hat Großmutter da gerufen, in einem Ton, den die Kinder noch nie von ihr gehört hatten, und ihre Augen sahen dabei ganz durchsichtig aus. Großmutter hat nach Pauls Hand gegriffen, hat gesagt, dass wir Glück haben, weil wir bei Hroušeks in das Kellerzimmer ziehen können, denn die müssen ihr Haus nicht verlassen, weil Onkel Jaroslav beim *Národní výbor* arbeitet, das ist der Nationalausschuss, und die Männer, die da zusammensitzen, sind, sagt Pavel, schrecklich wichtig für die Zukunft unseres Landes, und deshalb macht es auch nichts, dass in der Familie Hroušek so viele Deutsche sind.

Zu Marie hat Großmutter damals gesagt, sie soll ganz schnell nach Hause laufen, damit ihr bloß nichts passiert an diesem schrecklichen Tag, und dann sind Paul und Großmutter gegangen, lange gegangen mit den schweren Koffern, denn die

Straßenbahn, hat Großmutter gesagt, dürfen jetzt nur noch die Tschechen benutzen.

»Weiß Vater, dass wir jetzt bei Hroušeks im Keller wohnen?«, fragt Paul.

»Man wird es ihm sagen, Junge.«

Paul reißt seine Armbinde vom Haken, schnell will er hinaus, die Gasse hinunterlaufen bis zum Haus und hin zu dem Garten, der jetzt gar nicht mehr so schön ordentlich aussieht wie noch vor drei Wochen.

Womöglich steht Vater jetzt dort und wartet! Und dann nimmt er ihn, Paul, in seine Arme und wirbelt ihn genau so durch die Luft, wie es vorhin der Pavel mit Marie getan hat! Oder... nein, vielleicht steht er auch da und wartet, und dann greift der dicke Miroslav zu seiner Pistole und schießt, und keiner hindert ihn daran, und keiner wird ihn bestrafen!

Paul will hinaus. Er muss hinaus! Jetzt!

»Nein!«, sagt Großvater, stellt sich vor Paul, der fast schon aus der Kellertür nach draußen geschlüpft war, packt ihn an der Hand, dass sie wieder fast so wehtut wie vorhin, als er sich mit Pavel balgte, und Großvaters Nein ist so hart und so streng, dass Paul weiß, da ist nichts zu machen, das ist endgültig, und da fängt er an zu weinen und wirft sich an den Hals der Mutter und schluchzt, aber sie sagt: »Hör auf, reiß dich zusammen, es kann so schlimm nicht sein, Junge.«

Paul will nicht, dass sie so redet, er will nicht, dass ihre Stimme so traurig klingt, er will, dass sie glücklich ist, gerade jetzt, wo der Vater wiederkommt. Er könnte jetzt weinen vor Traurigkeit und Wut, aber er will das nicht, nein, er will das nicht, und so schluckt er das Traurige und Wütende hinunter, hinein in seinen hungrigen Bauch.

Stumm löst er sich aus Großvaters Griff und stellt sich auf

seinen Fensterstuhl, er kneift die Lippen zusammen und die Augen auch ein bisschen, damit nicht doch aus Versehen eine Träne hinausläuft. Wieder sieht er den Stiefeln und Schuhen beim Gehen zu und passt auf, ob zwei Füße nicht plötzlich stehen bleiben, denn dann sind es ja vielleicht die Füße vom Vater.

So warten sie lange, und im Zimmer ist alles ganz merkwürdig still. Nur Großvater atmet laut mit offenem Mund, während er mit geschlossenen Augen im Sessel sitzt, und Großmutters Stricknadeln machen ein leise klickerndes Stricknadelgeräusch.

Bis plötzlich die Tür aufgeht und hereinstürmt: Marie, mit rotem Kopf und rotem Kleid.

»Ja, die Marie«, sagt Großmutter und lächelt, »der kleine Sausewind, sag, bringst uns Glick?«

»Vater ist wieder da!«, ruft Marie. Erst denkt Paul, dass sie seinen Vater meint, natürlich, wen soll sie sonst meinen, aber sie meint ihren eigenen Vater.

»Er ist wieder da!«, ruft Marie, immer noch atemlos. »Ausgerechnet am Tag vor Fronleichnam ist er wiedergekommen! Stellt euch das vor! Er hat ein komisches Bein, das ist nicht echt, sondern aus Holz, und er hat richtige Krücken dazu, aber ich hab' ihn trotzdem gleich erkannt, das wollt' ich nur kurz sagen!«

Schon stürmt sie mit hochroten Wangen wieder aus der Tür, die sie in ihrem Eifer offen stehen lässt, sodass Großvater seufzend aufsteht und sie hinter ihr schließt.

»Marie«, seufzt Großmutter. »Das Quecksilberchen.«

Auch jetzt hat Paul wieder hinauslaufen wollen, Marie hinterher, um selbst zu sehen, wie ihr Vater aussieht mit dem Bein aus Holz, aber da ist Großvaters Blick, und der sagt: Bub, du bleibst hier, und der Blick ist streng, sodass von Pauls Weglaufenwollen nur ein kurzes Zucken zurückbleibt.

Paul schaut aus dem Fenster und denkt an Maries Vater, den Onkel Rychle. Wie schnell der immer gelaufen ist! Auch auf dem Fußballplatz war er immer der schnellste von allen, die rechte Außenbahn gehörte nur ihm. Die Pässe, die er von dort in den Strafraum schlug, die waren Zucker, und weil schnell auf Tschechisch »rychle« heißt, nannten ihn alle nur so: Rychle, nicht Josef, wie er eigentlich heißt. Jetzt ist Onkel Rychle also wieder da, und Paul fragt sich, ob man ihn jetzt noch so nennen wird, und wenn ja, ob ihn das dann vielleicht traurig macht oder wütend.

Pavels Mutter hat vorhin Kartoffeln gebracht und ein wenig Butter. »Wer weiß, wann ich wiederkommen kann«, hat sie gesagt, »das ist jetzt gar nicht so leicht wegen der Straßensperren überall. Wenn da Partisanen stehen, nehmen sie einem schon mal alles ab, was man bei sich trägt, und wenn man Pech hat, nehmen sie einen mit, weil man Deutschen hilft.« Großmutter hat die Kartoffeln gekocht, jetzt stellt sie den dampfenden Topf auf den Tisch, daneben Butter und Salz. »Uns geht's noch Gold«, sagt sie dazu. Dann werden alle still, Großvater spricht das Tischgebet, sie danken Gott dafür, dass sie etwas zu essen haben, und dann teilt Großmutter die Kartoffeln auf.

Für jeden gibt es zwei. »Mir nicht so viel«, wehrt Mutter ab, »ich habe keinen Appetit, gib lieber dem Jungen eine mehr.« So bekommt Paul drei Kartoffeln. Als er seinen Teller leer gegessen hat, ist er noch immer nicht richtig satt, aber richtig satt wird er eigentlich schon lange nicht mehr. »Man muss Wasser trinken«, hat Großmutter einmal zu ihm gesagt, »viel Wasser, dann spürt man den Hunger nicht so sehr«.

Jetzt reden sie über Maries Vater, und Paul denkt an seinen. Großvater erzählt, dass Lederers, die im April mit einem Bus nach Deutschland gefahren waren, weil sie Angst hatten, hier in Brünn zu bleiben, gestern mit dem Zug zurückgekommen sind, und als sie in ihr Haus wollten, war auch da ein Schild: *Zabaveno*. Und als sie an der Tür klopften, hat ihnen ein tschechischer Junge aufgemacht, ein Gewehr auf sie gerichtet, es entsichert und gerufen, wenn sie nicht sofort verschwinden, bringt er sie alle um. Da sind sie mit ihren schweren Koffern weiter zu Maries Haus gelaufen, aber dort stand die Haustür offen, und als sie hineingingen, sahen sie, dass alles verwüstet war und geplündert, und es dauerte lange, bis sie Maries Familie in dem Haus gefunden haben, in dem sie jetzt mit vielen anderen zusammenlebt.

Marie sagt, sie machen da Ferien, und das Haus ist so etwas wie ein Landschulheim. Das hat ihr die Oma gesagt. Als Paul das erzählt, müssen Mutter und die Großeltern lachen. »Man sollte«, sagt Großvater, »noch einmal so jung sein wie Marie, dann würde man nicht so schwer tragen an allem. Dann täte vieles nicht so weh, und keiner käme auf die Idee, wie der Herr Klaus...

»Gustl!« Großmutter unterbricht ihn. Sie will nicht, dass Großvater darüber redet. »Der Junge!«, sagt sie nur. Als ob Paul von der Sache nicht schon lange gehört hätte. So etwas kriegt man doch mit, wenn man in Brünn herumkommt wie Paul und wenn man noch dazu Freunde hat wie Pavel und Marie.

Es klopft. Einmal, zweimal, dreimal.

Hart klopft es an die Tür.

Das ist kein Fingerknöchel, das ist keine Hand.

Das ist nicht Vater!

Das ist ein Gewehrkolben.

Das ist ein Tscheche.

Ein Partisan, neben ihm ein Mann, der aussieht wie ein Arbeiter.

»*Němec?*«, fragt der Partisan. »Deutsch?«

Sie nicken.

»Zusammenpacken!«, ruft der Partisan, »und zwar rasch! *Rychle, rychle!* Ihr kommt auf drei Tage in ein Lager, nehmt nur das Nötigste mit, nur das, was ihr tragen könnt, spätestens um neun meldet ihr euch beim Sammelplatz am Augustinermuseum. Alle! Verstanden?«

Nachdem Großvater kurz genickt hat, verschwindet er mit seinem Begleiter, lässt die Tür offen stehen, und sie hören, dass er auch im Haus nebenan mit dem Gewehrkolben an die Tür schlägt.

Keiner hat ein Wort gesprochen.

Großmutter lehnt sich an Großvater, der eine Hand um sie legt. Sie zittert.

Paul zittert auch und hat sich an Mutter gelehnt, die jetzt noch bleicher ist als zuvor. Und starr. Sie legt einen Arm um Paul, aber ihre Hand auf seiner Schulter fühlt sich ganz kalt an.

So stehen sie da, eine Ewigkeit lang.

Großvater rührt sich als Erster. »Es ist schon bald acht«, sagt er und holt die zwei Koffer aus der Ecke, die Großmutter und Paul vom Haus hierhergeschleppt haben.

»Na los«, sagt Großvater. »Macht schon!«

Mutter holt einen dritten Koffer, und stumm stopfen sie hinein, was ihnen wichtig ist. Wäsche, Pauls Sonntagshosen, auch wenn die eigentlich schon ein bisschen zu kurz sind, bestickte Tischdecken, das Silberbesteck, zwei Tassen und Untertassen von Großmutters ganz feinem Kaffeegeschirr, Bücher, das Hochzeitsfoto der Eltern, das Fernglas von Vater, Mehl und die letzten Kartoffeln, die Großmutter in einem irdenen Topf aufbewahrt hat.

Paul trägt alles zusammen, was er tragen kann, auch den Fußball, den er erst letztes Jahr zum Geburtstag bekommen hat und mit dem er im Sommer jeden Tag an der Mauer der Jakobskirche die Ballannahme aus der Luft geübt hat, rechts, links, rechts, links. Aber Großmutter legt das meiste wieder beiseite. Auch den Ball, der noch fast ganz neu aussieht.

»Das holen wir später«, sagt sie, und dann räumt sie ihn ordentlich in das Küchenregal, an die Stelle, wo vorher das Kaffeegeschirr stand.

Heimlich, als gerade keiner auf ihn achtet, fischt Paul aus seiner Zinnfigurenkiste den Soldaten, den er am liebsten mag: einen kleinen Mann mit rot-schwarzer Uniform, Oberlippenbart und einem fröhlichen Lächeln im Gesicht. Langsam, vorsichtig, damit es bloß keiner merkt, lässt Paul die Figur in seiner Hosentasche verschwinden.

Und Vater?, will Paul fragen. Was ist, wenn er hierherkommt, und niemand ist da?

Er stellt die Frage nicht. Er sieht, dass die anderen dasselbe denken wie er. Und dass sie schweigen. Deshalb bleibt auch er stumm.

Dann stellt er sich ans Fenster.

Draußen gehen jetzt viele vorbei, sie gehen von links nach rechts, sie haben Koffer bei sich, manche schieben Kinderwägen, andere ziehen Karren hinter sich her, deren Ladung sich nach oben wölbt. Was sie tragen und ziehen, ist schwer, und die Straße ist so uneben, dass das Gepäck noch schwerer wird auf ihr. Der Zug ist laut, er klappert und rumpelt.

Kinder sieht Paul, viele Kinder.

Da ist Martin, den Großmutter immer »unseren kleinen Professor« nennt, weil er so schlau ist, und der Paul oft bei Rechenaufgaben hilft.

Da ist Robert, der so kurzsichtig ist, dass er beim Turnunterricht immer von der Bank aus zuschauen muss, weil Herr Wenzel Angst hat, dass er die Griffe der Geräte nicht sieht.

Und da ist Hans, der jeden Abend mit seinem Vater zum Angeln an den Fluss läuft und auf dem Schulhof die lustigen Namen der Fische aufzählt, die er tags zuvor gefangen hat: Groppen, Bitterlinge, Schmerlen. Gründlinge. Und Moderlieschen.

Da ist auch die Bäckertochter Waltraud mit ihren dicken, roten Wangen, die oft Kuchen vom Vortag in der Schule verteilt.

So viele Frauen.

Alle tragen weiße Armbinden, viele haben Taschen über den Schultern, Rucksäcke auf dem Rücken. Und da hinten, neben den vielen alten Menschen, da ist doch, schau mal, Großvater, der Onkel Martin! Wirklich! Erst letzten Sonntag hat er Paul versprochen, dass er ihm das Schachspielen beibringen will.

Paul öffnet das Fenster. »Onkel Martin!«, ruft er hinaus auf die Straße, »hast du das Schachspiel dabei?«

Aber Onkel Martin hört ihn nicht, ihm hat die Nacht neulich, als er zu spät in den Bunker kam, die Ohren schlecht gemacht, weil die Bomben ganz nah bei ihm einschlugen. Er hört nicht mehr gut, und jetzt geht er weiter nach rechts, die Straße hinunter, mit langsamen Schritten, das linke Bein etwas träger als das rechte, immer den Stock vor sich, denn Onkel Martin kann auch nicht mehr gut laufen, und deshalb zieht sein Enkel Richard, der Torwart von Pauls Fußballmannschaft, für ihn den Leiterwagen, der voll bepackt ist mit Koffern und Taschen. Richard hat Paul rufen hören, er blickt zum Kellerfenster, aber dann legt er einen Finger auf den Mund.

Großvater öffnet die Haustür, und da hat Paul schon Marie gesehen, er sieht auch Maries Oma und ihren Opa, und er sieht den Mann mit dem Holzbein an der Seite von Maries Mutter.

Da will Paul loslaufen, hin zur Marie, die immer noch ihr rotes Kleid anhat.

»Marie!«, will Paul rufen.

Aber dann ruft und winkt und läuft er nicht.

Dabei hätte ihn jetzt keiner festgehalten. Er selbst hält sich fest. Plötzlich hat Paul Angst. Stumm steht er vor der Kellertür, regungslos folgt er mit den Augen, wie der Zug der Menschen den roten Fleck langsam mit sich fortträgt.

Das da ist nicht Maries Vater. Das ist nicht der hübsche Soldat, der so viele begeisterte Briefe aus Russland geschrieben hat. Das ist nicht der Mann, der daheim ein Bild von Hitler über sein Bett gehängt und eine rosa Plastikrose dahintergesteckt hat, von der er manchmal den Staub abwusch, und wie er das gemacht hat, das hat einen ganz still werden lassen, denn es war fast so etwas wie ein Gebet. Das ist nicht der Onkel Rychle mit dem weltbesten Blick für den freien Raum. Nein, das ist ein fremder, humpelnder Krüppel, der mit einer notdürftig am Bügel geklebten Brille auf den Boden schaut, um nicht zu fallen, manchmal gestützt von Maries Mutter, aber die schaut ihn so merkwürdig an wie ein Geschenk, das man nicht auspacken mag, weil man sich eigentlich etwas ganz anderes gewünscht hat.

»Josef«, sagt Großvater leise, als er Onkel Rychle sieht, aber er sagt es ganz leise, nur für sich und in der Art, wie man etwas sagt, was man selbst nicht glauben mag. Auch er hat dem Heimkehrer keinen Willkommensgruß zugerufen.

Mit schweren Schritten trägt Großvater die drei Koffer der Familie hinauf auf die Straße, holt den Leiterwagen und packt zwei Koffer darauf. Dann macht er die Haustür langsam zu und dreht den Schlüssel im Schloss herum. Einmal, zweimal.

»Wann kommen wir zurück?«, fragt Paul.

»Bald«, sagt Großvater. Dann nimmt er Pauls Hand, und Paul darf ihm helfen, den dritten Koffer zu tragen, der nicht mehr auf den Leiterwagen gepasst hat.

Es ist ein weiter Weg.

Paul würde gerne vorauslaufen, er will jetzt doch einen Blick auf Marie werfen und auf den fremden Mann, der Onkel Rychle sein soll. Aber die Straßen sind voll, die Menschen füllen sie bis zu den Häusern am Rand. Man kommt nicht vorbei, man muss sich der Masse anpassen, die sich in Richtung des Augustinermuseums bewegt, und es ist der Schritt alter Menschen, der dem Zug das Tempo vorgibt. Das Rumpeln der Leiterwägen ist sein Herzschlag, der bei jeder Unebenheit ins Stolpern gerät.

Da-bumm, da-bumm, dada-bumm, dada-bumm-bumm-bumm. Die Luft ist staubig und riecht nach Schweiß. Als roter Ball geht die Sonne hinter der Zbrojovka unter.

Was haben sie alles zurückgelassen?

Immer langsamer wird der Zug, bis er vor dem Eingang zum Augustinermuseum zum Stehen kommt.

Paul muss Pipi. Dringend. Mutter!

»Jetzt nicht«, sagt Mutter. »Es ist doch alles so voll hier.«

Die Menschen drängen sich zusammen. Alle wollen hinein in den Hof, und so dauert es fast eine Stunde, bis sie das Tor passieren.

Dort stehen Partisanen und Arbeiter der Waffenfabrik. Sie haben Pistolen in der Hand. Manche rauchen. Einer lacht. Er hat eine Uniform an, die vorher ein SS-Offizier getragen hat, aber alle alten Abzeichen hat er abgeschnitten und stattdessen ein Plastikschild mit dem Brünner Stadtwappen an das Revers geheftet: rot, weiß, rot. Die Männer kontrollieren den Eingang, und drinnen sind weitere, denen man seinen Namen sagen muss.

»Paul Lustig«, sagt Paul.

Da steht auch der dicke Miroslav, und ausgerechnet er ist für das Gepäck zuständig. Er greift hinein in den größten Koffer, den ihm Großvater reicht, und wühlt mit seinen dicken Fingern durch die Wäsche der Mutter. Grob tut er das, sodass Großmutters feiner kleiner Spiegel herausfällt und auf dem Pflaster des Hofes in viele kleine Scherben zerbricht. Wie viele lustige Gesichter hat Paul vor diesem Spiegel gemacht! Die liegen jetzt alle in Splittern auf dem Boden.

Paul ist erschrocken, mit den Händen bedeckt er seine Hose, die nass geworden ist.

Wie er sich schämt.

Und die lustigen Bilder, die er so oft vor dem Spiegel gemacht hat, sind alle zerbrochen.

»Geld?«, fragt Miroslav. »Schmuck?«

Großmutter schüttelt den Kopf. Aber Großvater öffnet den zweiten Koffer, nimmt die zwei Ketten von Großmutter heraus, die er zu Hause hineingesteckt hat, und gibt sie wortlos dem Tschechen.

Ungeduldig wird der trotzdem.

»Alles?«, fragt Miroslav.

Umständlich löst Großvater seine Taschenuhr vom Hosenbund: die goldene Uhr mit dem Klappdeckel, den die verschlungenen Initialen des Urgroßvaters zieren und deren feines Ticken Paul früher so häufig in den Schlaf begleitet hat.

Miroslav nimmt die Uhr, wirft einen flüchtigen Blick darauf und lässt sie dann in seine Tasche gleiten.

»Alles?«, wiederholt er.

»Alles«, sagt Großvater leise.

»Kein Geld?«, fragt Miroslav.

Großvater schüttelt den Kopf.

Paul hat gesehen, dass die Mutter daheim ein paar Münzen, vielleicht auch einen Schein aus dem Haushaltsgeldbeutel genommen und in ihren Strumpf gesteckt hat. Sein Herz beginnt wie wild zu schlagen, und verstohlen schielt er seitwärts, ob man die kleine Beule über ihrem Knöchel nicht doch ein bisschen sehen kann.

O ja, man sieht sie, aber was für ein Glück, Miroslav sieht sie nicht. Die Ringe an den Fingern der Großeltern, die hat er allerdings gesehen.

Miroslav zeigt auf die Hände.

»Abmachen!«, befiehlt er.

Die Großeltern blicken sich an. Großvater nickt. Großmutter beginnt, an ihrem Ehering zu drehen, rechtsherum, linksherum, rechtsherum, linksherum.

»Da!«, sagt Miroslav ungeduldig und deutet auf einen Eimer Wasser, neben dem ein dickes Stück Seife liegt. Großmutter läuft zum Eimer, nimmt die Seife, dreht weiter an ihrem Ring, und langsam erst, dann immer schneller, löst sich das Gold von ihrem Finger. Es lässt eine Kerbe zurück: ein Zeichen, dass man sich erinnern soll an das, was einmal da gewesen ist.

Miroslav nimmt den Ring. Großmutter reibt sich stumm den Finger.

Großvater ist auch zum Eimer gelaufen, hat sich eingeseift, hat gedreht, hat »Paul!« gerufen, und da ist Paul zu ihm gelaufen, um ihm drehen zu helfen, denn Miroslav wird schrecklich ungeduldig, und das macht ihm Angst.

Der Ring hat sich aber tief eingegraben in Großvaters Finger, er ist eins geworden mit der faltigen Haut, ist mit dem angeschwollenen Gelenk verschmolzen zu einem wulstigen Fingerring, und nun will es keinem mehr gelingen, den Schmuck über den dicken Knöchel zu ziehen.

Miroslav kommt zu dem Seifeneimer. Großvater muss ihm die Hand mit dem Ring zeigen.

»Wartet!«, sagt Miroslav zu Paul, Mutter und Großmutter. Er zieht Großvater mit sich fort.

»Nein!«, schreit Paul, aber da hat ihn Großmutter schon gepackt, da drückt sie sein Gesicht an ihre Brüste, die früher so groß und schwer und voll waren und die jetzt müde an ihr herabhängen wie dünngelegene Kissen, und dann hält sie dem Bub die Ohren zu, weil sie ahnt, was er sonst hören wird, weil sie nicht will, dass er es hören muss und es dann nicht mehr vergessen wird, und dann ist alles ganz still, und Paul spürt Großmutters Herz, wie es immer schneller schlägt.

Da steht Paul, da lehnt er, von ihr umschlungen, eins mit ihr wie der Ring mit Großvaters Finger. Plötzlich poltert es in Großmutters Brust, da ist ein Schrei, der aus ihr herauswill, aber innen drinnen gefangen bleiben soll, die Großmutter drückt den Enkel so eng an sich, dass ihm fast die Luft wegbleibt, und dann ist plötzlich Großvater wieder da, bleich wie ein Leintuch, um seine rechte Hand ist ein Tuch geschlungen, das an den Rändern weiß ist, und aus der Mitte tropft Blut.

Mutter läuft hin zu Großvater, und wirklich, er lässt sich stützen, lässt sich hinführen zu einem Platz an der Mauer hinten im Garten des Klosters. Da setzen sie sich auf das Gras, da legt sich Großvater hin, lässt sich von Großmutter streicheln wie ein kleines Kind, und dann muss Paul wegschauen, als die Mutter dem Großvater aus den guten Servietten der Urgroßmutter einen neuen Verband um die Hand bindet.

Paul sieht, wie sich der Stoff erst rosa färbt und dann dunkelrot.

Er sieht, wie Großvater auf dem Boden liegt.

Wie Großmutter sich danebenlegt.

Wie ihre ringlose Hand auf Großvaters Bauch liegt.

Wie ihr Kopf sich an den seinen schmiegt.

Wie ihr Leib lange zittert.

Und wie sich nach einer langen Weile ihre Brust doch sanft bewegt.

Auf und ab und auf und ab.

Paul kann nicht schlafen.

Der Garten füllt sich mit Frauen, alten Menschen, Kindern, Krüppeln. Viele von ihnen kennt er aus der Schule oder von der Straße.

»Paul«, sagt Mutter leise, »schlaf ein bisschen. Bitte, Bub.«

Sie breitet ein großes, weiches Stück Stoff über ihn, es ist ihre Winterjacke. Die Jacke duftet nach früher, findet Paul, nach Apfelkuchen und Sonntagnachmittag.

Dann schließt er die Augen.

Mutter flüstert mit Frau Werner, die mit ihrem Baby und ihrer Mutter ein paar Meter weiter lagert, und Paul hört, wie Frau Werner sagt, dass die meisten Männer, die in Brünn gestern aus dem Zug stiegen, die Kriegsheimkehrer, gleich weitertransportiert wurden in ein Arbeitslager.

»Es ist«, flüstert Frau Werner, »wie bei den Juden.«

»Und wie bei den Tschechen«, sagt Mutter, »von denen waren auch so viele plötzlich weg. Die haben die Nazis weggebracht, und das hier ist jetzt die Rache. Auge um Auge, Zahn um Zahn.«

Vorsichtig öffnet Paul die Augen.

Er sieht, wie Mutter läuft, um eine Serviette mit kaltem Wasser zu tränken. »Schlaf, Paule«, sagt sie, als sie den Jungen wach liegen sieht, aber nein, Paul kann nicht schlafen. Mutter legt das feuchte Tuch auf die Stirn des Großvaters, der sich unruhig hin und her wälzt.

Paul wälzt sich auch hin und her.

Da sind so viele Geräusche. Da blitzen so viele Lichter. Da sind so viele Stimmen. Und Paul hat riesengroße Angst.

Er will wach bleiben, er muss wach bleiben, weil Großvater krank ist und weil einer doch aufpassen muss auf sie alle. Weil einer stark sein muss. Ein Mann.

Er muss wach bleiben.

Wach bleiben.

Nicht schlafen, nicht einschlafen.

Wach bleiben.

Mutter rüttelt an Pauls Schulter. »Bub«, ruft sie, »wir müssen los!«

Schlaftrunken richtet Paul sich auf. Um sie herum bewegt sich alles, manche erwachen erst, andere packen ein, packen um, und sie lassen da, was ihnen jetzt zu schwer ist. Bücher liegen auf dem Rasen, Geschirr, und gerade holt Mutter das Silberbesteck aus einem Koffer und legt es auf den Boden. »Nein!«, ruft Paul, er denkt an den Löffel mit dem kleinen Hasen am Griff, diesen Löffel, den er als kleines Kind so liebte, weil er mit ihm das Essen lernte, aber mehr sagt er nicht, denn er sieht, dass Großvater da liegt mit hohlen, heißen Wangen und glasigem Blick.

»Er wird nicht gehen können«, sagt Großmutter. Sie werden den Großvater ziehen müssen auf ihrem Leiterwagen, und da packt Paul auch schon mit an, um den Fiebernden auf den Karren zu heben, den sie ausgepolstert haben mit den Tischdecken von Urgroßmutter und der Wäsche von Mutter.

»Nimm«, sagt Mutter zu Paul und drückt ihm ein halbvolles Glas mit Wasser in die Hand. Dann packen sie, was ihnen am wichtigsten scheint, in den einen Koffer, den sie noch mitnehmen werden, und sie folgen den vielen Menschen, die, angefeuert von fernen Rufen, nach vorne drängen zum Ausgang des Gartens.

»*Rychle, rychle!*«

Das ruft Miroslav, das rufen die Arbeiter, die am Rande des Zuges stehen, mancher mit leerem Blick, andere schwingen Peitschen. Großmutter und Mutter, die den Leiterwagen mit Großvater ziehen, und Paul, der den letzten Koffer trägt, gehen auf die Stimmen zu.

Als die Sonne über den Berg steigt, ist der lange Zug beim Friedhof angekommen, und Paul tun die Arme weh vom Koffertragen. Jetzt wechselt er sich ab mit Mutter und Großmutter beim Ziehen und Schleppen.

Immer weiter.

Immer weiter.

Langsam bewegt sich der Zug nach Süden, hält zu auf den gleißenden Feuerball am Himmel.

Immer weiter.

Schritt für Schritt.

Menschen murmeln, Menschen schreien, irgendwo weit weg wird geschossen. Dann ist es wieder so still, dass man die Grillen im Gras hört, wie sie ihre Beine sirrend aneinanderreiben.

Leiterwägen rumpeln, Koffer werden abgestellt, am Wegrand sammeln sich Töpfe, Bücher, Geschirr, Kleider, auch ein großes Fleischstück liegt dort, an dem Hunde und Krähen nagen.

Im Leiterwagen stöhnt Großvater, aus seinem Verband wühlen sich vier Finger, dazwischen Blut und Brand und Eiter.

Mutter bedeckt Großvaters Hand, fragt nach Wasser, mit dem sie ein Tuch für Großvaters Stirn befeuchten könnte, aber keiner kann ihr etwas geben. Die Flaschen, die morgens noch voll waren, sind früh schon leer getrunken.

Schritt rechts, Schritt links.

Rechts, links und rechts und links.

Es wird immer heißer.

Paul hat Durst. Er sammelt Spucke in seinem Mund, bewegt das Nasse zwischen den Zähnen, schluckt es herunter und sammelt erneut.

Mutter bleibt stehen. Öffnet den Koffer, den sie eben noch trug, nimmt Kleider heraus und ein paar Briefe. Die steckt sie unter Großvater in den Leiterwagen, und dann bleibt mit dem halbvollen Koffer auch Pauls Sonntagshose, die fast schon zu kurze, am Rande der Straße zurück, zusammen mit den schönen silbernen Serviettenringen und den Servietten mit den feinen Blumenstickereien.

Paul hat Hunger.

Er denkt an Powidltascherl, an Marillenknödel, an Kartoffelgulasch.

Paul sammelt seine Spucke, er sammelt und schluckt und sammelt und schluckt.

Paul hat Durst.

Am Weg sind Pappeln, Ulmen, Weiden, da ist der Fluss, aber der Zug muss weiter.

»*Rychle, rychle!*«, schreien die Aufseher, die Arbeiter, die Partisanen. Peitschen fahren nieder, wütende Peitschen, sie haben eine böse Kraft gesammelt in der Luft, und wo sie niederfahren, schreit es schrill.

Menschen laufen vor und zurück, und so graben die Peitschen schroffe Schluchten in die lange Menschenschlange.

Am Straßenrand sitzt ein Mann, dem sie das Hemd in Fetzen geschlagen haben, der Mann krümmt sich und blutet. »*Rychle, rychle!*«, ruft ein Aufseher, aber der Mann rührt sich nicht. Er stöhnt laut. Mutter greift Pauls Hand, zieht ihn nach vorne, aber dann hört Paul ihn doch, den Schuss, der ihn zusammenzucken lässt, weil er so schrecklich laut ist, und die Ruhe danach ist fast noch schrecklicher.

Manchmal, wenn Menschen sterben, bleibt nach ihrem Tod eine Stille, die ist wie ein Loch in der Luft. Oder wie der Moment, in dem man spürt, es ist etwas passiert, und erst später weiß man, warum. Eine Uhr hat aufhört zu ticken, und die Zeiger blieben stehen.

Schritt rechts, Schritt links.

»*Jdeme, jdeme*«, schneller, schneller, ruft es von rechts, von links, von hinten, von vorne.

Paul schluckt.

Und schaut.

Aber da ist doch Jakob, Jakob Grün, ist er es nicht?

Paul zwängt sich zwischen zwei Menschen hindurch, er will sehen, ob es wirklich Jakob ist, der Geschichtenerzähler aus der Pellicova, der mit Bällen jonglieren und Hunde dressieren konnte. Jakob, der das lustige Hantek sprechen kann. Der die beste Schokolade von Brünn verkaufte, manchmal auch verschenkte, weil er, sagt Mutter, ein viel zu großes Herz hat. Jakob, der dann von einem Tag auf den anderen nicht mehr da war. Nach Theresienstadt, hat Pavel gewusst, ist Jakob gezogen. Paul hat den Namen dieser Stadt gemocht, er hat sich vorgestellt, dass dort große, helle Häuser stehen mit lichten Innenhöfen und gelben Blumen vor den Fenstern und mit Balkonen, auf denen Kanarienvögel in goldenen Käfigen singen. Eine Stadt voller glücklicher Menschen, vielleicht auch mit einer Kirche für die Heilige Theresia, die noch schöner und größer und weißer ist als ihre Kirche in Brünn, in der sie zum Heiligen Jakob beten, dem Schutzpatron aller Menschen, die unterwegs sind.

Ja, es ist Jakob! Aber seine roten Backen müssen in der schönen Stadt geblieben sein, in der er so lange war. Sie haben sich nach innen gewölbt, und auch die Lippen werden jetzt ganz merkwürdig in den Mund hineingezogen.

»Jakob«, flüstert Paul, es ist mehr eine Frage als ein Zuruf. Da wendet sich der Mann zu ihm, seine Augen beginnen zu leuchten.

»Paul!«, sagt Jakob, und als er das sagt, sieht Paul, dass nur noch ein einziger Zahn in seinem Kiefer sitzt.

Dann legt Jakob seine Hand in Pauls Hand, und Paul legt die seine darüber. Jakobs Hand ist wie eine kleine, weiche Feder, bei der man aufpassen muss, dass sie der Wind nicht wegweht.

»Jakob!«, ruft es von hinten, und das ist – Marie! Sie sitzt auf einem Wagen, der gerade vorüberfahren will, neben dem Kutscher, sie macht »brrrr!«, und tatsächlich verlangsamt das Pferd seinen Schritt.

»Jakob!«, ruft Marie jetzt nochmals, »wo bist du so lange gewesen?«

»In Theresienstadt«, sagt Jakob und reicht auch Marie seine kleine Hand nach oben, »und ich bin rechtzeitig zurückgekommen, damit ich an diesem Ausflug teilnehmen kann.« »Meine Gnädigste«, sagt Jakob dann noch, das hat er immer zu Marie gesagt.

Marie lacht.

Jakob lacht auch, dabei öffnet er seinen dunklen, großen Mund, und sein letzter Zahn ragt groß und weiß aus dem Kiefer wie ein einsamer Felsen aus dem Meer. Paul fragt sich, ob Marie jetzt womöglich denkt, dass Jakob seine Schokolade ganz alleine gegessen hat, dass ihm deshalb fast alle Zähne ausgefallen sind und dass er also ein bisschen selbst schuld ist, wenn ihm nur einer noch blieb.

Der Mann, der neben Marie auf dem Kutschbock sitzt, zwinkert Jakob zu, und plötzlich ist sich Paul ganz sicher: Das ist der Schokoladenrusse von neulich, ja, er ist es, ganz bestimmt!

»Paul!«, ruft Mutter.

Da hat Marie Paul schon eine Kusshand zugeworfen wie eine Königin, da ist der Mariewagen schon weg, und da haben sich schon andere zwischen den Buben und den alten Juden gedrückt.

Paul ruft nach Jakob, aber es kommt keine Antwort.

Schritt rechts, Schritt links.

»*Jdeme, jdeme!*«

Paul zieht den Leiterwagen.

Da ist Frau Werner, sie fragt nach Wasser für ihr Baby, das lautlos vor ihrer Brust hängt wie beim Metzger ein Stück Fleisch am Haken, nur der kleine Brustkorb hebt und senkt sich, sodass man weiß, dass das Fleisch noch lebt.

Keiner kann Frau Werner Wasser geben.

»Ilse«, sagt Mutter, »gib her«, und sie sagt das so, dass Frau Werner das Baby sofort in Mutters Hände legt.

Vorsichtig packt Mutter den schlafenden Säugling zum schlafenden Großvater in den Karren, und wie sie da beide liegen, der Alte und das ganz Junge, sehen sie fast richtig glücklich aus. Findet jedenfalls Paul, und schwerer macht das kleine Kind den Wagen auch nicht. Überhaupt nicht. Im Gegenteil. Immer wenn Paul dran ist mit Ziehen, scheint es ihm, als sei seine Last wieder ein Stück leichter geworden, und manchmal beschleunigt er dann seinen Schritt so, dass ihn die Großmutter zurückhält. »Mach langsam, Bub«, ruft sie ihm zu, »wir müssen zusammenbleiben, und denk an meine alten Beine.«

Es ist Mittag.

»So heiß«, sagt Großmutter leise, »war es an Fronleichnam noch nie«, und da erst fällt Paul ein, dass heute eigentlich eine ganz andere Prozession gewesen wäre. Bei der hätten sie gesungen und gebetet. Manchmal hat er früher auch zusammen mit Pavel ein bisschen gekichert, weil sie die Texte von den Liedern so lustig fanden und dass sie einer Oblate hinterherlaufen. Mittags gab es dann im Esszimmer Schweinebraten, Verwandte aßen mit, auch Tante Marthe mit ihren bunten Ketten und seine Zwillingscousins Frieder und Karol, die beide das S nicht richtig sprechen konnten, aber so tolle Turner waren, dass sie immer gemeinsam einen Geräteparcours durch das Haus aufbauten und dann abends, nach reichlich Kaffee und Torten, schwitzend vor Aufregung den Erwachsenen eine kleine Vorstellung gaben. Danach ist Paul mit Vaters Hut durch die Reihen gegangen und bekam zum Dank von den Verwandten reichlich süße Bonbons.

Pause, denkt Paul.

Wasser, denkt Paul.

Durst.

Es ist vollkommen windstill.

Paul denkt an Schweinebraten und Torte. Er sammelt Spucke.

Rychle, rychle, aber der Zug wird langsamer.

Im Straßengraben liegen Decken, Kleider, Geräte.

Und Menschen.

Mutter geht in der Mitte der Straße, und Paul soll bei ihr bleiben. Sie will, dass rechts und links von ihnen andere laufen, denn Paul soll die Menschen nicht sehen, die neben dem Zug liegen und hinter ihnen zurückbleiben. Er sieht sie trotzdem, aber was er nicht sieht, ist, ob sie tot sind oder ob sie nur daliegen, um sich auszuruhen.

»Die schlafen ein bisschen«, sagt Mutter, als sie sieht, dass Paul zum Graben schaut. Marie glaubt, dass sie nur schlafen, bestimmt, denkt Paul, aber Marie ist auch noch ein Kind. Marie ist klein. Und jetzt sitzt sie mit einem Russen auf einem Pferdewagen.

Wie sie wohl da hingekommen ist? Ob ihre Mutter, ihre Oma und ihr Opa sie nicht bei sich haben wollten?

Paul sieht Krähen auf den Bäumen. Er stellt sich vor, er wäre eine von ihnen. Dann würde er das Mädchen in dem roten Kleid suchen, und dann würde er so weit oben in der Luft fliegen, dass er sehen könnte, wie lang der Menschenzug ist und wer alles mitläuft. Er könnte dann vielleicht auch das Ziel schon sehen, das hier keiner kennt, das Lager, in dem sie drei Tage lang sein sollen, und überhaupt müsste er nicht mehr die vielen Schritte machen, die seinen Füßen jetzt immer mehr wehtun. Die Schuhe passen gerade noch, hat Großmutter vor ein paar Wochen zu ihm gesagt, und nun spürt er bei jedem Schritt, wie seine großen Zehen vorne an das Leder stoßen. Rechts, links, rechts und links.

Großmutter zieht den Leiterwagen nicht mehr. Stumm schaut sie zu Boden und geht langsam, Fuß vor Fuß und Schritt für Schritt. Paul und Mutter wechseln sich ab, und so geht es weiter, vorbei an Sträuchern, an Feldern mit Raps und Luzerne, leicht bergan und leicht bergab.

In die wellige, freundliche Landschaft wollen die Menschen nicht passen, auch nicht die Angst und das leise Weinen, nicht die Peitschenschläge an den Seiten und schon gar nicht die lauten Schüsse, die immer wieder von vorne und hinten zu hören sind.

Paul zieht.

Paul geht.

Paul hat Durst.

Es ist Mittag, und es ist heiß.

Paul zieht den Karren, und sein Hemd ist nass.

»Halt an!«, ruft Mutter plötzlich. Ihr Gesicht ist bleich.

»Stopp«, sagt Paul zu seinen Füßen, aber die brauchen einen Augenblick, bis sie gehorchen, und es kribbelt ganz komisch, als sie plötzlich stehenbleiben.

Mutter steht neben dem Leiterwagen, und da steht nun auch Großmutter und schaut auf den Karren, sie steht nur und schaut, und ihr Mund öffnet sich, die trockenen Lippen gehen auseinander, aber Großmutter bleibt stumm.

Die rechte Hand von Großvater ist von einem Tuch bedeckt, sein rechter Arm ist rot geworden und hängt aus dem Karren heraus wie frisches Heu, dessen Spitzen sich nach unten biegen. Großvaters Mund ist ganz weit offen, und seine Augen sind es auch, aber sie haben sich in Glaskugeln verwandelt, an der spitzen Nase vorbei schauen sie Paul nicht an und auch nicht Mutter oder Großmutter, sondern sie sehen in den Himmel, wie wenn es da etwas zum Schauen und Träumen gäbe, und ganz fest hält der Großvater mit seiner Linken das Kind, das bei ihm ist, und auch das Kleine hat Augen aus Glas und einen Puppenmund, und seine Haut ist aus weißem Porzellan.

Mutter beginnt zu weinen, Großmutter fallen Tränen aus den Augen, Paul schreit »nein, nein!«, da kann er nichts mehr sehen vor lauter Nass, er wischt das weg und wischt und wischt, und dann schreit auch Frau Werner, sie schreit ganz schrill, sie stürzt zum Wagen, will Großvater das Kind aus den Armen reißen, aber der hält es fest, so fest, er will es beschützen vor den Peitschenmännern und vor dem ganzen Leben, dabei ist er selbst so klein geworden, so dünn und so starr, seine Beine liegen schlaff im Wagen wie abgelegte Hosen.

Und dann ist plötzlich dieser Mann da mit dem Brünner Stadtwappen an der Uniform.

»*Rychle, rychle!*«, herrscht der Mann die vier Menschen an, die stehen geblieben und schon so weit zurückgefallen sind, und dann sieht er den Karren, er sieht Großvater und den Säugling, und dann nimmt er selbst die Stange des Wagens in die eine Hand und sein Gewehr in die andere.

»*Jdeme, jdeme!*«, sagt der Mann laut, er richtet den Lauf seines Gewehrs auf die Gruppe.

»Mein Kleines!«, ruft Frau Werner. Mutter will sie noch packen, aber sie kann die Frau nicht halten, die schreit und weint und hin will zu ihrem Kind.

Da legt der Mann mit der Uniform an und schießt, und das sieht Paul, weil ihn jetzt keiner an seinen Busen drückt, und Paul sieht, wie Frau Werner seufzend auf den Boden sinkt wie eine Schauspielerin im Theater und dann einfach so da liegen bleibt, aber keiner klatscht ihr Beifall, und deshalb steht sie auch nicht auf, um sich lächelnd zu verbeugen, sondern bleibt da liegen, die Beine geknickt, das Gesicht im Staub.

Mit dem Gewehr zeigt der Mann nach vorne, da nimmt Mutter Paul an die rechte und Großmutter an die linke Hand, und Paul muss seinen Füßen befehlen, dass sie wieder zu gehen beginnen.

Schritt für Schritt, rechts und links und rechts und links, und sein Herz klopft, das muss ein Traum sein, ein böser Traum, so einer, wie er ihn träumte, als er im letzten Winter mit einer Lungenentzündung und hohem Fieber im Bett lag, da ist er auch gelaufen und gelaufen, das Herz voller Angst und die Stirn voller Schweiß, aber als er aufwachte, hat ihn Großmutter gestreichelt, Großvater hat ihm einen alten Apfel in kleine, feine Scheibchen geschnitten, und abends, als Mutter heimkam, hat sie sich gefreut, dass er ein paar von den Scheibchen schon gegessen hatte.

»Alles wird gut«, hat Mutter da gesagt. »Alles wird gut.«

Wie im Traum gehen jetzt Pauls Füße, und ganz fest hält ihn Mutters Hand.

Paul dreht sich nicht um.

Hinter ihnen kommen Menschen, die alles gesehen, und andere, die alles gehört haben müssen, und die ihnen folgen, werden ihre Köpfe senken und einen Bogen schlagen um die Tote auf dem Boden und um den Karren mit den Körpern eines alten und eines jungen Menschen, die in den Himmel blicken und nur noch leere Hautsäcke sind, und das, was sie auch noch waren, wohnt in denen, die sich gehend von ihnen entfernen.

Schritt für Schritt und rechts und links.

Der Großvater.

Die Augen.

Der Schuss.

Die Hand, das Blut, der Eiter.

Die Uniform.

Rychle, rychle, jdeme, jdeme.

Paul geht, Pauls Beine gehen.

Es ist so heiß, es geht so fort, da sind nur noch Bilder und Töne, da ist nichts mehr dazwischen. Paul hat keine Gedanken mehr, die sind alle weg aus seinem Kopf. Der ist ganz leer, so leer, nur Hitze ist noch darin und Angst und Durst, eine trockene Zunge, ein trockener Hals.

So viel Durst. Wie lange sind sie schon gegangen. Wie lange werden sie noch gehen. Und wohin.

Der Großvater.

Der Schuss.

Die Hand.

Das Baby.

Frau Werner, die fällt.

Hinten und vorne hat der Zug kein Ende, er ist unendlich. Ewig.

Schritt, Schritt, Schritt für Schritt.

Die Straße flimmert, über dem Staub wirbelt Luftfeuerglut.

Das Kinderlied: Der Mai, der Mai, der lustige Mai. Der Mai, der wahar soho grüne. Trallalala, trallalalala.

Paul. Paul!

Da ruft einer.

Wach auf, Paul. Das ist doch...

»Antek«, sagt Paul zu dem Mann, der plötzlich neben ihm steht. Er lässt Mutters Hand los, aber dann schreckt er zurück, denn dieser Antek ist viel größer als der Antek, der ihm neulich, nein gestern, erst gestern, auf die Beine half, nachdem er sich mit Pavel gerauft hatte, und der dann rauchend mit Pauls Freund zurückblieb, und dieser Antek hier hat eine von den langen Peitschen in der Hand, mit denen die Arbeiter und Partisanen den Zug der Deutschen vorantreiben.

Antek sieht die Angst in Pauls Augen, er sieht, dass Paul denkt, jetzt gleich schlägt er zu, aber Antek will gar nicht zuschlagen, weil Paul nämlich der Freund seines Freundes ist, oder vielleicht ist ihm die Furcht in Pauls Augen auch schon Sieg genug, und so senkt Antek die Peitsche nicht nur, sondern öffnet seinen Rucksack, und Paul darf aus seiner Wasserflasche trinken, hastig, ein paar Schlucke nur – »halt, jetzt ist's genug, für mich muss auch noch etwas da sein, der Weg zurück ins Reich ist noch lange nicht zu Ende.«

Zurück ins Reich.

Dann ist Antek wieder fort.

Mutter und Großmutter hätte ich etwas geben müssen, denkt Paul, wie konnte ich sie vergessen, ich hätte Antek bitten sollen, auch ihnen zu trinken zu geben, ich hätte meinen Anteil teilen müssen, wie konnte ich sie bloß vergessen!

Mutter hat alles gesehen, sie nickt Paul zu. »Ist schon gut, Junge«, sagt sie.

Großmutter hat nichts mitbekommen. Sie geht langsam, langsamer, immer langsamer.

Sie fallen immer weiter zurück.

Gut, dass der Zug so lang ist. Gut, dass noch so viele hinter ihnen gehen.

Jetzt stützen Mutter und Paul die Großmutter von beiden Seiten, und plötzlich fängt Pauls Kopf wieder an zu denken, viele wirre Gedanken, die sich zusammenballen wie die dunklen Wolken im Westen.

Ich will nach Hause.

Jetzt haben wir gar keine Sachen mehr, die uns beschützen, wir haben nur noch uns alleine.

Wo ist Großvater?

Ich muss stark sein für die Frauen. Ich bin ein Mann.

Paul greift Großmutter so kräftig unter die Arme, dass sie ein »Hoppla!« murmelt. Dann blickt sie wieder hinunter auf den Boden.

Die Wolken werden dunkler, und es werden immer mehr.

Die Hitze wird drückend. Großmutter war lange stumm, jetzt hat sie leise zu weinen begonnen, und ihre Großmuttertränen bahnen sich Wege durch die tiefen Falten ihres Gesichts wie Wildbäche durch Gebirgsschluchten.

Wind kommt auf, wird stärker, durchweht den Zug der Menschen von hinten nach vorne.

Wenig später donnert es von ferne.

Das ist kein Lärm von Pistolen, sondern der Anfang eines Gewitters. Als die Wolken die ersten sanften Tropfen freigeben, öffnen sich trockene Münder, um das Nass aufzufangen.

Auch Mutter steht da, das Gesicht zum Himmel gewandt, und Paul denkt, das sieht so aus, als ob sie sich beschenken ließe, und so macht er es ihr nach.

Doch der Regen wird stärker, wilde Blitze zucken, und dann schlägt ein Donner vom Himmel wie ein Kanonenschlag.

»Gottes Gericht«, sagt Großmutter, aber als Paul gerade fragen will, was sie damit meint, tönt ein zweiter Donnerschlag so laut, dass man sich die Ohren zuhalten muss.

Dann gießt es plötzlich wie aus Kübeln, und alles beginnt zu rennen. Hier ein Fels, da ein Baum, mehr gibt es nicht, der Schutz ist schütter, und schon lange zuvor hat man die Jacken am Wegrand liegen gelassen.

Paul hat sich mit Mutter und Großmutter unter einen Strauch gekauert. Dessen frühlingsgrüne Blätter schützen kaum vor dem Regen und nur wenig vor dem Wind, aber Besseres gibt es an der Straße nicht, die jetzt ganz gerade ist und nur von wenigen kleinen Bäumen gesäumt wird.

Als der Regen anhält, beginnt Paul zu frösteln. Auch die Haut der Mutter ist übersät mit winzigen behaarten Bergen. Ob Großmutter auch friert, kann Paul nicht sehen, denn die hat ihre langärmelige Bluse an, und ihr Gesicht birgt sie jetzt im Rock.

So bleiben sie. Sprachlos und starr.

Die Zeit steht still, bis der Regen schwächer wird, und als ein tschechischer Aufseher auf einem Pferd heranreitet, setzen sich die Menschen mit steif gewordenen Gliedern langsam wieder in Bewegung.

»Weiter, weiter«, ruft der Aufseher, und so gehen sie wieder, rechts, links, Schritt für Schritt. Die Abendsonne aus dem

Westen kann sie kaum wärmen, und jetzt sieht Paul, dass auch Großmutter friert.

Sie zittert.

»Wohin?«, fragt Paul eine junge Frau, die an ihnen vorübergeht.

Die Frau zuckt mit den Schultern.

»Vielleicht bis Pohrlitz«, sagt ein Mann, an dessen rechter Seite ein leerer Hemdärmel schlaff herabhängt. »Das ist der nächste Ort. Dann haben wir gut 35 Kilometer hinter uns. Die können uns doch nicht auch noch die Nacht durchmarschieren lassen. Das ist doch nicht möglich.«

»Wie weit noch?«, fragt Paul.

»Drei Kilometer, vielleicht fünf«, sagt der Mann, dann geht er weiter, sein rechter Hemdärmel flattert im Wind, und mit der linken Hand zieht er eine nasse Jacke hinter sich her.

»Es ist gut«, sagt Großmutter.

Paul erschrickt. Mit Worten von ihr hat er nicht gerechnet, so lange schon hat sie geschwiegen.

»Geht weiter«, sagt Großmutter.

»Nein«, sagt Mutter, »nein, du kommst mit, und wenn wir dich tragen müssen.«

»Ja«, sagt Paul, »das tun wir, bestimmt.«

»Ich will jetzt hier sitzen«, sagt Großmutter, »ich muss mich ausruhen. Geht ihr schon vor, ich komme nach.«

»Nein, nein«, ruft Paul, jetzt lauter, »wir lassen dich nicht alleine!«

»Wir bleiben bei dir«, sagt Mutter, und dann packen sie und Paul die Großmutter unter den Armen, und da sitzt sie dann, die alte Frau, auf dem Gras am Wegrand, und richtet ihren Blick wieder hinunter auf den Boden.

»Jetzt geht es bestimmt schon besser, Großmutter«, sagt Paul.
»Ja, Bub«, sagt die Alte, »aber ein kleines Weilchen wird's schon noch gehen. Kraft sammeln ist anstrengend, und ich bin kein junges Weib mehr.«

Paul hockt sich neben sie, legt seine Hand auf ihren Rock.

Er betrachtet die Menschen, die vorübergehen, und je länger er dasitzt und schaut, desto langsamer bewegt sich der Zug. Immer älter werden die Menschen, die da laufen, immer elender sehen sie aus. Es sind die Zurückgebliebenen, die Zurückgefallenen, die Großmütter und Großväter, die Kranken, die Mütter, die ihre kleinen Kinder nicht mehr tragen können und diese nun mühsam an der Hand mit sich ziehen. Manche der Kleinen gehen wie bewusstlos.

»Gleich sind wir da!«, ruft Paul einer Gruppe zu, er will etwas tun, will helfen, und tatsächlich haben ihn zwei Kinder gehört, die rechts und links von einer alten Frau unterwegs sind. Sie blicken zu ihm, und ihre Füße, meint Paul, laufen jetzt wirklich ein wenig schneller.

Und da, da – Maries Oma, sie ist es, wirklich!

Paul springt auf, läuft auf die alte Frau zu, die ihn noch nicht gesehen hat, vor lauter Freude über das Wiedersehen kommen Paul jetzt Tränen aus den Augen, die er wütend wegwischt, und da hat ihn Maries Oma endlich auch gesehen und breitet ihre Arme aus.

»Paul!«, ruft sie, kurz funkelt ein Glückslicht in ihren Augen, und dann drückt sie den Paulbub an sich, ganz fest.

»Wo sind ...?« Paul stockt.

»Marie?«, fragt Oma. »Die ist ein Glicksengelchen mit ihren blonden Löckelchen, kann fahren, muss nicht laufen. Blonde Löckelchen muss man haben, ja, das muss man, dann wird man zur Prinzessin mit einem eigenen Kutscher.«

»Onkel Rychle«, fragt Paul, »die Mutter, der Opa...?«
Maries Oma blinzelt.

»Es geht vorbei«, sagt sie dann und löst sich von Paul, »es geht bestimmt vorbei«, und schon läuft sie weiter, die Augen am Boden, damit sie nicht stolpert, denn ist dort hinten nicht ein Schuss zu hören, kommt von dort nicht schon wieder einer von denen, die »rychle, rychle« rufen, damit auch die Menschen am Ende des Zuges endlich vorankommen, immer weiter und weiter und wer weiß, wie lange noch?

Schon ist Maries Oma verschwunden hinter lauter Rücken und Beinen, und da kommt er wirklich, der Aufseher, den sie gehört haben, der Mann, der die Menschen am Ende des Zuges vorantreibt, er ruft sein »jdeme, jdeme!« und schwingt die Peitsche.

Geduckt schleppen sich die Menschen vorwärts, durchnässt noch vom Gewitterregen, sie weichen aus, wenn sie das Sirren der Peitsche hören, das die Luft zittern lässt, und das ist jetzt das einzige Geräusch, denn wer getroffen wird, zuckt zusammen ohne Laut, so stumm haben die Schmerzen die Körper der Menschen gemacht.

»Jdeme, jdeme!«, ruft der Mann mit der Peitsche, und dann steht er auch schon vor ihnen, wie sie da am Wegrand hocken, Großmutter mit dem Blick zum Boden, eine Hand bei Mutter, eine bei Paul.

Der Mann hat einen schiefen Mund mit einem Schnurrbart darüber, er hat Stachelhaare, runde Backen und hellblaue Augen, und er schaut zu Großmutter. Zieht sie nach oben und schiebt sie hin zu den Menschen. Sie soll weiterlaufen wie die anderen, »na, mach schon«, aber die Großmutter kann nicht mehr gehen, ihre Beine sind dick und krank und müde, und ihr Herz ist so alt.

Paul zieht, Mutter zieht, aber die Großmutter geht nicht, sie kann nicht gehen, sie steht, aber sie kann auch nicht stehen, und so sinkt sie zurück auf das Gras.

Der Mann nimmt sein Gewehr von der Schulter.

»Nein, nein!«, ruft Paul.

»Bitte nicht!«, schreit Mutter.

Aber der Mann drückt sie, die ihm entgegenspringt, zur Seite. Er packt das Gewehr am Lauf, holt in weitem Bogen aus, dann saust der Kolben der Großmutter auf den Kopf, und mit einem lauten Krachen sinkt ihr gespaltener Schädel rechts und links vom Hals herab wie gespaltenes, morsches Holz, von dem rechts und links graue, vertrocknete Äste hängen.

Paul schreit, er umfasst die Großmutter, die zu Boden sinkt, er will sie halten, vergräbt seinen Kopf zwischen den schlaffen Hautsäcken, die vor ihrer Brust hängen. Da spürt er ein Weiches, Nasses an seiner Wange, da fährt er mit den Fingern hinein, da rinnt ihm warm das Hirn der alten Frau über den Arm und das Gesicht, es nimmt die Tränen mit, die über seine Haut rinnen wie Blut aus dem Finger, der sich an spitzen Scherben schnitt.

Dann ist alles ganz still.

So ist es wohl, wenn das Leben nicht mehr weitergeht.

II

Draußen sind es fast zwanzig Grad minus, als sie, nach sechzehn Stunden Wehen, nach langem, lautem Schreien, das den Mann draußen im Flur immer wieder zusammenzucken ließ, schwer atmend einen zuckenden Klumpen Fleisch und Blut aus ihrem Körper auf die Liege presst.

»Ein Mädchen«, sagt die Hebamme und durchtrennt mit geübtem Schnitt die Nabelschnur. Dann hebt sie den blutigen Klumpen auf und schlägt ihm so lange auf den Rücken, bis ein klägliches Wimmern aus seinem verklebten Mund kommt und dann noch eines, vielleicht weil der kleine Körper erschrocken ist über das eigene Geräusch.

»Faszinierend«, sagt der junge Arzt, der am Fenster steht und hinausschaut in die kalte Nacht, »millionenfach haben sich die Zellen geteilt, und wenn nichts schiefläuft, entsteht dabei ein Mensch.«

»Dann wollen wir die Kleine mal hübsch machen«, sagt die Hebamme, wickelt das Neugeborene in ein weißes Tuch und verschwindet mit ihm im Nebenzimmer.

Der junge Arzt zückt sein Stethoskop, dann fühlt er Christas Puls.

»Ihr Körper«, sagt er, »ist jetzt wieder alleine, daran muss er sich erst gewöhnen.«

57

Nun verschwindet auch er, Kaffee trinken, seine Schicht ist noch lange nicht zu Ende.

Eine kleine, gebeugte Schwester mit tiefen Falten um Mund und Augen bringt ein frisches Nachthemd. Lächelnd wäscht sie der jungen Mutter die Farbe und den Geruch der Geburt vom Leib, und sie hat auch gelernt, wie man Laken wechselt, ohne dass Patienten ihr Bett verlassen müssen. »Rollen Sie sich erst hierhin, dann dorthin, ja, so ist es richtig«, und schon verlässt die Schwester das Zimmer mit einem blutigen Stoffbündel unter dem Arm.

Es ist so still.

Die Zeit ist stehen geblieben, so fühlt sich das an. Oder nein, vielleicht ist das, was jetzt um Christa herum ist, gar nicht die Zeit, die vorher da war, also die Zeit, in der sie aufgewachsen und zur Frau geworden ist. Die Zeit, in der sie den Mann kennenlernte, der jetzt draußen auf dem Flur wartet, schon fast einen ganzen Tag: den Einsamen, der sie suchte und von dem sie sich finden ließ, weil etwas in ihr war, dass sich nur von ihm finden lassen wollte. Vielleicht ist um sie herum etwas, das sie von irgendwoher mitgebracht hat. Vielleicht hat sich das neue Wesen auch deshalb so schwergetan, herauszukommen in dieses Leben, weil es eine Last aus einer anderen Welt mit sich mitschleppt.

Kleine Kinder, denkt Christa, sind wie alte Leute: so hilflos, so nahe an der Erde. Vielleicht kommen beide aus derselben Welt. Vielleicht kommen neue Wesen von dort, wo die alten ihr Wesen verlieren. Wo sie verwesen. Vielleicht kommen Neugeborene aus dem Totenreich, und bevor ein Mensch geboren wird, muss er an seinen Vorfahren vorübergehen. Vor dem Tor zur Welt, stellt sich Christa vor, stehen die Ahnen wartend in einer Reihe, und jeder von ihnen packt dem Ungeborenen, das aufbrechen will, ein kleines Päckchen in den Rucksack. Dann tritt das Wesen ein ins Leben. Langsam, Jahr für Jahr, wird dort aus dem jungen Menschen ein alter; er lebt vor sich hin, wächst, vermehrt sich, seine Füße treten Spuren in die Erde. Spuren, die das Wasser ausspült und der Wind verweht. Und erst wenn der Mensch gestorben ist, bemerkt er staunend, dass er kein einziges Päckchen ausgepackt, sondern alle nur so lange mit sich herumgetragen hat, bis sein Rücken krumm und die Beine müde geworden sind. Dann steht er selbst im Spalier der Ahnen, zusammen mit so vielen anderen, und gibt beim Auszug der Ungeborenen aus dem Totenreich seine Päckchen weiter.

Christa öffnet die Augen.

Aus dem Nebenraum dringt leises Wimmern. Dort wäscht jetzt die Hebamme den Schleim und das Blut von dem kleinen Körper. Der Arzt wird dem Herz zuhören, wie es pocht. Er wird dem Brustkorb zusehen, der sich hebt und senkt, wenn die ersten Atemzüge durch die Lunge hindurchgehen. Er wird die Glieder abtasten und die Organe im Bauch.

Wie ihr Kind wohl aussehen mag? Wie klein seine Fingerchen sind und seine Zehen? Ob es Haare hat? Und welche Farbe seine Augen wohl haben? Braun wie die seines Vaters? Grün wie die ihren? Oder doch so blau, wie die Augen aller Säuglinge sind, bevor das Leben die Farbe der Unendlichkeit, des Himmels und des Meeres, aus ihnen herauswäscht?

Vorsichtig hebt Christa die frische Bettdecke an. Sie will ihren alleingelassenen Körper anschauen, den manchmal noch Wellen von Schmerz durchrollen, leise, wie Wellen am Strand nach einem großen Sturm.

Ist es normal, dass man sich so tot fühlt, wenn man gerade ein neues Leben auf die Welt gebracht hat?

Durch das Fenster scheint die Wintersonne. Ihr Licht ist fast so kalt wie das einer Neonröhre, unerbittlich beleuchtet es die langen Falten und die vielen roten Streifen an Christas eingefallenem Bauch. Der wird, wenn sie aufsteht, an ihr hängen wie ein leerer Sack, der niemandem mehr gehört, nicht mehr dem Kind, aber auch nicht mehr ihr, und wenn in die schmerzenden Brüste erst die Milch einschießt, dann wird sie womöglich eher einer Kuh gleichen als der schlanken, eleganten jungen Dame vom Amt, die erst vor Jahresfrist einem jungen Doktoranden der Geschichte die Meldebestätigung auszufüllen half.

Fast gleichzeitig öffnen sich jetzt zwei Türen.

Durch die eine kommt die Hebamme mit einem weiß verpackten Bündel in der Hand. »Alles dran, alles gesund«, sagt sie, und zum ersten Mal ziehen sich dabei ihre behaarten Mundwinkel leicht nach oben.

Durch die andere Tür kommt Paul. Seine Haare sind noch strubbeliger als sonst, die durchwachte Nacht im Krankenhausflur hat die Ringe unter seinen Augen noch dunkler werden lassen, aber in seinem Gesicht ist ein Strahlen, das Christa so noch nie gesehen hat.

»Mein Liebes!«, sagt Paul, sein Kuss ist weich, aber kurz und voller Aufregung. Die Hebamme gibt Christa das kleine weiße Bündel, und dann dreht sie es so, dass sie und Paul die Augen der Kleinen sehen können: blaue Augen, die noch durch die Eltern hindurchzusehen scheinen, wie wenn hinter ihnen etwas viel Wichtigeres wäre, und hier im Leben gäbe es nichts, an dem man sich festhalten kann.

»Wir haben eine Tochter«, sagt Christa, und dabei rinnen ihr Tränen über die Wangen.

»Ich weiß«, sagt Paul. »Sie heißt Maria.«

Warum?

»Ach«, sagt Paul, »das ist eine lange Geschichte.«

Er blickt zu dem kleinen Kind, das jetzt mit leeren Augen zur Decke schaut.

Plötzlich schließt die Kleine die Augen, reißt den Mund auf, ihr erstes Gähnen erfasst und verändert ihr ganzes Gesicht, und die Eltern lachen und sind aus dem Häuschen: Wie man als kleiner Wurm so gähnen kann! Andächtig betrachten beide das Wesen, das schnell wieder eingeschlafen ist, sie zählen seine Finger, lockern das Band des Mützchens, sodass sie es zurückschieben und darunter den dunklen Flaum sehen können.

»Ja, sie hat Haare«, sagt Paul.

»Strubbelhaare, wie du«, sagt Christa, und dann wuschelt sie Paul so durch die Haare, wie er es eigentlich nicht mag. Hier aber dann doch, jedenfalls hindert ihn das Glück, das in ihm so groß ist, daran, sich ernsthaft zu wehren.

Lange sitzen die beiden da und staunen: über die weiche Haut, die zarten Lippen, die feinen Konturen der Ohren, das sanfte Beben der Nasenflügel.

»Maria ist ein schöner Name«, sagt Christa.

»Ja«, sagt Paul.

Aber dann wird sein Blick plötzlich starr, er schaut durch das Kind hindurch, wie wenn ihn etwas mit starken Armen hinauszöge aus dieser Welt und hinein in eine andere.

Schau nicht so, Paul, will Christa sagen, aber sie mag das jetzt nicht tun, mag nicht die Nähe stören, die eben noch zwischen ihnen war, und nach dem Fremden fragen, das zusammen mit Paul in ihr Leben gekommen ist und seitdem bei ihnen wohnt wie ein ungeliebter Wohnungsgenosse aus einem fremden Land, der einem Angst machen kann.

Es ist ein Blick, der Paul immer wieder ganz plötzlich packt. Wie ein plötzlicher Fieberschub. Oder wie ein Gewitter im Sommer, dessen dunkle Wolken man nicht kommen sah. Dann verschwindet ein Stück Leben aus ihm, und zurück bleibt ein starrer Körper mit bleichen Wangen, unnahbar, einsam. Christa hat sich auch wegen dieser Einsamkeit in Paul verliebt. Weil sie etwas in ihr herausfordert. Oder auflöst. Weil ihr Pauls Einsamkeit zeigt, wie stark sie selbst ist. Oder wie stark sie sein möchte: so stark wie der Junge, den sich ihre Eltern wünschten, und dann kam nur sie; so stark wie der Traum ihres Vaters, den sie enttäuschte und doch immer noch ins Leben bringen will.

»Was gibt dir dieser Mann«, hat ihre Mutter sie einmal gefragt. »Mich«, hat Christa geantwortet.

Stumm hat ihre Mutter sie da angeblickt. Dann hat sie die Hand von Christas Vater ergriffen und ihn gefragt, ob er seine Herztabletten schon genommen hat.

Jetzt nimmt Christa Pauls Hand und lächelt ihn an.

»Du«, sagt sie leise, »bist jetzt Vater.«

Paul blickt auf das Kind.

»O Gott, das Buch!«, ruft er dann, stürzt auf den Gang, man hört seine schnellen, harten Schritte auf dem Linoleum, und dann steht er, schwer atmend, schon wieder im Zimmer, unter dem rechten Arm den dicken grauen Wälzer, in dem er letzte Nacht auf dem Flur gelesen hat.

Gerade rechtzeitig ist er zurück, denn die kleine Maria ist unruhig geworden, Christa hat nach der Schwester geläutet, sie soll dem Kind das Fläschchen geben. Es ist ja noch keine Milch in Christas Brust.

Sanft streichelt Paul seiner Tochter über das vom Schreien rot angelaufene Gesicht.

Die Schwester verlässt das Zimmer, und nun zieht es auch Paul nach Hause, Christa muss das, bitte, verstehen, die Vorbereitungen für seine Vorlesung morgen sind noch nicht abgeschlossen, der Kongress muss weiter vorbereitet werden, und Paul gibt nichts aus der Hand, was er nicht mehrfach durchgearbeitet hat. Er hat etwas ungemein Penibles und Unermüdliches; manchmal ist sein Eifer so übergroß, dass man meinen könnte, er wolle mit den Fakten und Forschungen der Geschichtswissenschaft eine Mauer bauen gegen etwas anderes, Eigenes, das ebenfalls vergangen ist.

»Du musst aber auch Schlaf nachholen«, sagt Christa jetzt.

Paul nickt, und hinter seinem Glück scheint wieder diese Traurigkeit auf. Flüchtlingsaugen hat Tante Adele diesen Blick einmal genannt und dabei die knallrot geschminkten Lippen in ihrer ganz eigenen Mischung aus Rührung, leiser Ironie und urwienerischem Fatalismus gekräuselt. »Ach, Tantchen«, hat Paul da gesagt und der alten Frau seine Arme um den Hals gelegt, dessen mehrfache horizontale Faltung eine dicke Klunkerkette zusätzlich verstärkt, »wo sollten solche Augen denn herkommen?«

Da hat Tante Adele ihn angeschaut, wie wenn er noch ein kleiner Junge wäre, und ihren Satz »Flüchtlingsaugen bleiben Flüchtlingsaugen« wird Christa nie vergessen.

* * *

Maria hat ein weißes Nachthemd an, und sie hat Flügelchen auf dem Rücken. Uli hat einen langen Bart aus Watte. Beide Kinder stehen vor dem Christbaum, an dem elektrische Kerzen blitzen. Wegen der Kinder. Wegen der Brandgefahr. Und weil es außerdem praktischer ist, denn so kann man den Lichterglanz rasch an- und wieder ausschalten.

Maria ist das Christkind, Uli ist Knecht Ruprecht, und wenn Heiligabend ist und Tante Adele mit Großvater und Großmutter auf dem Sofa sitzt, wie immer zu Tränen gerührt, dann sagen die Kinder Gedichte auf, dann werden Weihnachtslieder gesungen, die Christa auf der Gitarre begleitet, dann sagen Großvater und Großmutter, wie schön ihre Tochter noch immer das Instrument spielt, das sie als Kind für sich wählte, und dann liest Paul mit seiner klaren, tiefen Stimme die Weihnachtsgeschichte. Bis zu den Hirten, denn die heiligen drei Könige kommen ja aus dem Morgenland, brauchen also noch ein wenig und sind deshalb erst lange nach Weihnachten da.

Die Geschenke liegen unter dem Baum, gut abgedeckt von weißen Leintüchern. Die sanften weißen Hügel sehen aus wie eine Winterlandschaft aus Stoff, und immer, wenn Maria oder Uli aufgeregt dort hinschauen, um aus den Formen unter dem Stoff ihre Geschenke zu erraten, verhaspeln sie sich beim Gedichtaufsagen.

Dann müssen die Erwachsenen lachen.

»Als Paul ein Kind war«, hat Tante Adele oft gesagt, »gab es zu Weihnachten gut zu essen, das war das Weihnachtsgeschenk für alle.« Wenn Uli und Maria den Vater fragen, wie das denn damals gewesen ist und ob andere Kinder auch keine Geschenke bekommen haben, dann sagt Paul, Tante Adele irrt sich, im Wohnzimmer in Wien gab es damals so viele Geschenke, dass er gar nicht hinterhergekommen ist mit dem Auspacken, und dann springt er in die Luft, wie die Kinder es lieben, macht dabei sein lustiges Paullustiggesicht, und dann krabbelt er als Käfer oder als Kaninchen oder als Weihnachtslöwe Paul durch das Wohnzimmer, obwohl Christa immer wieder »Ach, Paul!« sagt, und die beiden Kinder krabbeln ihm hinterher, bis das Ganze ein wildes Weihnachtsfangspiel rund um den Christbaum geworden ist.

Während sie um die Laken kreisen, heben Maria und Uli immer wieder heimlich mal hier, mal dort ein Eckchen hoch, und Paul, lachend, tut das auch, vor allem wenn Christa in die Küche geht, um dort die Fleischstücke für das Fondue anzurichten und das Öl heiß zu machen, also nicht schimpfen kann, und so sehen die Kinder unter dem Tuch schon hier ein bisschen Rot und dort ein wenig Gelb, und ihre Herzen schlagen schneller, nicht nur wegen der wilden Krabbelei.

»Jetzt ist aber Schluss!«, ruft Christa, während sie den Esstisch mit hübschen roten Kerzen und Servietten deckt. Die Kinder sollen aus dem Wohnzimmer verschwinden, husch, husch, vor der Wohnzimmertür sollen sie lauschen, bis der Großvater drinnen laut »Auf Wiedersehen, Christkind!« sagt, bis sich dort laut die Balkontür öffnet und schließt, damit die Kinder glauben können, dass das kleine Wesen jetzt hinausgeflogen ist. Dann läutet einer der Erwachsenen das Glöckchen mit seinem wunderhellen Weihnachtsklang, und nachdem alle fast feierlich und im Chor ihr »Kinder, hereinkommen!« gerufen haben, stürzen Maria und Uli in den Raum, jetzt ohne Flügel und Bart, die Augen weit aufgerissen.

Später wird Christa sagen, dass es doch wieder viel zu viele Geschenke gewesen sind, und Paul wird sagen, »nein, nein, lass nur, sie freuen sich doch«. Und noch später, wenn es Essen gibt, werden die Kinder nicht lange dabeisitzen, sondern im Licht der elektrischen Kerzen schon zu spielen, zu malen und zu lesen beginnen, während Großvater, Großmutter und Tante Adele mit Christa und Paul noch auf ihren Stühlen sitzen und zum Nachtisch Vanilleeis mit heißen Himbeeren essen oder Birne Helene.

An Heiligabend dürfen die Kinder lange aufbleiben. Versunken sitzen sie unter dem Christbaum, um sich herum große

Haufen von bunten Papieren, vor sich die neuen Filzstifte, das neue Buch, Legosteine, zu denen es jetzt auch große Platten gibt, ein Zauberkasten, Spiele, Puppen, Kuscheltiere, für Uli ein paar Straßenteile oder ein neues Rennauto für seine Carrerabahn, für Maria ein weiteres Stück für das Silberbesteck, das ihre Patentante nach und nach komplettiert, damit sie später einmal etwas hat, das sie in die Ehe mitnehmen kann. So bekommt sie jedes Jahr zu Weihnachten und zum Geburtstag einen Löffel, eine Gabel oder ein Messer, und neidisch blickt sie hinüber zu ihrem Bruder, der nichts Nützliches geschenkt bekommt, sondern einfach nur Schönes, Buntes und Lustiges.

Irgendwann setzt sich Paul wieder zu den Kindern, hilft, erklärt oder fängt am liebsten selbst zu spielen an. Mit den Achter- und den Vierer-Legosteinen baut er Türme, die bis an die Decke reichen oder jedenfalls beinahe. Das tut er immer wieder, denn Uli kennt kein lustigeres Spiel als das Türmeumstoßen, sodass es im Wohnzimmer laut scheppert. Dann kriecht er mit seinem Vater kichernd sogar unter den Esstisch, um die kleinen Plastikteilchen auch dort wieder einzusammeln, während Tante Adele von oben mit gekräuselten Lippen ihr »Was krabbelt denn bloß da unten an meinen Füßen?« in den Raum wirft wie eine der kringeligen Luftschlangen, die sie nur eine Woche später, an Silvester, über den Weihnachtsbaum werfen werden.

Am allerliebsten spielt Paul aber mit Stofftieren, denn er mag es, mit verstellter Stimme zu sprechen. Dann sagt er sogar Dinge, bei denen sich Christa räuspert, damit man merkt, wie sehr sie es missbilligt. »Ausdrücke« sagt sie zu den Wörtern, die sie eigentlich nicht hören will, aber den Tieren, die Paul spricht, gefallen Ausdrücke sehr, o ja, die gefallen ihnen sogar so besonders, dass Christa immer wieder ein »Paul!« herüberschickt zur spielenden Gruppe unter dem Christbaum. Aber da wird nur gekichert, und einmal im Jahr, an Weihnachten, darf das vielleicht sein, zumindest wenn die Ausdrücke nicht die allerschlimmsten sind.

An dem Weihnachtsfest, an dem Maria beinahe sechs ist und Uli gerade vier, bekommen die Kinder gemeinsam ein Kasperletheater geschenkt, und was haben sie für einen Spaß, als Paul mit seiner Hand in die Krokodilpuppe schlüpft und das Reptil dem dummen Seppel hinterherschickt, den er ebenfalls spielt, denn natürlich macht die laute Verfolgungsjagd an den Wänden des Guckkastens nicht Halt, sondern setzt sich quer durch das Wohnzimmer und durch die ganze Wohnung fort.

»Paul«, sagt Christa, »muss das sein? Es ist Heiligabend, und die Eltern mögen es nicht so laut.«

»Weihnachten ist ein Fest für Kinder«, widerspricht ihr Großmutter. Paul tobt mit dem Krokodil weiter durch den Raum, Maria mit der Gretel und Uli mit dem Kasper sausen laut brüllend, lachend und auf so wilde Weise hinterher, dass sie alle Vorsicht vergessen, und so bekommt die große Vase neben dem Weihnachtsbaum einen Stoß ab, beginnt zu wanken und fällt, weil keiner schnell genug da ist, klirrend zu Boden.

Jetzt wird Christa aber wütend. Die Vase war kostbar, ein Geschenk ihrer Eltern! »Wir bringen eine neue mit, wenn wir das nächste Mal nach Griechenland fahren«, versucht Großmutter zu beschwichtigen. »Und außerdem bringen Scherben Glück.« Sie fegt die Reste der Vase mit dem Kehrblech zusammen.

Tante Adele lacht: Ein Fest für die Kinder! Dabei ist Paul, ihr Paul, ja doch eigentlich kein Kind mehr, muss also auch nicht unbedingt Lärm machen, aber natürlich hat die Großmutter recht, in seinem Herzen ist der Papa – und da zwinkert sie Maria und Uli zu – eigentlich immer noch ein bisschen der kleine Junge, den sie damals mit ihrer guten österreichischen Küche aufgepäppelt hat. Kaiserschmarrn, Marillenknödel – irgendwo in Wien hat sie die Zutaten für ihre Mehlspeisen immer aufgetrieben, selbst damals, in der schlechten Zeit, und das hat dem Jungen, der ja noch heute a rechter Grispindl ist, sehr gutgetan, gell, Paul?

Paul nickt. Dann spielen die Kinder mit ihm weiter, aber irgendwie ist der Vater jetzt nicht mehr so albern. Das Krokodil wird träge, es lässt sich vom Wachtmeister in die Zelle sperren, Seppel legt sich vor die Gefängnistür und schnarcht, und nun müssen Gretel und der Kasper alleine weitermachen und wissen eigentlich gar nicht, wie.

* * *

Christa lebt im Tag, das Dunkel bedrückt sie. Sie braucht Licht, Klarheit, Grenzen, Regeln, und sie hat Angst vor der Angst dahinter. Wenn Christa von Dingen erzählt, die sie tief bewegen, weiß sie oft nicht, wie sie das tun soll. Manches, was sie erlebt, wühlt sie so auf und macht sie so unsicher, dass sie sich verstecken muss hinter Worten und Sätzen, die ganz anders wirken als das, was sie fühlt. Dann klingt, was sie sagt, wie ein Zeitungsbericht, und alles andere schluckt sie hinunter und sperrt es ein, bis irgendwo im Körper eine dunkle Rumpelkammer vollgestopft ist mit Ungesagtem, vor dem ihr graut, und den Schlüssel zu der Kammer hat sie versteckt oder verloren.

Dies hier hat Christa einmal erzählt:

Bei einem Sonntagsausflug sind sie in den Wald gefahren, Pilze sammeln. Es war September, ein sonniger Spätsommertag, dem die tieferstehende Sonne und die ersten Gelbtöne im Laub der Bäume etwas warm Leuchtendes gaben, und so haben sie die Kinder mitsamt etlichen Körben und Tüten in ihren Opel Kadett geladen und sind, wie Paul gerne sagt, ins Blaue gefahren, vielleicht auch ins Grüne. Auf der Fahrt haben sie alle Kinderlieder gesungen, die sie kennen. Sie haben auch »Ich sehe was, was du nicht siehst« gespielt, und beim »Ich packe meinen Koffer« war Paul, obwohl er am Steuer saß und eigentlich auf den Verkehr aufpassen musste, wie immer der Beste.

Den Parkplatz hatten Nachbarn empfohlen, weil es dort besonders schön ist, und im Wald daneben findet man massenhaft Pilze. Sie haben die Picknickdecke ausgebreitet, weil jetzt alle hungrig waren, und es gab Brote und Apfelschnitze und Kuchen, dazu Tritop mit Wasser und danach noch Gummibärchen und Schokolade, die Paul eingepackt hatte, und Paul hat schon immer viel zu viel eingepackt. Er sagt, er will nicht, dass die Kinder Hunger haben, und Kinder, sagt er, haben immer Hunger, weil noch so viel Leben vor ihnen liegt, wie sollten sie da nicht hungrig sein.

Als alle satt waren und ein bisschen träge von der Sonne, haben sie noch ein bisschen auf der Decke herumgelegen und sich gegenseitig die Wolken erklärt. Das ist Ulis Lieblingsspiel, und er ist es auch, der beim Blick auf den Himmel immer die fantasievollsten Gestalten erfindet: das Schaumstoffkrokodil, den Softeisvulkan, die Pinguinschnecke, den Pupsbären.

Mit Körben in der Hand sind schließlich alle losgezogen. Natürlich war es wieder Marie, die den ersten Pilz fand, eine gesunde Marone, und dort, wo sie stand, gab es noch viel mehr davon, sodass die Körbe bald voll waren.

Deshalb beschlossen die Kinder mit Paul, noch den Fuchs zu suchen, dessen Fußabdrücke sie unter einem Baum gesehen hatten. Sie selbst, erzählt Christa, sei ein wenig besorgt gewesen, weil sich im Westen dunkle Wolken auftürmten, aber Paul meinte, sie solle sich ruhig noch ausruhen, er und die Kinder würden schon aufpassen, und, keine Sorge, sie gingen nicht weit.

Da hat sie sich noch einmal auf die Decke gelegt, es war warm, die Stille tat gut nach der langen, lauten Woche zuvor. Als sie die Augen schloss, waren nur Bienen zu hören, Grillen und von ferne ein paar Vögel, und so ist sie eingeschlafen.

Bis sie ein lauter Donnerschlag weckte. Da war der Himmel schon pechschwarz, ein Blitz zuckte gleich hinterher, ihm folgte ein ohrenbetäubender Lärm, und, schrecklich: Nur zwanzig, dreißig Meter entfernt stand ein hoch gewachsener, kahler Baum in Flammen und ist langsam zerborsten. Wie in Zeitlupe neigte sich die rechte Seite des Stumpfes nach rechts, die linke nach links, ganz leise stöhnte das alte Holz, ächzte dann immer stärker und sank schließlich laut krachend auseinander. Dunkle Vögel stiegen mit heiseren Schreien über dem gespaltenen Baum in die Höhe, wie wenn sie dessen Seele in den Himmel tragen wollten.

Gleichzeitig begann es heftig zu stürmen. Christa hat die Regentropfen auf der Haut gespürt, und eigentlich, sagt sie, hat sie erst in diesem Moment gemerkt, dass sie ganz alleine war.

Wo waren die Kinder? Wo war Paul? Plötzlich war da eine panische Angst.

Erst rufend, dann schreiend ist Christa in immer größeren Kreisen um das Auto gelaufen, immer wieder hat sie die Namen der drei in den Sturm gerufen, bald völlig durchnässt vom stärker werdenden Regen, und immer verzweifelter ist sie dabei geworden.

Wie viel Zeit dabei vergangen ist? Sie kann es nicht sagen. Aber plötzlich, ohne dass Christa sie vorher wahrgenommen hätte, stand weinend Maria vor ihr. Mit Uli an der Hand.

»Mama«, riefen beide Kinder immer wieder, sie hängten sich schluchzend an die Mutter.

Christa war so glücklich, sie zu sehen, so überglücklich, dass ihr Paul erst einmal nicht in den Sinn gekommen wäre, hätten die zwei nicht plötzlich »Papa« gerufen und sie fortgezogen, hin zu dem vom Blitz getroffenen Baum.

Im strömenden Regen erreichten sie die Lichtung. Das Feuer an dem alten, morschen Holz war nur noch ein leises Glimmen, aber in der Glut sahen sie Paul, der wenige Meter weiter zusammengekauert auf dem Boden saß.

Christa ist zu ihm hingelaufen, die Kinder an den Händen, sie umarmten ihn und spürten, dass er zitterte. Christa hat ihren Kopf an seinen gelehnt und seine Hand ganz festgehalten.

»Komm, lass uns gehen«, hat sie gesagt, aber er hat nicht reagiert, und den Druck ihrer Hand hat er nicht erwidert. Er hat einfach nur stumm vor sich auf den Boden geblickt.

Es war Maria, die ihn schließlich zum Aufstehen bewegte. Sie küsste ihn auf die Wange, sie setzte sich auf seinen Schoß, da hat er sich geregt, hat »Ja« gesagt, dabei aber immer noch auf den Boden geschaut, wie wenn unter den ersten gefallenen Blättern dieses Herbstes etwas wäre, das er auf gar keinen Fall aus den Augen verlieren dürfte.

An Marias Hand ist Paul mit ihnen zum Auto gegangen, langsam, Schritt für Schritt, mit bleischweren Füßen.

Christa hat ihm die Picknickdecke gegeben, er hat sich darin eingewickelt und sich auf den Rücksitz neben Uli gelegt, der immer wieder zu ihm herübergeschielt hat und ängstlich ganz weit an die Seite rückte, weil ihm sein Vater plötzlich so fremd war.

Christa ist gefahren, Maria saß neben ihr. Während der ganzen Heimfahrt hat keiner ein Wort gesagt. Immer wieder hat Christa gefragt, was denn genau passiert ist, aber niemand hat geantwortet, die Kinder nicht und auch Paul nicht.

Zu Hause hat sich Paul wortlos in sein Bett gelegt. Und als Christa am nächsten Morgen aufwachte, war er schon zur Arbeit gefahren. Fort war er, sagt Christa, und über den Tag zuvor hat keiner mehr gesprochen. Er war in Stummheit gefroren: ein schrecklicher Albtraum.

»Ja«, sagt Tante Adele zu Christa, »der Paul passt auf seine Traurigkeit auf, dass sie ihm nicht auskommt. Das hat er immer schon getan, seit seine Mutter krank wurde, und erst viel zu spät hat man herausgefunden, dass sie aus dem Lager in Pohrlitz, wo die Brünner fast zwei Wochen auf die Erlaubnis zum Grenzübergang nach Österreich warten mussten, neben einem sanft anschwellenden Bauch den Typhus mitgebracht hatte. Jeden Tag hat der Junge die Tür zu ihrem Schlafzimmer aufgemacht, einen Küchenstuhl in die Türöffnung gerückt, weil ich ihm verboten hatte, näher an sie heranzugehen, und da hat er dann stundenlag gesessen und seiner Mutter dabei zugesehen, wie sie erst hoch fieberte und dann ohne ein Abschiedswort, nur mit einem langen Seufzer aus tiefer Bewusstlosigkeit in den Tod hineinglitt. Keiner hat dabei ihre Hand gehalten, und keiner hat sie aufhalten können.«

Tante Adele legt ihre Hand auf Christas, die über ihrer Erzählung und über den Worten der Tante zu weinen begonnen hat. »Das ist«, sagt Tante Adele, »seine Krankheit. Die zehrt an ihm wie an anderen ein Geschwür. Sie ist nicht heilbar, sie frisst sich durch das Wesen. Das fängt bei der Sprache an, und manchmal hört es erst auf, wenn aus dem Herzen ein Stein geworden ist. Pass auf die Kinder auf. Sie müssen ihren Papa liebhaben. Aber nicht zu sehr.«

* * *

»Zu meinem Geburtstag lade ich Robert ein und Stefan. Und Mama und Papa und Großmutter und Großvater. Und Tante Adele«, sagt Uli. Er steht neben dem Schreibtisch, an dem Paul seit dem Mittagessen arbeitet, eine Veröffentlichung muss fertig werden, das Kapitel ist längst schon überfällig, und schon seit Jahren ist für Paul der Sonntag ein Arbeitstag geworden.

»Ja«, sagt Paul.

»Und Markus. Vielleicht«, sagt Uli.

»Gut«, sagt Paul.

»Uli, lass Papa arbeiten!«, ruft Christa aus dem Wohnzimmer.

»Wo sind deine Mama und dein Papa?«, fragt Uli.

»Was?«, fragt Paul.

»Deine Eltern. Hast du keine gehabt?«

»Doch«, sagt Paul.

»Sind sie tot?«

»Ja.«

»Aber Mamas Mama und Papa leben noch. Großmutter und Großvater.«

»Ja.«

»Waren sie krank?«

»Wer?«

»Deine Mama und dein Papa.«

»Nein. Oder doch. Teilweise.«

»Uli, lass Papa arbeiten!«, ruft Christa nochmals.

»Sie sind beim lieben Gott«, sagt Paul.

73

»Warum?«

»Vielleicht weil sie zu wertvoll waren für dieses Leben. Oder weil ihre Blätter nicht mehr genug Wasser bekommen haben und nicht mehr genug Licht.«

»Menschen...?«

»Manche sind wie Bäume. Vielleicht waren sie so.«

»Das verstehe ich nicht.«

»Ich erkläre dir das, wenn du noch ein bisschen größer bist. Jetzt muss ich arbeiten.«

Paul sieht seinen fast Siebenjährigen nicht an, irgendwo anders sind seine Augen, vielleicht auch nirgendwo, aber er wuschelt Uli durch das Haar, das fast so dicht, so dunkel und so strubbelig ist wie seines. Fast wie ein Gestrüpp oder wie dichtes Laub.

»Und Maria solltest du vielleicht auch einladen, oder?«

»Weiß nicht«, sagt Uli. »Das erzähl ich dir später.«

Dann schnappt er sich das dicke Buch mit den griechischen Sagen, das im Regal gleich neben der Tür steht, und später werden ihn die Eltern in seinem Zimmer auf dem Boden liegend finden, die Augen geschlossen und den Finger auf einer Seite, die von den Qualen des Tantalos berichtet.

»Paul...«, sagt Christa.

»Mach dir keine Gedanken, er kann doch noch kaum lesen«, sagt Paul, legt den schlafenden Sohn in sein Bett, zieht die Decke um ihn fest, löscht das Licht und stellt das dicke Buch zurück in sein Arbeitszimmer.

»Ich lasse euch nie allein«, sagt Paul.

Christa erschrickt.

* * *

Natürlich wird er nicht hinausgehen.

Draußen fegt der erste Herbststurm durch den Garten. Uli sitzt auf dem breiten Fensterbrett und sieht zu, wie es vor dem Fenster langsam dunkel wird. Die Hausaufgaben sind gemacht, und jetzt könnte er doch, hat Christa gesagt, hinausgehen und seinem Vater helfen, der das Laub zusammenkehrt und die Rosen schneiden will. Noch blüht es hier rot, dort gelb, aber die Pracht wird weniger, die Farben verschwinden, und die Stöcke, an denen keine Blüten mehr sind, müssen zurechtgestutzt und mit Häufchen aus Erde und Torf vor dem nahenden Frost geschützt werden.

Uli hat keine Lust, sich die Finger zerstechen zu lassen nur wegen dieser Pflanzen, an denen so viele von seinen Bällen schon kaputtgegangen sind. Deshalb sieht er jetzt von drinnen dem Vater zu, der sich, eingehüllt in seinen dicken olivgrünen Parka und mit schon nassgeregneten Haaren, langsam von Pflanze zu Pflanze vorarbeitet.

In regelmäßigen Abständen leert Paul erst Teile des Torfsacks auf die Beete, dann beugt er sich tief hinab, arbeitet den Torf in die Erde ein, und schließlich drückt er das Gemisch so fest um die Rosenstöcke zusammen, dass die Rabatten aussehen wie Reihen von kleinen Pyramiden, aus denen blattlose Baumgerippe ragen. Den Rasen daneben hat Paul mit einem Plastikband abgetrennt: damit bloß nichts hineinwuchert in das Reich der Rosen.

Der Vater wird wieder spät hereinkommen, wahrscheinlich werden die Kinder dann schon zu Abend gegessen, die Zähne geputzt und ihre Schlafanzüge angezogen haben. Lange wird Paul seine Hände über das Waschbecken halten, die Erde aus den Falten der Haut herausreiben und unter den Fingernägeln herausbürsten. Dann wird er sich sein erstes Bier aus dem

Kühlschrank holen, vielleicht auch ein kleines Glas von dem Schnaps, der im Gefrierfach liegt, und wenn er anschließend das Kinderzimmer betritt, werden seine Wangen glühen vom Wind im Garten und vom Alkohol, und er wird Maria und Uli über die Wange streicheln. »Gute Nacht«, sagt Paul, und die Kinder, die er berührt, spüren an seinen Händen die Narben und die frischen Wunden, die ihm die Dornen zugefügt haben.

Warum der Vater das macht, hat Uli Christa gefragt.

Weil er die Pflanzen so liebt, hat sie geantwortet. Weil er nach seiner Arbeit Natur braucht und frische Luft. Und weil er dadurch ein bisschen zur Ruhe kommt. Er schläft doch so schlecht.

Manchmal hilft Uli Paul, das Unkraut auszuzupfen, das unter den Rosen wuchert, vor allem im Frühsommer. Dann lobt ihn Paul so, dass Uli ganz stolz ist. Viel mehr sprechen die beiden aber nicht: Man darf, sagt Paul, die Stille der Blumen nicht stören, dann kann man manchmal hören, wie sie miteinander flüstern, und wusstest du eigentlich, Uli, dass Pflanzen nicht nur an sich selbst, sondern auch an die Gemeinschaft denken? Dass sie kranke Artgenossen unterstützen, indem sie ihnen Nährstoffe über ihre Wurzeln weiterleiten?

Hmm, sagt Uli.

So schweigen der Vater und sein Sohn, und später, wenn Uli ins Haus kommt, hat die Erde kleine, schmerzende Rillen in seine Finger gegraben, und er muss die Mutter bitten, die Wunden mit der Salbe einzucremen, die alles wieder gut macht.

Paul ist dann immer noch draußen, und von drinnen kann man sehen, wie er dasteht mit dem Rücken zum Fenster, und die Glut seiner Zigarette leuchtet in der Dunkelheit.

* * *

Um ihren neunten Geburtstag hat Maria zu träumen begonnen: Träume, aus denen sie verschwitzt erwacht, manchmal auch schreiend. Manchmal ist Uli davon wach geworden, dann hat er auch zu weinen begonnen und ist zu seiner großen Schwester ins Bett geschlüpft, und dort sind dann beide miteinander ruhig geworden und eingeschlafen. Ich habe, denkt Uli damals oft, die beste Schwester der Welt, und, wie wenn sie es gewesen wäre, die ihm seine schlechten Träume hätte wegtrösten müssen, fügt er für sich hinzu: Wenn Maria da ist, tut mir nichts mehr weh.

Manchmal aber, wenn die Albträume zu schlimm waren, ist Maria auch aus dem Kinderzimmer hinausgerannt und hat laut ans Schlafzimmer der Eltern geklopft, bis Christas Stimme sie endlich hineinrief, und dann hat sie sich zu ihr gekuschelt und geweint, und Christa hat Maria gestreichelt, bis sie keine Angst mehr hatte und wusste, das alles war nur in ihrem Kopf wahr und nicht in der Wirklichkeit.

Manchmal hat Christa sie auch gefragt. Was war denn los in dir, Maria? Dann hat Maria für die Mutter die Splitter zusammengesammelt, die vom Traum noch übrig waren. Farben. Gerüche. Schreie. Laufen, rennen, fliehen. Irgendetwas war immer da, das ihr Furcht einjagte, einmal sogar eine grüne Wiese: Um das Gras herum zwitscherten Vögel, zwischen den Halmen zirpten Grillen, die Sonne schien, Maria hat mit ihren Freunden darauf Völkerball gespielt, aber dann hat es gedämmert, und plötzlich sahen die Bäume rund um das Grün aus wie dunkle Geister mit dicken Nasen und langen Armen, Marias Füße fanden keinen Halt mehr, als der Boden zu schwanken begann, und Maria lief und lief und lief, weil es so schrecklich war, denn unter dem Gras ist die Erde in Teile zersplittert wie brüchiges Eis oder wie eine große Glasscheibe, die zu Boden fällt, und plötzlich ist alles in Scherben. Es rumpelte und ruckte, und Arme, Beine, ja sogar

Köpfe ragten aus dem Rasen, große Körper wühlten sich aus der Erde ans Licht, und dann schrien sie und stöhnten, Blut quoll ihnen aus den Augenhöhlen und tropfte von lehmigen Füßen, es war schrecklich, unerträglich laut, und Maria ist gerannt und gerannt, aber das, was aus dem Boden kroch, ist hinter ihr hergelaufen und hat sie festgehalten mit starken, schweißnassen Händen, und Maria konnte sich einfach nicht aus diesem Griff befreien, sosehr sie auch schrie und zappelte.

Gib dem Mädel heiße Milch, hat Paul, eingerollt in seine Bettdecke, in solchen Nächten gemurmelt, und dann hat er kurz Marias Hand ergriffen.

Gestreichelt und beruhigt hat Paul seine Tochter aber nie. Papa kann das nicht, hat Christa zu Maria gesagt, du weißt doch, er träumt oft selbst so schlimme Sachen. Aber glaub mir, er hat dich trotzdem lieb.

* * *

Lieber Freund,

ich weiß nicht, ob Du noch lebst, aber ich bin fest davon überzeugt, denn ich spüre Dich noch so, wie ich Dich immer gespürt habe. Ich weiß nicht, wo Du lebst, wüsste also auch nicht, wohin ich diesen Brief schicken sollte, wenn ich ihn denn verschicken wollte, aber ich schreibe ihn trotzdem, weil es in meinem Leben niemanden anderes gibt, dem ich mich je so nah gefühlt habe wie Dir. Weil Gefühle und Gedanken in mir sind, die nur Du verstehen kannst, und für vieles finde ich immer noch nicht die Worte.

Das Leben ist gut zu mir. Es hat mir eine Frau geschenkt, die ich liebe, die mich liebt und die sich so tief mit mir verbunden fühlt, dass sie mir – oft ohne es zu wissen – zu tragen hilft, was ich alleine nicht tragen könnte. Christa ist ein Engel, manchmal fast zu sehr. Dann fürchte ich, dass sie sich aufgibt, nur um das von mir zu retten, was noch zu retten ist, und dass all die Kraft, die sie mir schenkt, aus ihr herausläuft, bis sie selbst ganz schwach geworden ist.

Du wirst wissen, wovon ich schreibe. Und wie wenig sich das in Worte fassen lässt, was erst wir beide erlebt haben und dann ich allein. Ich könnte nicht einmal sagen, was ich fühle, wenn ich daran zurückdenke, wie wir fortzogen. Damals war ich fast zwölf, ich hatte die Augen eines Jugendlichen und das Herz eines Kindes, und beide, meine Augen und mein Herz, haben etwas aufbewahrt, das ich noch nie in Worte gefasst habe.

Das ist mir auch jetzt noch unmöglich, und ich schreibe Dir aus der festen Überzeugung heraus, dass Du mein Schweigen verstehen und annehmen würdest. Schließlich hast Du ganz Ähnliches erlebt wie ich, nur auf der anderen Seite, und auf welcher Seite man damals zufällig stand, ist heute völlig nebensächlich.

Ich rede wenig, mein liebster Freund. Ich habe Angst davor, dass Worte das Verlies aufschließen, in das ich ganz viel hineingesperrt habe. Ich weiß nicht, was ich sonst hätte tun können, um dem Schmerz zu entkommen. Ich habe keine Freunde. Ich habe meinen Beruf, den ich liebe, ich habe diese wunderbare Frau. Und ich habe zwei Kinder, die mir mehr bedeuten als alles andere in der Welt, um die ich aber auch Angst habe, sehr viel Angst, und vor denen ich als Vater versage, immer wieder. Ich kann lustig sein, manchmal, aber ich bin nicht stark.

Ich bin schwach. Ich möchte mit meiner Frau und meinen Kindern zusammen sein, und immer wieder kann ich sie doch nicht ertragen. Manchmal frage ich mich, ob die Vertreibung von damals in mir vielleicht nie geendet hat, ob ich also immer noch unterwegs bin. Ein Vertriebener. Ich sehe Menschen neben mir, die längst nicht mehr sind. In meiner Nase mischt sich der Duft von Tante Adeles Kaiserschmarrn mit dem Gestank des Lagers in Pohořelice, das nach Blut, Krankheit und Tod riecht, und manchmal höre ich sogar die Fragen meiner Kinder nicht, weil noch das Stöhnen von damals und der Lärm von Schüssen und Peitschen in meinen Ohren sind. Und dieses letzte, schreckliche Geräusch, in dem meine Großmutter verging.

Ich habe Angst um Christa, die ihre Stelle aufgegeben hat, um für mich und die Kinder da zu sein. Sie sagt, das füllt eine Leere in ihr, die sie vorher geschmerzt hat, aber ich weiß nicht, ob sie das nur sagt, um mich zu trösten, und ich weiß weder, ob ich ihr Opfer wert bin, noch, ob ich einer bin, der Leere füllen kann.

Ich sehne mich danach, lange lachen zu können. Und frei. Aber immer wieder holt es mich ein. Wären die Kinder nicht, glaub mir, ich wäre schon nicht mehr hier auf dieser Welt. Und manchmal fürchte ich, dass das, was in mir ist, mit meinem Leben noch lange nicht endet. Dass es bleibt und aus meinem Herzen in die noch so kleinen, reinen Seelen hineinwächst. Dann kommt es vor, dass ich mitten im Spiel mit den Kindern, mitten an sonnigen, unbeschwerten Tagen plötzlich anfange zu weinen, und in diesem Moment, fürchte ich, könnte der Same der Traurigkeit in ihnen zu keimen beginnen.

Wie wird das weitergehen, mein lieber, bester, einziger Freund?

So gerne sähe ich Dich wieder, um in Deinen Armen zu weinen und zu wissen, dass ich für Dich keine Worte finden muss. Gleichzeitig habe ich aber auch Angst davor, dass uns mittlerweile mehr trennt als verbindet. Womöglich braucht es auch noch Zeit, bis Begegnung und Heilung wirklich möglich sind.

Ich werde diesen Brief verwahren. Ein erster Entwurf, den ich vor Jahren begann, ist nie fertig geworden, ich habe immer wieder von vorne begonnen, Seiten zerrissen und neue geschrieben.

Noch wage ich nicht, den ersten Schritt zu tun. Aber ich hoffe, dass mir Kraft zuwächst, so viel Kraft, dass ich doch noch beginne, nach Deiner Adresse zu forschen. Dann schicke ich den Brief los. Vielleicht spürst Du aber auch ohne ihn, dass es jemanden gibt, der auch jetzt noch an Deiner Seite ist. Er mag eine Zeit lang unsichtbar gewesen sein, aber tatsächlich hat er diesen Platz nie verlassen.

Dein Paul

P.S. Ich denke oft an Marie. Als ich sie das letzte Mal sah, trug sie ein rotes Kleid und hat gelacht. Ich glaube, ich habe sie damals sehr geliebt.

P.P.S. Ist es wichtig, Erinnerung aufzubewahren? Oder sollte man versuchen, sie loszuwerden?

* * *

Liebe Adele,

heute ist das Ergebnis der Gewebeprobe gekommen. Es ist so wie befürchtet. Der Krebs hat nicht Halt gemacht, sondern ist weiter in meinen Körper hineingewachsen. Die Flecken auf meinen Händen sind bösartig, und es könnte sein, dass sogar in den Knochen schon Metastasen sitzen. Weitere Untersuchungen werden folgen.

Ich habe das noch niemandem erzählt, den Kindern nicht und auch nicht Paul, aber irgendwann werde ich es tun müssen.

Bald. Ich habe Angst davor. Paul ist gerade wieder sehr verschlossen, zieht sich zurück zu seiner Arbeit und seinen Rosen. Ich spüre, dass ich an Grenzen komme. Und ich fühle, dass ganz viel aus meinem Inneren nach draußen drängt. Auch Schreckliches. Heute kam mir der Gedanke: Vielleicht ist der Hautkrebs ein Zeichen dafür.

Ich habe Paul aufgefangen, weil etwas in mir ist, das genau dies will: in Liebe für jemanden da sein und dadurch eine Aufgabe haben, ein Ziel; in mir selbst habe ich sonst noch keines gefunden. Jetzt sollte ich Zeit und Kraft für mich haben, aber allein die Vorstellung, diese Zeit und Kraft von dem abziehen zu müssen, was ich für Paul und die Kinder aufbringe, lässt mich verzweifeln. Ach Adele, ich habe so große Angst, dass Paul ganz tief fällt, wenn ich ihn nicht stütze! Und die Kinder! Maria ist stark, aber sie braucht jemanden an der Seite, der ihr Wege weist. Und Uli: Er ist so verletzlich, und er sucht, immerzu, weil er spürt, dass etwas in ihm anders ist als bei anderen. Und er zieht sich zurück, so wie Paul es immer wieder tut – nur auf eigene Weise.

Neulich haben Paul und Uli etwas getan, das ich beiden nie im Leben zugetraut hätte: Sie haben sich gestritten. Paul meint, Uli soll studieren, und tatsächlich hätte Uli das Zeug dazu, er ist ein wirklich kluger Kopf, liest viele Bücher, zieht Verbindungen, weiß zu abstrahieren und sich klar auszudrücken. Uli sagt aber, er will etwas tun, das seinen Kopf zur Ruhe kommen lässt, er will etwas mit den Händen tun. Da ist Paul wütend geworden: So wie Uli, hat er geschrien, könne man mit seinen Gaben nicht umgehen, Talent und Geist seien nicht nur Geschenke Gottes, sondern Aufgaben in der Welt (dabei ist mir aufgefallen, dass das Wort Aufgabe auch das Verb aufgeben in sich trägt. Muss man etwas – von sich – aufgeben, wenn man eine Aufgabe annimmt?).

Talente sind Verpflichtungen! Sagt Paul. Und dass Uli seine vielen Schweinehunde endlich mal wegjagen soll. Da ist Uli in sein Zimmer gerannt, hat die Tür zugeschlagen, ist zum Essen nicht herausgekommen, auch als ich anklopfte und ihn herzlich darum bat. Paul selbst hat nur stumm dagesessen und ist dann hinausgegangen in den Garten. Er kam erst wieder herein, als es draußen dunkel war, und ich konnte sehen, dass er geweint hatte.

Was wird das bloß werden mit uns allen?

Und mit mir?

Was wird der Krebs verändern?

Jetzt wollte ich schreiben: Ich stelle mir vor, dass Paul und die Kinder ohne mich weiterleben. Aber ich merke, dass ich mir genau das gerade nicht vorstellen kann. Und will. Ich bin verwirrt, traurig, ganz ohne Kraft, und sollte eigentlich doch stark sein – für mich, für Paul, für die Kinder.

Du hast mich gebeten, Dir zu schreiben, wenn die Diagnose da ist. Das habe ich Dir versprochen, nun habe ich es getan, aber mir zittert beim Schreiben die Hand. Ich wünschte, ich hätte Deine Kraft, mit Worten Schmerzen aufzulösen (so wirkt das jedenfalls auf mich). Denn ist die Fähigkeit, seine eigenen Wunden beschreiben zu können, nicht die erste Voraussetzung für ihre Heilung?

Eine herzliche Umarmung schickt

Deine Christa

* * *

Ein Fotoalbum, das aufgeschlagen auf dem Tisch liegt. Der Einband ist aus den 1970er-Jahren: bunte Blumen, orange, gelb und grün. Bilder, die mit Klebeecken auf den schon leicht vergilbten

Seiten befestigt sind, und wenn man sie aus dem Album herausnimmt, bleibt auf der Seite ein weißer, rechteckiger Fleck.

Über den Bildern hat jemand notiert, was auf ihnen zu sehen ist. Es ist Christas Schrift. Marias Taufe, steht da zum Beispiel, und auf zwei Seiten des Albums ist die Taufgesellschaft zu sehen: ganz vorne Tante Adele, mit spitzem Lächeln erst beim Gruppenfoto neben Christas Eltern, dann mit feuchten Augen, als sie den weiß gekleideten Säugling über das Taufbecken hält; die Großeltern sind so rund und so gemütlich, wie sie Maria und Uli immer im Gedächtnis bleiben werden, Großmutter mit einem lachenden Mund, der nach Apfelkuchen mit Zimt aussieht und nach weißer Schokolade, und mit dicken Armen, die auch auf den Bildern so aussehen, als seien sie nur deshalb rund und weich, damit sie die Kinder besser umarmen und trösten kann. Großvater sieht neben Großmutter sehr ernst aus, sogar mit dem winzigen Täufling im Arm lächelt er nicht – als wäre er hier schon jener strenge alte Mann, der später beim Spazierengehen mit den Kindern unermüdlich das Einmaleins übte, und wer lange keinen Fehler machte, dem schenkte er einen der Bonbons mit hellblau-weiß gestreiftem Papier, die er immer in der Hosentasche bei sich trug. Uli hat diese Bonbons später zu kaufen versucht, hat in Läden gefragt, im Internet geforscht, aber die süßen Belohnungen seiner Kindheit hat er nirgends mehr gefunden.

Es gibt auch Urlaubsfotos in dem Album. Die Kinder auf Norderney, wie sie softeisschleckend am Meer sitzen, und bei Uli läuft das Eis schon über die ganze Hand. Wie sie im Sand Gräben buddeln, damit für das auflaufende Wasser ein Weg da ist. Wie sie eine riesige Strandburg mit bunten Muscheln und Steinen verzieren. Oder wie sie mit Schaufeln und Eimern neben ihrem Vater posieren, der fast vollständig mit Sand bedeckt ist. Neben dem Paulhügel steht der kleine Uli, und während er den Vater mit Nordseewasser aus seiner gelben Kanne begießt, macht er ein so ernstes Gesicht, als vollziehe er gerade einen heiligen Akt.

Da ist Maria beim Kindergartenausflug zur Burgruine im Wald. Gemeinsam mit einer Kindergärtnerin hat sie eine Kiste mit lauter Süßigkeiten in einem tiefen Brunnen versenkt, und auf mehreren Fotos sieht man die Kinder, wie sie ausgelassen ihren Erfolg als Schatzsucher feiern.

Es gibt Bilder von Maria und Uli mit Schultüten im Arm und mit einer Tafel im Hintergrund, auf der in Schreibschrift »Mein erster Schultag« steht.

Hier feiert Uli seinen sechsten Geburtstag mit Freunden an einem langen Tisch im Garten, der mit sehr bunten Papiergirlanden geschmückt und reichlich mit Zuckersachen bestreut ist; an der Terrassentür hat jemand Luftballons befestigt, und auf dem Rasen im Hintergrund liegen Säcke, in denen die Kinder später um die Wette hüpfen werden.

Und dort sieht man Maria, die mit zwei Freundinnen an der Straße einen Verkaufsstand aufgemacht hat. Puppenkleider, ein alter Ball, zwei Spielzeugautos, ein Kartenspiel und zwei kleine Tütchen mit Kirschen sind im Angebot, und in der offenen Schublade der Kaufladenkasse liegen 70 Pfennig.

Auf einem Bild steht Christa in der Küche, vor ihr eine riesige Torte, und sie selbst hat in Großbuchstaben MMMMHHH danebengeschrieben.

Es gibt auch Taufbilder von ihr mit Uli im Arm, er war ein schöner, zufriedener Säugling mit fülligem, dunklem Haar. Ein weiteres Foto zeigt Christa mit beiden Kindern, wie sie bei einem Bergurlaub gemeinsam eine dicke braune Kuh mit Gräsern füttern, die diese auch selbst vom Boden hätte rupfen können.

Aber wie viel schöner ist es doch, von anderen beschenkt zu werden! Die Kuh jedenfalls sieht glücklich aus.

Vom Fotografen sieht man nur einen langen Schatten.

Teile von Pauls Körper sind immer wieder zu sehen: hier sein Haarschopf hinter der Taufgesellschaft, dort ein Fuß mit Sandale auf einer Picknickdecke, eine Hand beim Sandburgenbauen, sein Rücken mit einem vollgepackten Rucksack bei einer Wanderung im Wald.

Pauls Gesicht sieht man nirgends.

Immer wieder haben Maria und Uli das Album durchgeblättert: Irgendwo muss er, obwohl er oft der Fotograf gewesen ist, doch zu sehen sein, irgendwo muss doch ein Bild ihrer Erinnerung aufhelfen, bestimmt haben sie etwas übersehen.

Gefunden haben sie aber nichts.

Außer einem gelblichen rechteckigen Fleck: Ein Foto ist, offenbar schon vor langer Zeit, aus dem Album herausgenommen worden, und dort, wo es klebte, hat ein Kind ein Strichmännchen hingemalt. Füße, Beine, Bauch, Kopf, Augen, Nase. Nur den Mund hat das malende Kind vergessen. Vielleicht war er ihm einfach nicht wichtig.

III

Immer wenn er sich hinabbeugt auf seine Lederschürze, in der einen Hand den Hammer, in der anderen den Leisten, um den seine Finger das noch frisch duftende Leder ziehen; immer wenn er nach einem weiteren der vielen kleinen Zwickstifte greift, mit denen er das Leder auf das starre Holz nagelt: Dann denkt er daran, wie es ist, fortzugehen. Weit weg von hier, hinein ins Licht, mit gestrecktem Oberkörper und einem Lächeln im Gesicht, an den Füßen die Schuhe, die er gerade fertigt. Mit seinen Schuhen kann man einmal um die Welt laufen, vielleicht sogar länger, denn seine Arbeit ist sehr gut.

Wenn Uli aus seinem Kellerfenster den Kunden hinterherschaut, wie sie seine Schuhe, nachdem er sie sorgsam in Seidenpapier eingewickelt hat, in Papiertüten aus dem Laden hinaustragen, dann würgt es ihn manchmal in der Kehle. Weil er sich dann wie ein Vater fühlt, der zwei Kinder aus dem Haus schickt, ohne zu wissen, ob sie im Leben draußen überhaupt zurechtkommen. Und weil er sich fragt, ob das sein Leben lang so weitergehen wird: dass er anderen das Gehen so angenehm wie möglich macht, selbst aber bei seinen Leisten bleibt, sitzt und nagelt und schleift und leimt, und sein Rücken beugt sich immer tiefer hinab zur Erde, bis er irgendwann wieder in sie zurückgleiten wird. Maria wird ihm, wenn er tot ist, das hat sie ihm versprochen, seine eigenen Schuhe über die Füße ziehen, die dann so starr sein werden wie Leisten aus Holz und keinen Schritt von den vielen mehr tun werden, die sie hätten tun können.

Draußen auf der Straße gehen Menschen vorbei. Aus dem Fenster kann Uli ihre Füße sehen, eilend, klackernd, tapsend, hüpfend, hinkend, schlurfend. Sie tragen alte Schuhe, kaputte, abgenutzte, oft billige Massenware, aber auch feine Stiefel, die noch von frischem Schuhwachs glänzen. Nur wenige haben teure Markenschuhe. Dabei sind Füße eigentlich nichts für Konfektionsware, denn so wie kein Lebensweg eines Menschen dem eines anderen gleicht, so ist auch kein Fuß auf der Welt mit einem anderen vergleichbar. Das weiß Uli. Deshalb ist er Schuster geworden.

Uli mag auch das Alleinsein. Schuhmacher sind, wenn sie nicht in großen Werkstätten arbeiten, sehr einsame Handwerker, und vielleicht ist das der entscheidende Grund, warum er sich schon, als er gerade erst zwölf war oder dreizehn, nur diesen Beruf in den Kopf gesetzt hat und keinen anderen. Geschichte hat ihn auch interessiert, schon weil die vielen Bücher zu Hause herumlagen, und seine Eltern wollten unbedingt, dass Uli studiert. Das erwarten wir von dir: So sagte es die Mutter. Der Vater hat dazu genickt. Das Wort wir, immer wieder von Christa voller Emphase ausgesprochen, war Pauls liebstes Versteck.

Jetzt stehen die Geschichtsbücher in demselben Regal wie die Leisten. Uli nimmt die dicken Bände oft heraus, blättert in ihnen, liest und legt sie beiseite, wenn er wieder einen Beweis dafür gefunden hat, dass Menschen zwar die intelligentesten Lebewesen auf der Erde sein mögen, aber unfähig sind, aus den wirklich wichtigen Erfahrungen zu lernen. Geschichte wiederholt sich nicht exakt, aber sie ist eine Endlosschleife von Variationen:

Wie in Musikstücken von Bach oder Beethoven erscheint ein Thema in verschiedenen Formen und Verkleidungen, aber verändert hat es sich anschließend höchstens im Ohr des Zuhörers. Und wenn man den Tonarm zurückführt, geht alles wieder von vorne los. Bachs Goldberg-Variationen, Beethovens Diabelli-Variationen, auch Brahms' Schumann-Variationen, dieser traurige musikalische Nachruf, den Uli so sehr liebt, weil er nicht nur ein ganzes Leben umfasst, sondern auch eine Umarmung ist, ja vielleicht sogar eine Bitte um Verzeihung. Mehr kann man für einen Menschen nicht tun, den man in Liebe gehen lässt.

Die Bücher bedeuten aber nichts, verglichen mit dem Geruch des Leders, dem Werk seiner Hände, der einsamen Vertiefung.

Maria sagt immer, das hier sei Ulis eigene Art, vor der Wirklichkeit zu fliehen. Er weiß nicht, ob die Schwester recht hat, denn bei ihm drinnen gibt es auch eine Wirklichkeit, und in der findet er so viel Ruhe wie in keiner anderen. Für Uli gibt es nichts Schöneres als die Tage und Abende, an denen er hier mit sich alleine ist.

Wenn nur die Sehnsucht nicht wäre.

Kaum ein Laut dringt von außen in den Laden. Alle Geräusche kommen von Uli selbst. Wenn er sich über einen Leisten mit Leder beugt, dann hat er keine Fragen. Dann gibt es nur diesen Ort, ganz ohne eine andere Welt.

Die Sehnsucht ist nicht hier drinnen. Sie kommt von draußen. Von der Straße. Die Welt, die herein will in die Werkstatt, hat einen Klang. Er ist ein aufgelöster Akkord. Ein Windspiel ertönt, wenn sich die Ladentür öffnet, und mit dem Akkord weht die Ahnung von etwas anderem herein.

Das tut manchmal weh, und dann helfen nur Ulis Nase und seine Finger. Er atmet den Duft des Leders ein, es ist noch das Leben des Kalbes darin, Uli streichelt die feine Maserung und die kleinen Kerben. Wenn er das tut, spürt er die Wurzeln, die ihn tragen. Dann zieht ihn nichts mehr fort. Dann ist er sich sicher, dass er das, wonach er sich wirklich sehnt, in einem anderen Leben als dem des Ladens ohnehin nie finden könnte. Und dann beugt er sich wieder hinunter auf seine Schürze.

Etwa fünfzig Stunden Arbeit und dreißig Arbeitsschritte braucht ein Paar Schuhe. Viele Handgriffe könnte Uli im Schlaf tun, und wenn er sich länger in seine Arbeit versenkt, weiß er oft nicht mehr, ob er nun wach ist oder vielleicht doch eher träumt.

Viele Werkzeuge hat Uli vom früheren Ladeninhaber geerbt, einem tief gebeugten alten Mann, der ein Lächeln hatte, das versonnen nach innen ging. Uli hat ihn sehr gemocht. Lange nachdem er diese Werkstatt von seinem Vorgänger übernommen hatte, ist der noch von seiner Wohnung im zweiten Stock täglich heruntergekommen und hat ihm eine Zeit lang bei der Arbeit zugesehen, ein Einsamer auch er, ja mehr noch: ein in die Einsamkeit Verliebter. Als er an einem Tag nicht auftauchte, ist Uli hochgegangen in die Mansarde, um nach ihm zu schauen, und da lag er in seinem Bett mit aufgerissenen Augen und offenem Mund und war ohne ein Wort aus der Welt hinausgegangen, und die Stiefel aus durchgefärbtem Nappaleder ließen sich nicht mehr abziehen von den schon starr gewordenen Füßen.

Es ist dunkel hier drinnen.

Draußen ist Sommer.

* * *

Trümmerfrau. Ja, das ist das richtige Wort. Sie ist eine Trümmerfrau. Mann weg, Kinder weg, alles kaputtgebombt, jetzt räumt Maria aus dem Schutt zusammen, was sich zusammenräumen lässt, und irgendetwas Neues wird daraus schon werden. Vielleicht. Hoffentlich.

Dieser Sommer, der erst nicht anfangen wollte, ist jetzt wie eine drückende Last. Es ist schwül, die Hitze bewegt sich nicht, überall riecht es nach Grillparty und Sonnenmilch, die Abiturienten fahren in Autos mit heruntergekurbelten Fensterscheiben durch die Straßen, beschallen die Stadt mit wummernden Beats, und Maria verkriecht sich nach der Schule dorthin, wo es dunkel ist. Zieht die Vorhänge zu, um das Licht auszusperren, denn es passt nicht zu ihr, jedenfalls jetzt nicht, die Tage fangen viel zu früh an und finden einfach kein Ende.

Dazu der allgemeine Aufbruchsfrohsinn der glücklichen Familien. Überall werden Koffer gepackt, alle sind aus dem Häuschen. Nur Maria nicht.

Sie war immer schon traurig, wenn der Juli seinem Ende zugeht: weil sie die Zeit des zunehmenden Lichts so liebt, und Ende Juli spürt man den nahenden Abschied der Fülle. Die Früchte in den Gärten werden in wenigen Wochen schon von den Bäumen fallen, wenn niemand sie erntet.

Heute ist der letzte Schultag. Aus dem Gymnasium sind die Schüler herausgeschossen wie ein bunter Schwall wirbelnden Konfettis: laut, wild, ausgelassen vor dieser Zeit, die für sie eine Unendlichkeit ist und viel zu lang, um sie wirklich zu begreifen. Große Ferien. Zum letzten Mal sind die vier Töne des Schulgongs aus den Lautsprechern in den Klassenzimmern und auf den langen Gängen der Schule herausgetropft. Grundton, Terz, Quinte, Oktave, die Harmonie der tonalen Welt.

Ein vertrauter Klang, ein Abschiedsakkord. Maria hat sich nach ihm gesehnt. Sie hat auf ihn hingearbeitet. Jetzt sollte sie glücklich sein und könnte doch heulen vor Schmerz. Früher hat sie wie alle anderen Lehrer am letzten Schultag alles rasch aufgeräumt, ist möglichst rasch aus dem Schulgebäude verschwunden, hat daheim den VW-Bus gepackt. Spätestens am Abend waren auch die Kinder und Micha so weit, und dann sind sie losgefahren. Irgendwohin, und es war immer gut.

Jetzt liegen nicht nur sechseinhalb Wochen vor ihr, sondern ein ganzes Jahr, streng genommen ein ganzes Jahr plus sechseinhalb Wochen. Eine Auszeit für die Eltern sollte es mal werden, vielleicht auch eine Art Neuorientierungscamp zweier älter werdender Erwachsener, deren Kinder groß geworden sind und die sich nun fühlen, als seien sie aus einem langen, turbulenten Traum aufgewacht, und nun wissen sie gar nicht mehr, was sie gemeinsam lieben könnten.

Auf das Sabbatjahr hat Maria hingearbeitet, als Micha noch der Mann war, nach dem sie sich gesehnt hat. Als er noch zu Hause auf sie gewartet hat, vor den Augen die Zeitung oder die Sportschau im Fernsehen, und ihr zuliebe hat er die Füße immer vom Couchtisch genommen, sobald sie das Wohnzimmer betrat.

Maria trödelt. Am liebsten würde sie dieses lange Jahr jetzt zurückgeben. In den letzten Wochen, allein im großen Haus, ist ihr immer klarer geworden, dass diese Zeit ohne feste Strukturen nur eine Folter sein kann. Eine Zeit im Gefängnis der Freiheit. Quälende Unendlichkeit. Maria stellt sich vor, wie sie lange vollkommen allein mit sich ist. Vielleicht als Eremitin, die im Wald von Beeren und Pilzen lebt. Oder als Kleinbäuerin auf einer im Sommer staubigen, im Winter lehmigen Parzelle irgendwo im Osten, wo Land nichts kostet. Oder als Dauerurlauberin in einer billigen Bretterbude im Süden, direkt am Mittelmeer, irgendwo zwischen Sonne und Sand.

Ach, sie will einfach nur schlafen. Und abends am Strand den Wellen zuschauen, wie sie langsam auf dem Sand ausrollen, keine wie die andere, die Wiederholung des Immergleichen, das doch nie dasselbe ist, das immer da ist, immer fortgeht und immer wiederkommt, eine ewige Bewegung als Zustand, als fortdauernde Ruhe. Dazu das leise Zischen, mit dem das Wasser am Strand versickert.

Vielleicht wird sie aber auch ganz woanders sein: zum Beispiel vor einem Stall hocken und den Geräuschen wiederkäuenden Nutzviehs lauschen. Und dabei Wein trinken, viel zu viel Wein, der hilft zu vergessen, und das Glück wird aus der Gleichgültigkeit und der Gelassenheit entstehen, die der Alkohol durch die pulsierenden Blutgefäße hindurch in ihren Kopf zaubert.

Es dauert Ewigkeiten, bis Maria im Lehrerzimmer alle Bücher und Ordner und losen Zettel sortiert und weggeräumt, bis sie schließlich auch die Abschiedsgeschenke von den Kollegen eingepackt hat, Zeichen der Wertschätzung und der Sympathie.

Es hätte hier schön sein können. Ja, es hätte. Der Konjunktiv zwei ist für Maria die zweitschönste Zeitform der deutschen Sprache – nach dem zweiten Futur. Allerdings ist der zweite Konjunktiv auch die allertraurigste Form: die Zeit der verpassten Gelegenheiten. Also Marias Zeit. Ihr ganzes Leben ist vollgestopft mit Konjunktiv zwei, und daran ändern auch die Hausmeisterleute nichts, die ihr zum Abschied noch einen Apfeltee servieren.

Dabei ist Herr Dürün eigentlich ein Schatz, und wenn Frau Dürün, pausbäckige eineinhalb Meter Leben unter einem viel zu großen Kopftuch, von Kisalar schwärmt, wo die Welt am schönsten ist und die Sonne immer scheint, dann wird Maria noch trauriger, weil sie sicher ist, dass für sie auch Kisalar eine verpasste Möglichkeit gewesen sein wird: ein schöner Ort, den sie hätte entdecken können.

Wo die Welt am schönsten ist? Sie könnte es nicht sagen. Kann man, wenn man ganz alleine ist, überhaupt einen Ort schön finden? Und dort glücklich sein, ohne Partner, Gegenüber, Widerstand? Maria hat keinen Lieblingsort, zu dem es sie hinzieht. Sie will einfach nur weg.

* * *

Das Windspiel klingelt laut und hektisch. So rasch macht nur eine die Ladentür auf.

»Uli!«, ruft die Schwester laut in die Werkstatt, als wäre diese so groß, dass man sich nur schreiend bemerkbar machen könnte. »Uli!«, ruft sie nochmals, und dann steht sie – »oh, da sitzt du ja, du. Beugst dich auch immer tiefer zum Boden, dich sieht man gar nicht mehr!« – schon vor Ulis Hocker, schwingt ihre Tasche über die Schulter nach hinten und wuschelt dem Bruder so durch die Haare, wie er es noch nie hat leiden können.

»Wie geht's dir denn?«, fragt Maria, aber die Antwort wartet sie gar nicht ab. »Uli«, sagt Maria, immer noch eine Spur zu laut, »ich habe eine Idee.«

»Das ist ja etwas ganz Neues«, sagt Uli, »aber wie komme ich bloß darauf?« Er fährt sich mit der Hand durch die Haare, um sich wieder halbwegs normal zu fühlen, und schiebt noch ein »Das ist jetzt aber schnell gegangen« hinterher.

»Findest du?«, fragt Maria.

»Ja, klar«, sagt Uli, und ob sie eine Tasse Tee mit ihm trinken wolle, grün und stark, genau das Richtige für diese Tageszeit. »Lieber Latte«, sagt Maria. Da zeigt Uli auf den Bäckerladen schräg gegenüber und drückt der Schwester einen Porzellanbecher in die Hand.

Das Windspiel klingt.

Das Windspiel klingt.

Maria ist zurück, bevor das Wasser, das Uli aufgesetzt hat,

auch nur annähernd die achtzig Grad Grüntee-Idealtemperatur erreicht hat, und während Uli sorgsam den Tee im Teesieb dosiert und ihn dann langsam aufgießt, hat Maria den kleinen Raum schon mit Schwaden von Worten gefüllt. Ganz im Gegensatz zum dampfenden Grüntee ist ihre Temperatur, die ständig wechselt, jetzt siedend heiß.

»Scheißkerl!«, flucht Maria, dreht mühsam und leise fluchend ihren Ehering vom Finger, wirft ihn auf den Boden und trampelt mit beiden Füßen auf ihm herum. »Vollidiot!«, »Arschloch!«.

Uli sieht, wie ein kleiner Junge neugierig seine Nase ans Kellerfenster drückt. Er steht auf, stellt sich hinter die Schwester, beugt sich herunter und legt seine Arme um sie. Er hält Maria ganz fest, lockert seinen Griff auch dann nicht, als sie ihn abzuschütteln versucht, weil sie diese Nähe jetzt doch nicht will, noch nicht, vielleicht aber doch, ja, es tut gut, und langsam, ganz langsam wird Maria ruhiger.

»Gut, dass du da bist«, sagt Maria. Sie trinkt ihren Kaffee so hastig und achtlos, als sei er nichts weiter als eine überlebensnotwendige Medizin.

Dieses Schwein, denkt sie, dieses verdammte Schwein, und dann sagt sie das auch, und sie verflucht sich, dass sie ihren Mann aus Rücksicht auf die Kinder und auch wegen ihrer eigenen, fürchterlichen Angst nicht schon bei einer seiner früheren Affären aus dem Haus geworfen hat. Dass sie seine Wutanfälle und seine Demütigungen so lange ertragen hat, und »Ich glaube«, sagt sie dann, »dass ich am Ende gar nicht mehr an ihm selbst festgehalten habe, sondern an meiner Vorstellung von mir als Frau in einer glücklichen, unzerstörbaren Ehe. Darum habe ich gekämpft und war dabei so blind und so blöde, dass ich es gar nicht bemerkt habe, als seine Liebe über die Zeit einfach immer weniger geworden und am Ende ganz verschwunden ist.« Maria wischt sich mit der Hand über die Augen. »Und meine vielleicht auch.«

Uli hat schon als Kind viele Gedanken aus dem Gesicht seiner großen Schwester gelesen. Bei ihm dürfte sie ruhig schweigen. Sie ist aber laut. Ist sie nicht immer schon laut gewesen?

Vielleicht hat das auch sein Gutes, denn gerade in diesen ungeschützten Augenblicken voller großer, wilder Gefühle kann man sehen, dass Maria, obwohl sie letztes Jahr ihren fünfzigsten Geburtstag gefeiert hat, immer noch schön ist. Es ist keine Schönheit, wie sie auf Miss-Wahlen prämiert wird. Dann müsste Marias Nase etwas kürzer, dann müssten ihre Schläfen weniger grau, ihre Haare dichter und ihre Haut ebener sein. Dann müssten ihre Augen klarer sein, nicht so irrlichternd die Suche der Tochter, Schwester, Ehefrau und Mutter begleiten. Und der Lehrerin, die immer mit Herzblut für die Feinheiten der deutschen Sprache gekämpft hat, sogar vor popelnden, transpirierenden Pubertierenden in neunten und zehnten Klassen. Marias Schönheit hat etwas Widerständiges, Herbes, ja Eigenartiges, sie ist das Spiegelbild einer Seele, die auf die Fährnisse des Lebens stets sofort, ohne Umwege und voller Gefühl reagiert. Sie ist wie das Meer, das, je nachdem, wie die Sonne es bescheint und der Wind es durchweht, an jedem Tag ein wenig anders wirkt. Ja, wie das Meer, zu dem sich Maria immer und immer wieder hingesehnt hat und dessen Farben sich in ihren Augen spiegeln: blaugrüngrau, an jedem Tag ein neues Wunder. Blaugrüngrau ist keine Farbe, blaugrüngrau sind Möglichkeiten. Sollte jemals ein Film über seine Schwester gedreht werden, denkt Uli, so müsste er »Die bewegte Frau« heißen.

Auch Maria konnte Ulis Gefühle immer aus seinen Augen lesen. Oder aus dem Klang seiner Sprache. Sie nimmt Verzögerungen und Abtönungen wahr, die beim Sprechen den Fluss seiner Worte prägen. Sie bemerkt, wie sich der Atem des Bruders seinem Herzschlag anpasst. Schon als die Geschwister noch klein waren, die Schwester in der dritten, der Bruder in der ersten Klasse, schon als sie damals im Garten in dem Indianerzelt übernachtet haben, das sich Maria – nicht Uli – zum Geburtstag gewünscht hatte, da hat sie im Dunkeln das Ohr auf die Brust des Bruders gelegt und dem Klopfen dort drinnen zugehört. Wie wunderbar, wie geheimnisvoll und wie anziehend klingt Furcht, wenn sie in einem anderen wohnt.

Maria weiß um Uli wie keine andere und kein anderer. Bei ihr, nicht bei der Mutter und schon gar nicht beim Vater, hat er sich ausgeweint, wenn die Jungs in seiner Klasse ihn auslachten und alleine ließen, weil er nie so stark und so ausdauernd war wie sie, weil er sich nicht für Fußball und eigentlich auch nicht für Mädchen interessierte und obendrein keine Ahnung von all dem hatte, was in der Welt gerade vor sich ging. Uli hat nie die »Bravo« gelesen. Und er hat in seiner Schulzeit auch nie den Geburtstag mit Freunden gefeiert. Weil keiner sein Freund sein wollte – vor allem die Jungen nicht, die er, insgeheim oder auch ganz offen, bewunderte. Mutter, die unter Ulis Einsamkeit vielleicht mehr litt als er selbst, hat das zu ändern versucht, sie hat befreundete Mütter gebeten, ihre Söhne vorbeizuschicken. Aber wenn mal einer kam, dann endete der Tag meist so, dass Uli dies tat und der Besucher jenes. Mit der Zeit hat sich Uli nicht nur mit seiner Einsamkeit arrangiert, sondern sie auch als beglückend erfahren. Dass ihm etwas abgeht, merkt er manchmal, wenn Maria denkt, dies müsse unbedingt der Fall sein, und ihn zu trösten versucht. Dann bricht etwas auf, es muss wohl seine Schale sein; sein Inneres wird flüssig, rinnt ihm durch die Hände, er fühlt sich irritiert, gestört. Und fragt sich gleichzeitig auch, ob es vielleicht doch noch etwas anderes geben kann als ihn, den Schumacher, in dem Kokon, der seine Werkstatt ist.

»Ich habe mir etwas überlegt«, sagt Maria jetzt.

Heute ist das Meer stürmisch, es wechselt seine Farben rasch.

Maria öffnet ihre Tasche, holt etwas daraus hervor, das sie in dickes Seidenpapier gepackt hat. »Hier«, sagt sie, überreicht dem Bruder das Paket, und ihr Ton ist dabei fast feierlich. Vorsichtig packt Uli das Geschenk aus, Schicht für Schicht entfernt er das Seidenpapier. Zum Vorschein kommt ein Schild mit einer Kette daran. Und mit einer Aufschrift, geschrieben mit schöner, schwungvoller Schrift. »Betriebsferien« steht auf dem Schild.

Da ist sie wieder, die große Schwester: so, wie Uli sie schon als Kindergartenkind erlebte. »Ich will einfach niemanden, der mir sagt ...«: War das nicht damals schon Marias Satz gewesen? Damals, nachdem die Eltern, heillos verloren auf der Suche nach dem einzig wahren Erziehungskonzept, beschlossen hatten, ihre Erstgeborene antiautoritär zu erziehen? Gut zwei Jahre haben Vater und Mutter an dieser Idee festgehalten. Sie haben es ausgehalten, dass ihre ohne Begrenzungen aufgewachsene Tochter den Zorn anderer auf sich zog, deren Grenzen sie verletzte und überschritt. Sie haben es akzeptiert, dass Maria erst von einer Kindergartengruppe zur anderen verwiesen wurde, weil sie sich keinen Regeln beugen und in keine Konzepte einfügen wollte. Unzählige Elterngespräche haben Christa und Paul über sich ergehen lassen, haben Erzieherinnen jammern gehört, haben ihr Kind von Freundinnen abgeholt, deren Spielzeug es zerstört, deren Zimmer es verwüstet hatte. Und das alles um dieses wundervollen Wunschbilds willen: der Welt ein lebendiges Wesen zu schenken, das wirklich Individuum, also gänzlich frei ist.

Nach vielen hilflosen Gesprächen mit Therapeuten und Sozialpädagogen, Jugendamt und Beratungsstellen haben die Eltern

Maria im Sommer nach ihrem sechsten Geburtstag zu Großvaters Bruder und seiner Frau nach Nordfriesland geschickt. Von dort kam sie nach sechs Wochen wieder: braun gebrannt, in sauber gebügeltem Kleid, mit dunklen Rändern von schwerer Erde unter den Fingernägeln, mit der Liebe zum Meer im Herzen und in den Augen, und nachdem sie ihre Eltern umarmt hatte, fragte sie brav, ob sie ihren Koffer auspacken und auf ihr Zimmer gehen dürfe.

Maria hat nie von ihrem Urlaub auf der Insel Föhr erzählt. Den Großonkel aber hat sie auf ganz besondere Weise liebgehabt. Und um ihn getrauert, als er wenige Jahre später bei der Arbeit auf dem Feld einen Schlaganfall erlitt und sofort starb, mitten zwischen Kartoffeln und Futterrüben, und im Sarg wirkte sein winzig klein gewordenes Gesicht ganz verloren neben dem vielen roten Samt, den man um es herum drapiert hatte.

Uli erinnert sich, wie Maria auf dem Friedhof der Sankt-Nicolai-Kirche in Boldixum stand, zwischen den Gräbern von Walfängern, deren auf- und abwogende Lebensgeschichten eifrige Steinmetze detailreich in riesige Grabsteine gemeißelt hatten, und wie sie, nachdem sich die Trauergemeinde schon mit Blumen vom Verstorbenen und mit Beileidsbezeugungen von dessen aufgereihter Verwandtschaft verabschiedet hatte, laut verkündete, dass sie jetzt noch einen Rosenkranz für den Großonkel beten wolle, weil sie den doch so lieb hatte.

Also blieben sie stehen, Eltern mit nur mühsam gebändigten, zappeligen Kindern, alte Menschen, die sich auf Gehwägen stützten, die Nachbarn, die noch Arbeit zu tun hatten auf ihren Höfen, sie alle warteten mehr als eine halbe Stunde, bis die Zehnjährige mit den borstigen, mühsam in zwei Zöpfe gezwungenen aschblonden Haaren sechs Mal das »Vaterunser« und dreiundfünfzig Mal das »Ave Maria« mitsamt allen kirchlich anerkannten Geheimnissen aufgesagt hatte. Als Maria die letzte Perle an ihrer Kette bedächtig in Worte des innigen Gebets verwandelt hatte, war im Gasthaus der Kaffee schal und sauer geworden, die mit Salami und Gewürzgurkenscheibchen belegten Brötchen waren weich, und in den Edamer-Käsewürfeln bogen sich die Salzletten zur Seite wie Mastbäume im Sturm.

* * *

»Du kommst einfach mit«, sagt Maria.

»Wohin?«

»Weg.«

Das sagt sie am Abend auf der Terrasse hinter ihrem Haus.

Am nächsten Morgen ist Nebel draußen und Nebel im Kopf. Zumindest bei Maria. Um halb zehn erst ist sie aus ihrem Zimmer gekommen: mit wuscheligen Haaren, und aus den kaum geöffneten Augen dringt nur graues Grün. Geschlagene zehn Minuten hat sie dann unter der Dusche gestanden und dabei die Tür zum Bad einen Spaltbreit offen gelassen. Das hat sie schon als Mädchen so gehalten, nachdem sie bei der Kinderstunde im Radio diese Geschichte von den Wassermonstern gehört hatte, die an manchen Tagen morgens aus Abflussröhren kriechen. Ob Maria noch immer an die kleinen schleimigen Ungeheuer denkt?

Es klappert im Bad, und dann kommt die Schwester, frisch wie der Morgentau, die nassen Haare noch umwickelt von einem sehr roten Frotteetuch, an den Frühstückstisch, den Uli schon gedeckt hat. Brötchen, Grüntee, Joghurt, frisch gepresster Orangensaft.

»Ich trinke Kaffee«, sagt Maria und drückt den Knopf an der Espressomaschine, sodass das Gerät zu rumpeln und zu ruckeln beginnt. Als ob das alles hier selbstverständlich wäre, als ob Uli ihr jeden Tag das Frühstück richten würde, setzt sie sich mit einem lauten Plumps auf einen Stuhl, kippelt ein wenig nach rechts, rutscht nach links, bis Uli von der Zeitung aufschaut, in die er sich vertieft hat, und sie fragt, ob er vielleicht auf dem falschen, also auf ihrem Platz sitze.

»Erraten«, sagt Maria, und: »Wann fahren wir los?«

Uli rückt seinen Teller auf die andere Seite des Tisches, setzt sich auf den Stuhl, auf dem die Schwester noch ein paar Tropfen Wasser von ihrem nassen Haar zurückgelassen hat. Fast hatte Uli gehofft, Maria sei am Abend zuvor so alkoholisiert gewesen, dass man mit ihr heute alles von Neuem diskutieren könnte. Dass er sie überzeugen könnte von Sinn und Notwendigkeit des Hierbleibens – und sich selbst gleich mit, denn stärker als ihr Überfall gestern in seiner Werkstatt hat ihn schon lange nichts mehr umgetrieben. Lange hat er nachts schlaflos im Gästezimmer gelegen, immer wieder ist er aufgestanden und hat in den Sternenhimmel geschaut, von dem keine Schnuppe fiel.

»Wann fahren wir los?«, wiederholt Maria jetzt, während sie die feuchten Haare langsam aus dem Frotteetuch wickelt und an den Spitzen trockentupft. Die Wut, mit der sie gestern in Ulis Laden stürmte, ist ihr nicht mehr anzumerken. Heute wirkt alles an ihr klar und entschieden.

»Ich bin mir nicht sicher«, sagt Uli. »Ich habe noch Aufträge. Und dann... Wie lange denkst du denn... und wohin... also einfach so: ins Blaue?«

Was Uli nicht sagt, ist, dass er Angst hat. Dass er sich davor fürchtet, die Grenzen einzureißen, mit denen er sein einsames Leben umzäunt und befestigt hat, damit bloß keine Frage, keine Unsicherheit und möglichst wenig Fremdes hineinkann. Ulis letzter Urlaub liegt über zwei Jahrzehnte zurück, da hatte er noch nicht seine eigene Werkstatt. In einer kleinen Alpenhütte hat er sich damals von der Arbeit in der vollen Münchner Schuhmanufaktur erholt, und er weiß noch, wie er davon träumte, dort oben zu bleiben und alt zu werden. So wie der Senn, der ihn abends das Alphornspielen lehrte, und als Ulis erster Ton, noch zittrig, kurz und ungeerdet wie die Stimme eines Knaben zu Beginn der Mutation, aus dem langen Rohr ins Tal tönte und von den Bergwänden widerhallte, da hat er gedacht, nur Klänge könnten alle Fragen der Welt beantworten, und es fühlte sich so an, als gehöre ihm die ganze Welt.

Mit Maria war Uli zuletzt in Kindertagen unterwegs, und auch dort, erinnert er sich, war er vor allem dann glücklich, wenn die Kinder, die Maria immer angezogen hat wie ein Magnet, fern von ihm am Strand herumtobten. Dann lag er alleine im warmen Sand, die Geräusche von Wind und Wellen in den Ohren, über ihm nur die Sonne und nachts das dunkle Himmelstuch mit den hellen, unzählbaren Tupfen der Sterne.

Maria weiß genau, wie sie Uli anschauen muss. Uli steht auf, sieht aus dem Fenster. Draußen steht der VW-Bus; wäre er ein Pferd, könnte man meinen, er scharrte mit den Hufen. Am Himmel sind dunkle Wolken aufgezogen, eine Windbö wirbelt Blütenblätter aus dem Beet auf die Straße.

Plötzlich macht es einen Schlag, dass es Uli durch Mark und Bein geht, aber es ist ein Schlag, den nur Uli spürt. Wie wenn er selbst das Zentrum eines Gewitters wäre, das sich gerade entlädt, fährt ihm wie ein Blitz ein Bild in seine Gedanken: Eine Tür öffnet sich, ganz weit; das Licht, das hereindringt, ist so hell, dass er die Augen schließen muss, weil er es sonst nicht erträgt. Als er sie langsam wieder öffnet, zaubert die Sonne einen hellen Weg auf die Erde, der sich über der Wiese verliert und nicht zu enden scheint.

Uli hält sich fest. Noch nie hat er so einen Weg gesehen. Dann ist das Bild verschwunden.

»Eigentlich nur einen Rucksack, einen Schlafsack, Isomatte und Campingkocher«, hat Maria gesagt. Uli seufzt. »Eigentlich«, sagt er laut. Er ahnt, was dieses Wort heute bedeutet, und tatsächlich trägt er, nachdem er seinen Rucksack, seinen Schlafsack, seine Isomatte und seinen Campingkocher im Bus verstaut hat, auf Marias Bitte noch kistenweise Proviant und Taschen ins Auto, die prall gefüllt sind mit Unentbehrlichem. Taucherbrille, Föhn, Sonnencremes und Norwegerpulli.

Gut, denkt Uli am Ende, als er die letzte Tüte in den Bus gestopft hat, gut, dass die Kinderzeit vorbei ist, in der Maria vor Urlaubsreisen auch noch den Puppenherd mitnehmen musste.

Die Haustür ist abgeschlossen.

Uli dreht den Zündschlüssel im Schloss. Der Motor macht duff, und duff, duff-duff-duff-duff-duff-duff-duff-duff. Fertig. Zwei Viertel, acht Sechzehntel, dann ist der Beat zu Ende.

»O nein«, sagt Maria, »so etwas ist wirklich noch nie passiert.«

Aber jetzt. Hier am Waldrand gibt es eben nicht nur wilde Frauen, sondern auch freilebende Nagetiere. Man hätte vorsorgen sollen, um die Marder fernzuhalten. Und das alles nur wegen Micha. Und wegen dem Crémant gestern Abend.

»Des Crémants«, verbessert Maria, die Deutschlehrerin, ihren Bruder, der offenbar gerade laut wütend war. Sonst rettet er den Genitiv gerne auch selbst, aber nun tritt Uli gegen die Reifen des Busses, schreit laut seinen Zorn in die Luft, und es ist nicht bloß Wut über das Auto, das nicht starten will. Nein, Uli ist plötzlich auch wütend auf sich selbst: dass er tatsächlich das Schild »Betriebsferien« in seine Ladentür gehangt und alle Bedenken gegen die plötzliche Zweisamkeit in den Wind geschlagen hat, und schon jetzt beginnt alles so anders zu werden, als er es sich je hat vorstellen wollen. Neben ihm ist ein Mensch, den er zu kennen meinte, und plötzlich spürt er, wie viel Fremdes vor dem Vertrauten steht.

»Das ist gerade wie bei dieser Oper von Rossini«, sagt Maria, und auch das nervt Uli jetzt ganz kolossal: dass die Schwester ihn auch noch fragt, wie diese bescheuerte Oper eigentlich heißt.

»Der Türke in Italien«, ruft Uli, bis oben hin angefüllt mit Wut, vor allem auf sich selbst, und er sagt das, obwohl er es viel besser weiß, denn Opern haben seit jeher sein Leben und vor allem seine Arbeit in der Werkstatt begleitet. Aber dann steigt Maria aus, um den Namen des Stücks im Lexikon nachzuschlagen, weil sie ihm partout nicht glauben will, so wie sie ihm, dem Kleinen, schon als Kind nie etwas hat glauben wollen. Aber gut, so kann sie wenigstens etwas Sinnvolles tun, während er in der Werkstatt anruft.

Als das gelbe Auto kommt, weiß Maria, dass die Oper »Die Reise nach Reims« heißt, dass sie davon handelt, dass sich Reisende die Wartezeit auf die Kutsche mit dem Absingen ihrer Nationalhymnen vertreiben und dass die Kutsche dann aber ebenso wenig kommt wie Godot bei Beckett. Und Uli hat, um bei Verstand zu bleiben, neben dem Bus im Lotossitz seine Lieblingsposition Siddhasana eingenommen, eine Ferse am Perineum, die andere am Schambein, und er ist dabei so tief versunken, dass ihn der hektische und leicht irritierte Mechaniker nicht zu stören wagt.

Maria ist aber da. Sie steht dem Mann mit so viel Rat zur Seite, dass die Tat sehr schnell vollbracht ist, und als Uli das vertraute Knattern des Motors hört, erhebt er sich, als hätte man ihn wachgeküsst, streckt sich, gähnt, spürt, dass immer noch ein Grimm in ihm ist, worauf auch immer, nimmt dann aber wieder auf dem Fahrersitz Platz.

Er dreht den Schlüssel um.

Jetzt springt der Motor an.

Es kann losgehen.

Fragt sich nur, wohin.

Erst als Uli die Richtung zur Autobahn einschlägt, fällt den Geschwistern ein, dass sie über das Ziel der Reise noch gar nicht gesprochen haben. Wobei für Uli eigentlich alles klar ist: In den Urlaub fahren heißt für ihn, in den Süden fahren, und des Weiteren gilt: Wer fährt, ist der Boss.

Maria sieht das anders.

»Bist du wahnsinnig?«, fragt sie. »Südeuropa im Höchstsommer? Das ist eine Strafe.«

»In Südfrankreich ist es auch nicht heißer als gerade hier«, sagt Uli, »und wenn der Herbst kommt, sind wir froh über Wärme und Sonnenstrahlen.«

»Man sollte nicht in die Sonne gehen«, sagt Maria, »das schadet der Haut, vor allem, wenn man dem Äquator so nahe kommt.«

»Der Äquator«, sagt Uli, »ist auch von Südfrankreich noch ein ganzes Stück weg.« Er schaut Maria von der Seite an. »Außerdem gibt es im Norden keinen Wein, nicht einmal richtiges Bier. Da ist es so kalt, dass man es nur in der Sauna aushalten kann, immerzu weht ein Wind, im Meer friert Männern alles ab und Frauen alles zu, das wenige frische Gemüse, das es gibt, ist importiert, teuer und schlecht, man kann abends nicht draußen sitzen, und unter den wenigen Menschen, die das Leben dort aushalten, sind entsetzlich viele Verbrecher und Psychopathen.«

Maria lacht. »Du guckst eindeutig zu viel fern. Und so viele Mörder und Gestörte wie in skandinavischen Krimis kann man nur in Ländern erfinden, in denen es zu wenige davon gibt.«

Dann aber, unvermittelt: »Los, kehr um.«

Diese Frau ist echt hartnäckig, denkt Uli, aber das bin ich auch, und dann sagt er:

»Okay, wir fahren jetzt erst mal in den Süden, weil ich, wenn wir in den Norden gefahren wären, niemals in diese Reise eingewilligt hätte. Und dann ... schauen wir mal.«

Maria schweigt. Das ist eigentlich kein gutes Zeichen. Uli kennt sie so gut, dass er weiß: Schweigende Schwester ist gleich ruhender Vulkan. Ein plötzlicher Ausbruch steht sekündlich zu erwarten.

Noch aber ist es still. Nicht einmal ein leises Zittern oder Grollen ist zu vernehmen.

Uli fährt in den Abend hinein. Die glutrot untergehende Sonne ist auf seiner Seite.

Es wird dunkel.

»Wie lange fährst du noch?«, fragt Maria.

»Noch ein bisschen«, sagt Uli.

»Also, wenn du magst, kann ich zwischendurch auch mal ...

»Mmhhh, nachher, ja.«

Uli denkt an seine Werkstatt. In seiner Nase spürt er den Geruch von Leder und Leim, seine Finger tasten sich am Lenkrad entlang, als suchte er nach den Linien und Kerben im Material.

Maria denkt an Micha. An ihren Wutanfall, als sie merkte, dass er nicht mehr zu ihr zurückkommen wird: wie sie die Schere schnappte und in Michas Schreibtischstuhl rammte, bis das weiße Futter an allen Seiten herausquoll, wie sie die Gardinen im Arbeitszimmer ihres Mannes heruntergerissen und zerschnitten und am Ende auch das gerahmte Familienfoto von einem glücklich besonnten Urlaub in der Provence vom Schreibtisch geworfen und dann lange geweint hat, als es am Boden lag, übersät von Scherben.

Plötzlich ist der Bus randvoll mit all dem, was die Geschwister hinter sich ließen.

»Ich möchte noch vieles fragen, bevor er tot ist.«

Uli schreckt auf.

»Ich meine«, sagt Maria, »– ach, ich weiß es nicht.«

»Du meinst ... Vater?«

Maria nickt.

»Und warum kommst du jetzt darauf?«

»Weil er so alt ist. Weil er nie wirklich gesprochen hat, und weil er vielleicht nie wieder sprechen wird. Weil wir jetzt unterwegs sind. Und weil ich auch deshalb unterwegs sein will, um herauszufinden, was ich will und wohin ich gehöre. Und wenn ich das frage, denke ich an Vater. Wie kann ich wissen, was ich bin und will, wenn ich nichts darüber weiß, wie er war und warum?«

Schweigend schaut Uli über das Lenkrad hinweg auf die Straße, die unter den Vorderreifen des Busses verschwindet.

An der nächsten Raststätte wollen sie etwas essen, und dann darf Maria auch mal fahren – »aber nur so lange, wie du wirklich noch wach bist, wenn du müde wirst, fährst du besser auf einen Parkplatz, dann geht es morgen weiter.«

»Klar, mach ich«, sagt Maria.

Im Rasthof »Grünes Land« gibt es Gulaschsuppe und Bier.

Uli zahlt, und »upps«, sagt Maria, als sie mit gutem Zug ihr Bierglas zu zwei Dritteln leer getrunken hat, »ich muss ja noch fahren.« Der Rest ist dann also für Uli.

Ein bisschen warten sie noch, schauen dem Verkehr auf der Autobahn beim Vorbeifahren zu. Den Lichtern, die kommen und gehen.

Uli gähnt. »Hier wird man nur müde, lass uns fahren.«

Maria nimmt auf dem Fahrersitz Platz.

Uli stellt den Beifahrersitz weit zurück, stopft sich Marias Reisekissen in den Nacken und schließt die Augen.

Lichtpunkte huschen vor seinen Lidern vorbei, Schatten von Geräuschen vor seinen Ohren. Der Motor rattert. Der Bus ruckelt gleichmäßig.

Uli schläft.

Er schläft lange. Viel länger, als er gedacht hat.

Als er aufwacht, ist der Bus nicht mehr auf der Autobahn.

Die glutrot aufgehende Sonne scheint Uli ins Gesicht. Sie ist auf seiner Seite.

Auf Ulis Seite?

Uli reibt sich die Augen und liest ein gelbes Straßenschild. Ueckermünde 22 km.

Das kann doch nicht wahr sein.

»Natürlich hab ich umgedreht«, sagt Maria. »Ausfahrt raus, Einfahrt rein. Hätte ich etwa nach Saarbrücken fahren sollen?«

»Halt an«, schreit Uli, »halt sofort an!«

Maria fährt an den Straßenrand. »Ist doch unlogisch«, versucht sie den Bruder zu beschwichtigen. »Das hab ich mir überlegt. JETZT ist es heiß, JETZT ist Hochsommer, und da ist es doch viel besser, wenn wir JETZT nach Norden fahren und DANACH, wenn es hier kalt wird, in den Süden. Also der Sonne hinterher. Und mit dir konnte man ja nicht reden. Erst hast du den Boss gespielt, an den keiner herankommt, und dann hast du geschlafen.«

Uli springt aus dem Bus, denkt, vielleicht ist das doch nur ein Traum, ein böser, böser Traum, und dann schreit er draußen herum und springt, als wollte er sich selbst aufwecken. Er ist aber schon wach. Der Albtraum ist wahr. Maria ist in den Norden gefahren, und nicht nur das, sondern außerdem noch in den Osten. Sie ist genau in die Gegend gefahren, aus der alle anderen wegwollen.

Uli kommt zurück zum Bus. Reißt die Fahrertür auf. »Raus!«, schreit er Maria an, und die steigt auch sofort aus. Ohne ein Wort zu sagen, wechselt sie die Seite, setzt sich auf den Beifahrersitz: stumm, die Augen starr nach vorne gerichtet. Aber nicht wirklich schuldbewusst.

»Das ist nicht zu glauben«, tobt Uli. »Das ist nicht nur deine Reise, das ist auch meine! Wir hatten vereinbart, dass wir gemeinsam beschließen, wo wir hinfahren. Gemeinsam! Und nun entscheidest du einfach alleine, wie wenn ich gar nicht da wäre. Das geht nicht, hörst du, das geht überhaupt nicht!«

Jetzt wird Maria wütend. »Aber MEIN Leben ist kaputt!«, schreit sie und wäre, wenn das möglich wäre, am liebsten vom Beifahrersitz aus ganz weit nach oben gesprungen. »Mein Leben ist ein Trümmerhaufen. Hast du auch mal daran gedacht? Also daran, wie es MIR gerade geht? Mit einem Mann, der einfach weggegangen ist zu einer anderen, mit Kindern, die nur noch ihr eigenes Ding machen wollen, mit einem Job, in dem man mir lauwarm Alles Gute wünscht und hofft, dass ich bald Platz mache für jüngere, hippere Lehrer, und mit einem Leben, das ÜBERHAUPT KEINE Richtung und Perspektive mehr hat? Bin ich vielleicht deine Schwester, ist dir noch eine Spur von Empathie für andere geblieben? Und überhaupt: Hast DU vorhin GEMEINSAM mit mir entschieden, dass wir nach Süden fahren, oder war das nicht vielmehr Deine eigene Entscheidung?«

Ach.

Wieder einmal waren Marias Worte schneller als ihre Gedanken, und sie merkt, dass sie eben einen Schritt zu weit gegangen ist.

»Entschuldige«, sagt Maria, greift nach Ulis rechter Hand, doch Uli zieht sie zurück. Er ist über dem Lenkrad in sich zusammengesunken, hängt da nun herum wie ein Häufchen Elend.

Für Momente ist es ganz still im Bus.

»Wir könnten ein bisschen hierbleiben«, sagt Maria leise. »Nur ein paar Tage. Am Stettiner Haff soll es sehr schön sein. Und ruhig.«

»Das glaube ich sofort«, brummt Uli. »Aber ich finde das unmöglich, ich fühle mich saublöde, und du hast mich hintergangen. Andererseits. Nun sind wir hier. Suchen wir uns also da oben einen Campingplatz. Dann sehen wir weiter.«

»Danke«, sagt Maria, und als sie das sagt, merkt Uli, dass ihre Entschuldigung eben ernst gemeint war. Sie weiß, dass sie zu weit gegangen ist.

Uli lässt den Motor an.

Sie brauchen noch eine gute Stunde, bis sie im hintersten Winkel des Haffs einen Ort finden, der ihnen gefällt: ein Dorf mit einer Straße aus alten, sehr holprigen Pflastersteinen, umgeben von schönster Heidelandschaft, und wenn man auf der Wiese am Ufer steht, die hier der Campingplatz sein soll, dann kann man auf der anderen Seite Polen liegen sehen. »Man könnte glatt mit einem Schlauchboot rüberfahren«, sagt Maria. Uli schaut sie nur einmal scharf an, da weiß sie: Jetzt auch noch ein Schlauchboot zu kaufen, das geht gar nicht. Schon wegen des Stauraums im Bus.

Kaum haben sie das Zelt neben dem Bus aufgestellt, ist Maria, die in einem ihrer früheren Leben unbedingt ein Fisch gewesen sein muss, auch schon weit draußen im Wasser, das hier ganz klar, ruhig und, wie sie sagt, außerdem genau richtig warm ist, und von Weitem winkt sie Uli zu, er soll unbedingt auch kommen, es ist ganz herrlich in diesem Element, das fühlt sich an wie neues Leben, und dann spritzt sie so wild herum, dass sich selbst die Enten und Wildgänse, die zuvor in weiterer Entfernung von ihr beschaulich ihre Bürzel in die Luft streckten, eilig davonmachen.

Uli folgt ihr nicht. Er ist immer noch wütend, und er hat Hunger. Sucht nach den Spaghetti und der Fertigsoße, die Maria eingepackt hat, findet den Campingkocher, entkorkt eine der Beaujolais-Flaschen, die Maria von zu Hause mitgenommen hat. Nach ein paar Schlucken weicht die Anspannung ein wenig von ihm.

Als Maria nach einer gefühlten Ewigkeit tropfend aus dem Wasser steigt, liegt Uli mit geschlossenen Augen neben seinem halb geleerten Weinglas. Gleichmäßig hebt und senkt sich sein Brustkorb. Maria nimmt sich den Rest der verklebten Spaghetti und schenkt sich selbst ein.

Bin ich glücklich? Jetzt?

Maria schiebt ihren Teller beiseite. Sie blickt auf das Haff und kann die Frage nicht beantworten. Sie könnte auch nicht sagen, dass sie unglücklich ist. Muss man, um sagen zu können, ob man glücklich ist oder unglücklich, nicht erst einmal wissen, was Glück für einen sein kann und welches Glück man sich wünscht? Um einen Maßstab zu haben, an dem sich das Glück oder das Unglück messen lässt?

Ach, was sie will. Wohin sie will. Wenn Maria das nur wüsste. Vielleicht muss sie erst ein wenig schlafen.

Auf dem Campingplatz stehen neben dem Zelt von Uli und Maria nur noch zwei weitere Wohnwagen. Beide sehen verlassen aus. Trotzdem hat, kaum dass sie ihren VW-Bus geparkt und das Zelt ausgepackt hatten, der Strandkiosk seine Läden aufgemacht. Ein verschlafener Frauenkopf hat sich aus dem Fenster gebeugt, zwei Arme sind hintennach gekommen und haben das Schild »Ein Eis geht immer« vorne an den Tresen gehängt.

Was für ein Spruch, denkt Maria, nimmt ihren Geldbeutel, sieht auf das Langnese-Schild neben dem Kiosk und bittet um ein Cornetto. »Nuss oder Erdbeer?«, fragt die Frau. »Wenn ich nur so begehrt wär' wie das Cornetto Erdbeer«, antwortet Maria. Sie weiß selbst nicht, warum ihr der blöde alte Werbespruch ausgerechnet jetzt einfällt. Die Frau scheint entweder den Slogan nicht zu kennen oder depressiv oder einfach ziemlich humorfrei zu sein, jedenfalls wendet sie sich stumm zur Seite, öffnet die Tiefkühltruhe und beginnt zu wühlen. Wahrscheinlich ist bei dem Eis hier das Haltbarkeitsdatum schon lange abgelaufen, denkt Maria, aber da liegt sie ziemlich falsch. Mit hochrotem Kopf taucht die Frau wieder auf und sagt, dass das Cornetto leider aus sei. Hm, offenbar haben andere auf diesem belebten Campingplatz die abgelaufenen Eispackungen schon aufgeschleckt.

»Dann irgendwas anderes, irgendein anderes Milcheis«, sagt Maria, und wieder steckt die Kioskbesitzerin ihren Kopf für eine ganze Weile in die Truhe.

Als sie endlich aus der Kälte zurückkehrt, hat sie ein Eis in der Hand, dessen Papierverpackung außen mit einer Schicht weißer Kristalle umhüllt ist. Es ist das letzte Speiseeis, das sich unter den vielen Eiskristallen in der Truhe noch finden ließ.

»Flutschfinger«, sagt die Frau, und wie sie das sagt in ihrem Ossi-Deutsch mit seinen aufgeweichten Konsonanten und seinen Vokalen, die klingen, als würden sie förmlich in den

Gaumen hineingesogen, klingt der Name fast ein wenig obszön. Maria lächelt, zahlt das Eis und geht zu der Weide zurück, unter der ihr Bruder immer noch schläft. Da liegt sie lange, schleckt das Weiß, das Rot und das Grün frei und sieht der Kioskbesitzerin zu, die, als kein weiterer Kunde mehr kommt, die Läden sorgsam wieder schließt. Das Schild »Ein Eis geht immer« lässt sie draußen hängen.

Es geht ein leichter Wind. Das Säuseln der feinen Weidenblätter klingt, als bewegte der Sommer eine leise Rassel zärtlich in seiner Hand. Ein Schwarm Wildgänse zieht vorüber. Die winzigen, spitzen Wellen im Haff plätschern im Schilf und machen kleine, glucksende Geräusche, wenn sie rund um die Steine am Ufer im groben Sand versickern.

Still schaut Maria eine Weile auf das Wasser, das hier so sanft ist und so gleichmütig. Manchmal springen in der Nähe des Ufers kleine Fische in die Luft.

Maria schläft, und als sie aufwacht, sitzt ihr Bruder neben ihr und schaut sie an. Vielleicht hat dieser Blick sie wach gemacht.

»Immerhin«, sagt Uli, als habe man sich eben gerade unterhalten und nur eine kleine Pause gemacht, »gibt es hier im Ort auch ein Haus mit der Aufschrift Speisegaststätte.« Und diese – Uli amüsiert sich über den altbackenen Namen – Speisegaststätte hat sogar geöffnet, Uli ist eben ein bisschen spazieren gegangen und hat nachgesehen. »Wollen wir beide da heute Abend nicht einfach mal hingehen? Uns bedienen lassen, Wein trinken, einfach mal genießen und so tun, als wären wir im Urlaub?«

»Wir SIND im Urlaub«, hält Maria fest.

Uli runzelt die Stirn.

»Bitte«, sagt er, »Maria.« Mehr nicht.

Die Schwester schweigt.

Die Kioskbesitzerin, die ihre Ohren offenbar überall hat, stellt demonstrativ zwei Flaschen Radeberger auf den Tresen. Vergebens wartet sie auf das Geschäft des Tages.

Maria und Uli sind die einzigen Gäste. Dennoch dauert es ein bisschen, bis ein älterer Mann sich von der Küchen-Durchreiche aus mit zwei Speisekarten in der Hand zu ihrem Tisch aufmacht.

Ob es Wein gibt, fragt Uli.

»Ja«, sagt der Mann.

»Rotwein?«, fragt Uli.

»Ja«, sagt der Mann.

»Trocken?«, fragt Uli.

»Joa«, sagt der Mann.

»Woher?«, fragt Uli.

»Frankreich«, sagt der Mann. »Oder Italien.«

Ob er mal nachschauen kann, fragt Uli.

»Ja«, sagt der Mann.

»Nun sei doch nicht so anspruchsvoll«, sagt Maria.

Der Mann kommt zurück. »Tschianti«, sagt er. Maria spürt, dass Uli am liebsten fragen würde, ob der nun aus Frankreich oder aus Italien kommt. Sie stupst ihn in die Seite.

»Ist gut«, sagt sie. Und »zwei Glas rote Fassbrause, bitte.«

»Was?«, fragt Uli, als der Mann weggeschlurft ist.

»Das Kultgetränk der DDR«, sagt Maria, »muss man hier mal getrunken haben. Schmeckt süß und brizzelig.«

Der Rotwein schmeckt auch süß und brizzelig, denn es ist kein Tschianti, sondern ein ziemlich lieblicher Lambrustscho. »Macht nichts«, lacht Maria, der erinnert sie an Studentenzeiten, »weißt du noch, Uli, so einen haben wir uns beim Norma gekauft und dann unten am Main getrunken, bis wir alle total besoffen waren, und dann haben wir draußen übernachtet, bis das Gewitter kam.«

Uli erinnert sich gut. Auch an die Vorlesungen, in die Maria, die Große, ihren kleinen Bruder mitnahm, als er einmal von München aus nach Würzburg zu Besuch kam. Da gab es diesen verrückten Professor, zu dessen Mittelhochdeutsch-Veranstaltungen die halbe Uni kam, sogar die Mediziner. Weil er der festen (und, wie sich Uli vage erinnert, belegbaren) Meinung war, dass mittelhochdeutsche Lyrik gesungene Dichtung war, ließ Professor Bronner sein schönes Organ durch die Aula tönen, und nie wieder sind Uli die Gedichte von Walther von der Vogelweide oder Wolfram von Eschenbach so nahe gekommen wie in diesen denkwürdig lebendigen Stunden eines eigentlich altbackenen Fachs.

Notfalls, unterbricht Maria seine Gedanken, könnte man das weinige Gebrizzel ja auch mit der roten Fassbrause mischen.

»Ja«, sagt Uli, aber eigentlich hat er gar nicht richtig zugehört.

Der Blick in die Karte ist so ernüchternd, dass sie gleich einen zweiten Wein bestellen. Dazu einen Strammen Max für Uli und einen Toast Hawaii für Maria. »Dass es so etwas heute noch gibt«, staunt Uli, und Maria kommt aus dem Kichern über diese »richtig urige Speisegaststätte ohne Speisen« nicht heraus.

Als die Teller leer sind, stellen beide fest, dass man hier wirklich noch richtig gut essen kann – jedenfalls in der Art, wie noch die Großeltern gutes Essen definierten. Der schlurfende Mann muss den beiden Gästen, die weiterhin an diesem Abend die einzigen bleiben, allerdings noch einen Schnaps bringen, der hier Kutterkeule heißt, und dann noch einen zweiten, den Maria, sehr lustig geworden, laut auf den Namen Hummerhammer tauft.

Am Ende stehen zwölf Euro zwanzig auf der Rechnung. Maria mag das nicht glauben. »Du«, flüstert sie über den Tisch, »der

Schlurfober hat zwanzig Euro vergessen. Mindestens. Sollen wir ihm das sagen, oder sollen wir so tun, als hätten wir nichts gemerkt?«

Uli lacht leise. »Ich glaube, das ist hier normal«, flüstert er zurück, »wir sind im Osten, und da gibt es alles im Sonderangebot. Sogar Tschianti-Fassbrause.«

Draußen legt er einen Arm um Maria. Satt, versöhnt und laut lachend gehen beide zum Campingplatz zurück.

Maria legt sich auf die Matte, auf der sie mittags schon geschlafen hat. »Wir könnten draußen bleiben«, sagt sie. »Es ist so mild heute, und schau mal, wie klar die Sterne leuchten.«

Uli holt sich eine Decke aus dem Bus, und eine Flasche Beaujolais bringt er auch noch mit. »Du hast ja euren halben Weinkeller im Auto verstaut«, sagt er.

»Stimmt nicht«, sagt Maria, »den ganzen.«

Die Sterne spiegeln sich im Wasser, brechen und vervielfachen sich in den kleinen, krausen Wellen des Haffs. Der Mond, der gemütlich auf dem Rücken liegend dem langsamen Anschwellen seines Bauches beiwohnt, zaubert auf das Nass eine glänzende Straße aus Licht. Wie wenn es dort einen Weg gäbe.

Maria und Uli liegen stumm da, schauen und lauschen dem Rascheln der Blätter, dem verträumten Schnattern einer Ente, dem sanften Plätschern am Strand.

»Was wirst du jetzt tun?«

Maria erschrickt. Ulis Frage kam so plötzlich.

»Ich weiß es noch nicht«, sagt sie dann. »Ich fühle mich alt. Entsorgt. Und schuldig. Schließlich ist Micha ja nicht freiwillig gegangen.«

»Wie?«, fragt Uli.

»Er ist nicht gegangen, weil er es selbst wirklich wollte. Das hätte er nie getan. Ich habe ihn rausgeschmissen. Ihm gesagt,

dass ich es nicht mehr ertrage, immer die Zweite zu sein. Dass
er so selten nach Hause kommt und dass er, wenn er mal da
ist, immer nach dieser anderen riecht. Dass er auf mich einfach
keine... Lust mehr hat. Dass ich nur noch ein Möbelstück in seinem Leben bin. Ein Alltagsgegenstand. Und ein Statussymbol.
Eine Ehefrau, die man halt irgendwie hat. Vielleicht auch ab
und zu nützlich. Aber dann auch wieder die Frau, an der man
seine Wut auslassen kann. Ach, Uli, in diesem Mann war so
viel Wut und so viel Frust, vor allem über sich selbst und darüber, dass er nie gewusst hat, was er wirklich will, und sich deshalb auch nie wirklich entscheiden konnte. Trennen wollte er
sich nie, aber er hat alles getan, um mich dazu zu bringen, dass
ich nicht mehr anders kann, als selbst die Trennung zu wollen.
Damit ich die Aktive bin, also die Böse, die Schuldige – und
damit er die Verantwortung für den ganzen Mist nicht selbst
tragen muss.«

»Verdammt«, sagt Maria, jetzt richtig wütend, »ist das nicht
widersinnig: Ich durchschaue das alles, und trotzdem fühle ich
mich schlecht. Ich ärgere mich so: über ihn, aber auch über mich
selbst. Weil ich mich klein machen lasse. Weil ich mich selbst
oft als Letzte frage, was für mich wahr und richtig ist. Weil ich
so viel ausgehalten habe um der Kinder willen. Oder weil ich
Angst hatte. Oder weil ich mich einfach an ihn gewöhnt hatte.
Und ich ärgere mich auch, weil ich es einfach nicht schaffe,
diese Gedanken loszuwerden.«

»Große Schwester«, sagt Uli und legt seine Hand auf die ihre,
»große Schwester, du schaffst das. Du bist die stärkste Frau, die
ich kenne. Du brauchst nur Zeit.«

»Hm«, macht Maria. »Vielleicht hast du ja recht. Ja, ich
möchte wirklich gerne glauben, dass du recht hast.« Sie streichelt Ulis Hand.

»Auf jeden Fall«, sagt sie dann, »will ich das Haus verkaufen, damit ich Geld habe und damit dieser Ort der Erinnerungen weg ist.« Ja, das wird sie tun. Auch wenn die Kinder, Marco zumal, an ihrem Nest hängen. Auch wenn sie dann vielleicht sauer auf ihre Mutter sind. Sie wird das tun, ja, bestimmt, es ist am besten so.

Ruhig liegen die Geschwister da und schauen in den Himmel.

»Sieh mal«, sagt Maria plötzlich, holt ihr Handy aus der Tasche, drückt zwei Tasten und zeigt Uli eine Nachricht ihrer Tochter. »Mami«, steht da, »deine Trennung von Papa finde ich schlimm. Ich melde mich, wenn ich's verdaut habe. Sinja«.

Nun sind Maria doch wieder die Tränen gekommen. »DEINE Trennung von Papa«, schluchzt sie, »siehst du, auch die Kinder sehen die Schuld bei mir. Vielleicht verliere ich sie jetzt auch noch, und was bleibt dann von meinem Leben noch übrig?«

»Das ist Quatsch«, sagt Uli. »Die Kinder verlierst du nicht. Zumindest nicht auf Dauer. Die entfernen sich jetzt einfach nur ein bisschen schneller von dir, als sie es ohnehin getan hätten. Ist doch auch für sie erst einmal ein Schock.« Außerdem kann es wirklich nicht sein, dass Maria nur für ihre Kinder lebt. Dass sie nie auch von etwas anderem geträumt hat.

Ach ja. Wo blieb Maria schon Zeit zum Träumen? Ihr Leben war immer vollgepackt mit Alltag. Den Kindern hat sie gerecht werden wollen und dem Beruf, sie dachte, dass genau dies ihr Glück sei: beides zu haben. Und sie hätte jedem das Gesicht zerkratzt, der das Gegenteil behauptet hätte. »Ich dachte auch immer, dass ich das alles richtig gut auf die Reihe kriege. Und dass Micha das toll findet, das dachte ich auch.«

Ein Schwarm Glühwürmchen irrlichtert über das Wasser. Wie schön das aussieht.

»Und du?«, fragt Maria.

»Was, ich?«

»Was wirst du tun?«

»Unterwegs sein.«

»Und danach?«

»Zurückgehen. Vielleicht ein bisschen reicher und glücklicher. Zumindest stelle ich mir das gerade so vor.« Wobei: Seine Werkstatt vermisst Uli schon jetzt. Diesen Geruch ...

»Und wenn du doch nicht zurückgehst?«

»Das kann ich mir nicht vorstellen.«

»Und wenn es trotzdem passiert?«

»Große Schwester, was fragst du alles. Okay, vielleicht schreibe ich dann einen Roman.«

»Lustig oder traurig?«

»Weiß nicht. Vielleicht beides zugleich.«

»Wie, beides zugleich?«

»Warum nicht? Im Leben ist auch immer alles zugleich, und man nimmt nur das wahr, was man gerade wahrnehmen will. Oder das, was man auf bestimmte Weise wahrzunehmen gewohnt ist. Deshalb lachen wir über einen Clown, dem alles misslingt, obwohl sein Scheitern eigentlich todtraurig ist. Und wir trauern über den Tod, obwohl wir uns laut freuen sollten, dass der Verstorbene, der vorher vielleicht krank war und Schmerzen hatte, nun nicht mehr leiden muss.«

»Und wovon würde dein Roman handeln?«

»Ach, Maria.« Uli seufzt. »Mir fällt vieles ein, das in dem Buch passieren könnte. Aber wovon es handelt, weiß ich wirklich nicht. Vielleicht handelt es von gar nichts, und es erzählt nur von ein bisschen Leben. Vielleicht zeigt es nur etwas Buntes, Zufälliges, vielleicht ist es nur ein Spiel mit Sprache und mit Möglichkeiten. Vielleicht gibt es mir aber auch einfach die Chance, endlich mal nicht selbst immer nur Akteur zu sein. Und stattdessen so etwas wie ein Chronist zu sein, der Macht hat über eine Zeit, die er nach rückwärts hin ausrollt, und so begreift er vielleicht etwas von dem Leben, durch das wir, wenn wir es nur so leben, irgendwie halb besinnungslos hindurchrauschen.«

Also eher eine Dokumentation?

Nein, sagt Uli. Etwas Erlebtes soll darin sein, Lebendiges, Persönliches.

»Hm«, macht Maria. »Und die Figuren in deinem Roman, wären die dann abwechselnd und manchmal auch gleichzeitig komisch und traurig?«

»Vielleicht«, sagt Uli. »Womöglich wäre das dann wie in dieser Oper von Strauss und Hofmannsthal. Ariadne auf Naxos. Zwei Figuren sind eins: eine melancholische, ja depressive, und eine, die ganz Spiel ist, ganz außen. Ariadne und Zerbinetta. Am Ende entdeckt Ariadne, nachdem Theseus sie verlassen hat, durch Zerbinetta, die ihr buntes Spiegelbild und Teil ihres Wesens ist, das Leben neu, und sie wird die Gattin des Bacchus. Der wiederum zaubert Ariadne als Stern an den Himmel und macht sie auf diese Weise unsterblich.«

»Für mich wäre das keine Perspektive.« Maria kichert: »Schau, da oben hängt sie!« Ansonsten findet sie, Uli weiß das ja, dieses künstliche Gesinge auf der Bühne eigentlich doof. »Das spricht einfach nicht zu mir«, sagt Maria. Wobei Schizophrenie wie in dieser Oper natürlich grundsätzlich »total spannend« ist. Und das wäre dann ja das Thema des Romans, oder?

»Ach, du«, sagt Uli. »Wie soll ich das wissen?«

»Guten Morgen!«

Die Sonne kommt heute aus Polen, und da will Maria auch hin. Mit einem Ruderboot, das sie sich, während der Bruder noch schlief, von der Kioskbesitzerin ausgeliehen hat.

»In Polen gibt's keinen guten Kaffee«, sagt Uli, reckt sich und merkt, dass das Schlafen auf einer Isomatte für einen Fünfzigjährigen immer nur die zweite Option sein sollte.

»In Ueckermünde«, sagt Maria, »gibt's keine Polen.« Offenbar findet sie guten Kaffee weniger wichtig. Uli überlegt, ob er vielleicht alleine auf dem Campingplatz bleiben soll, aber richtige Lust dazu hat er auch nicht. Lange werden sie ja nicht mehr hier sein. Warum also nicht einen kleinen Ausflug unternehmen? Warum nicht nach Polen rudern?

Nach einem flüchtigen Frühstück ziehen sie das Boot durch das Gras und den Sand ins Wasser.

Sie brauchen ein wenig, bis sie die Ruder halbwegs im selben Rhythmus und mit derselben Kraft von hinten nach vorne durch das Wasser drücken. Genau genommen, brauchen sie dafür fast bis Polen, aber das dauert noch.

Zwischendurch, etwa auf der Hälfte des Weges durch das Haff, wird das Boot von einer Strömung erfasst und so weit abgetrieben, dass ein jung gebliebener, sehr schöner Motorbootfahrer mit Dreitagebart, Sonnenbrille, sexy Badehose und schwarz gegelten Haaren näher kommt, um zu fragen, ob er helfen kann.

Uli lächelt: »Oh, danke«, sagt er, »aber ich glaube, wir schaffen das.«

Maria lächelt auch: »Wenn wir in einer halben Stunde nicht drüben sind, und Sie sehen mich winken, dann wäre es echt nett, wenn Sie uns retten würden.« Dann zwinkert sie dem schönen Motorbootfahrer so aufmunternd zu, dass der verspricht, für den Fall der Fälle schon mal einen Schampus an Bord kaltzustellen.

»Maria«, sagt Uli leise, damit nur die Schwester es hören kann, »lass das, du bist schon über 50.«

»Na und«, zischt Maria zurück, und ob sie deshalb jetzt etwa keine Frau mehr sei und Männer nicht mehr anschauen dürfe, und dass sie sich trotz ihres Alters keineswegs durchsichtig oder überflüssig oder unattraktiv finde. Demonstrativ löst sie die Schnalle an ihrem Bikini-Oberteil und hängt das Kleidungsstück neben sich über den Rand des Bootes.

Eigentlich kann Uli auch ein Stück alleine weiterrudern.

Maria streckt sich aus und schließt die Augen.

Apfelbrüste, denkt Uli. »Ich nehme alles zurück«, sagt er laut, und da lächelt Maria ihn an. Er lächelt auch ein bisschen und denkt an die modellierten Oberarme des Motorbootfahrers.

Das Boot gerät ein bisschen ins Trudeln. Uli lässt es ruhig angehen. Wie glatt das Wasser hier ist. Wie schön. Eine Einladung: Komm doch, komm in meine Arme. Plötzlich lässt Uli die Ruder los, springt kopfüber und mit lautem Platschen ins Wasser.

»Iiih!«, faucht Maria, die ganz nass geworden ist.

Raus und rein und raus und rein. Uli prustet, Uli springt, er kann gar nicht genug bekommen vom Ins-Wasser-Hineinspringen und Wieder-aus-dem-Wasser-Hinausklettern. »Von mir aus können wir auch hierbleiben, von mir aus müssen wir nicht nach Polen.«

»Blödmann«, schimpft Maria, setzt sich an die Ruder, und gerade noch kann sich Uli ins Boot ziehen, schon gleiten sie weiter gen Osten. Uli hüllt sich in sein Handtuch und schaut den kleinen, quirligen Strudeln nach, die sich nach den Ruderschlägen neben dem Boot im grünen Wasser davontrollen.

Maria fallen alte Seemannslieder ein, die sie als Kind mal im Landschulheim gesungen hat. »Wir lieben die Stürme, die brausenden Meere«, fängt sie zu singen an, immer im Takt mit ihrem Ruderschlag, und bei »Wir lagen vor Madagaskar und hatten die Pest an Bord« singt Uli den Refrain laut mit. »Lebt wohl, Kameraden!«, grölen beide über das Haff.

Als sie Polen erreichen, steht die Sonne hoch am Himmel.

Sie ziehen das Boot an Land, legen die Ruder hinein, und Maria schiebt ein Spiralschloss, das sie vorausschauend mitgenommen hat, durch die Halterung der Ruder hindurch um eine Ulme, die nahe am Ufer steht. »In Polen weiß man nic«, sagt sie, obwohl sie den Spruch eigentlich schon in dem Moment dumm findet, in dem sie ihn sagt.

Die Straßen im Ort sind grau und staubig. Von der Außenwand der Kirche bröckelt der Putz. Sie ist geschlossen. Das Gras auf den Rabatten ist gelb, und ein Laden oder ein Café sind weit und breit nicht zu entdecken.

Sie setzen sich auf eine schattige Bank, die in roter Farbe mit polnischen Worten besprüht ist. Auf dem Gehsteig der anderen Straßenseite liegt reglos ein dünner Hund. Manchmal dreht er seinen Kopf und leckt mit seiner Zunge über eine wunde, kahle Stelle an seinem rechten Hinterbein, und manchmal, wenn aus dem geöffneten Hoftor neben ihm leise gackernd und mit zuckendem Kopf ein grauweißes mageres Huhn heraustrippelt, hebt er müde den kahlen Kopf und schaut es an mit wässrigem Blick.

Als es vom Kirchturm halb zwei schlägt, kommt die polnische Zeit fast zehn Minuten zu spät.

Ohne von ihnen Notiz zu nehmen, schlurft ein alter Mann mit schütterem, grauem, fettigem Haar gebeugt an der Bank vorüber.

Dann nähert sich ein Mofa. Zwei junge Männer sitzen darauf. Sie scheinen auf der Durchreise zu sein. Laut knattert das Mofa an Maria und Uli vorüber. Zurück bleiben eine Staubwolke und der intensive Geruch von Treibstoff.

Hier ist, denkt Maria, die Zeit nicht stehen geblieben, sondern vorübergegangen. Es ist, als ob alles schlafe, und es kommt niemand, um die Schlafenden zu wecken. Kein Prinz weit und breit.

»Ich habe Micha auch geliebt, weil ich mich an ihn gewöhnt hatte«, sagt sie laut.

Uli zuckt zusammen. Eigentlich sollte er Marias plötzliche Gedankensprünge kennen, aber gerade war er selbst mit seinen Gedanken nach Paris gesprungen, hatte im Schatten der großen Bäume des Jardin du Luxembourg gelegen, ganz geborgen, und da war eine Hand...

»Ja«, sagt Uli.

»Hör zu«, sagt Maria. »Ich meine, könnte es sein, dass wir, wenn wir lange mit einem Menschen zusammenleben, von Liebe sprechen, aber eigentlich das Gefühl meinen, das wir haben, wenn wir nach Hause kommen, und da sitzt einer auf dem Sofa, die Füße auf dem Couchtisch, und wir gucken mit ihm die Sportschau zu Ende? Kann dieses Gefühl auch Liebe sein?« Sie dreht sich zu Uli um. Sie lässt nicht los. »Du, das beschäftigt mich wirklich«, sagt Maria. »Also die Frage, ob es nicht vor allem Gewohnheiten sind, die uns im Leben tragen und uns die Kraft geben, mit den ganzen plötzlichen Schrecklichkeiten fertigzuwerden. Wenn das nämlich so wäre, dann wäre es wahrscheinlich ein schrecklicher Fehler, jemanden zu verlassen, nur weil man denkt, dass man ihn nicht mehr liebt, und dann wäre diese ganze Herzflatterei mit ihrem Jippijeh und Juhu und Hurra total für die Katz.«

Uli lacht. »Braucht's aber auch«, sagt er.

»Was braucht's?«

»Na, die Herzflatterei. Damit man etwas hat, an das man sich erinnern kann, wenn man nach Hause kommt, und da sitzt einer bei der Sportschau und hat die Beine auf den Couchtisch gelegt.«

Der Hund gegenüber hat sich langsam aufgerichtet und trottet auf die Hoftür zu. »Ansonsten«, sagt Uli, »kommt es auf die Definition an. Vielleicht meint Liebe ganz einfach, dass man einen bestimmten Menschen besser ertragen kann als andere – und umgekehrt. Und das kann man eben nur, wenn bestimmte Gleichklänge da sind.«

»Vielleicht«, sagt Maria. »Aber warum halten wir es dann manchmal plötzlich nicht mehr aus mit einem Menschen, mit dem wir unseren Alltag so eingeübt haben, dass wir uns sicher fühlen? Und warum fangen wir in dem Moment, in dem wir uns von einem Menschen abwenden, an, so vieles von dem schlecht zu finden, was uns vorher getragen hat?«

»Du stellst große Fragen, große Schwester«, sagt Uli.

Der Hund kommt wieder aus dem Hoftor, trottet ein Stück an der Straße entlang und legt sich dann auf exakt denselben Platz, auf dem er vorhin schon gelegen hat. Wie wenn das hier ein Filmset wäre für einen melancholischen Spätwestern, und irgendein Regieassistent hätte einen Umriss für das Tier auf den Gehweg gezeichnet: Hier, genau hier soll es liegen und nirgendwo sonst.

Maria und Uli sitzen träge auf der Bank. Als die Uhr halb drei geschlagen hat, richtet sich Uli langsam auf. In seinem Kopf hat sich ein diffuser Schmerz ausgebreitet. Ein Leben ohne guten Kaffee ist schwer, ein Leben ganz ohne Kaffee unmöglich. »Lass uns zum Boot gehen«, sagt er.

Als Maria aufsteht, schaut der Hund sie an. Er rührt sich nicht. Seine Lider hängen tief.

Sie schlendern den Weg zurück, den sie gekommen sind. Zwei feuchte Augen blicken ihnen lange nach.

Das Boot liegt noch so da, wie sie es verlassen haben. Nur zwei Möwen sitzen auf der einen Seite und fetten sorgsam ihr Gefieder. Die Geschwister schieben das Boot ins Wasser und beschließen, abwechselnd zu rudern.

Erst ist Uli dran, und Maria macht es Spaß, ihn als Steuerfrau immer wieder ein Stück weiter backbord oder einen Tick weiter steuerbord zu lotsen. Nachdem Maria die Ruder übernommen hat, ist Uli bei den Richtungsangaben eine Spur nachlässiger, sodass ihr Boot ein wenig dahinschlingert. Der Motorbootfahrer vom Vormittag nähert sich und winkt. »Alles okay!«, ruft Maria über das Wasser. »Halt«, sagt Uli, aber er sagt es leise, und so dreht die Jacht wieder ab. Maria beißt sich auf die Lippe. Der Konjunktiv zwei, schon ist er wieder da.

Schweigend rudern sie zurück zum Campingplatz, und als sie zurück sind bei ihrem Zelt, haben beide schlechte Laune. Plötzlich sieht alles hier grau aus und öde. Uli denkt an den Süden. Und Maria, wie immer, wenn sie nicht weiß, was sie tun, denken und fühlen soll, schlüpft in ihren Badeanzug und läuft zum Wasser.

Uli will lieber die Dusche ausprobieren, die er am anderen Ende des Geländes gesehen hat. Aber aus den mit dicker Kalkschicht bedeckten Duschköpfen tropft nur ein braunes, schütteres Rinnsal.

Auch das noch.

Die Kioskbesitzerin, die eben hoffnungsvoll ihre Läden geöffnet hat, ersetzt das Eisplakat durch ein Schild mit der Aufschrift »Kaffee, Cappuccino, Fassbrause« und ergänzt ihr Angebot mit den beiden Bierflaschen von gestern, die sie nun sorgsam ganz vorne auf dem Tresen in Stellung bringt. Natürlich ist das Instant-Cappuccino. Und abgestandener, sauer gewordener Filterkaffee. Wie sollte es hier auch anders sein.

Maria, sieht Uli, ist schon weit hinausgeschwommen ins Haff. Mit kräftigen Armbewegungen krault sie erst vorwärts, dann rückwärts, geht ins Brustschwimmen über und lässt sich zwischendurch treiben. Uli kennt niemanden, den Wasser so verwandelt wie seine Schwester.

Er senkt seinen Fuß ins Wasser. War das vorhin auch so kalt? Aber als er ins Wasser eintaucht, spürt er, wie gut es ihm tut, sich so vollkommen umfangen und getragen zu wissen. Wenn er den Körper streckt, streichelt das Wasser seine Seiten, es nimmt ihn ganz in sich auf und umspielt ihn vom Kopf bis zu den Füßen. Wenn er, der Brustschwimmer, seine Arme und Beine anzieht, dann wirbelt das Wasser um die Gelenke, und er stellt sich, den Kopf unter Wasser, die Augen geschlossen, vor, wie es darauf wartet, von seinen Beinen und Armen wieder weggedrückt zu werden. Der Rhythmus setzt sich fort, unterbrochen nur von den kurzen Momenten, in denen Uli den Kopf aus dem Wasser hebt. Atmen, eintauchen. Atmen, eintauchen. Uli versinkt im Spiel des Wesens mit dem Element und des Elements mit dem Wesen. Zusammenziehen, strecken. Verdrängen, gleiten. Ziehen, stoßen. Einatmen, ausatmen. Kraft geben, Kraft nehmen. Spannen und entspannen. Kämpfen und ruhen.

Es ist ein langes, großes Spiel auch mit der Abendsonne, deren Strahlen unter Wasser das Grün leuchten lassen und dort wie helle Pinselstriche aussehen, die sich nach unten verbreitern. Es ist ein langer, großer Traum. Uli schwimmt, und das Wasser trägt seine Gedanken fort, bis er sich ganz leer fühlt, frei und einsam. Die Welt ist verschwunden. Das Leben hat keine Richtung mehr. Es muss auch keine haben. Nur die Grundfunktionen des Körpers sind dem Schwimmer geblieben. Einatmen, ausatmen. Spannung, Entspannung.

Hell, dunkel.

Bei jedem Eintauchen sieht das Wasser anders aus.

Es ist blaugrüngrau.

Fast wie Marias Augen.

Marias Augen.

Maria.

»Hey!« Ulis Kopf ist auf ein Hindernis gestoßen, und der Ruf direkt vor ihm kommt: von seiner Schwester.

»Sag mal, spinnst du?«, prustet Maria. »Da sind wir beide mitten in diesem riesigen Wasser, und du rammst mir deinen Kopf mit voller Wucht direkt in die Seite. Das kann doch nicht wahr sein!«

»Entschuldigung«, keucht Uli, herausgerissen aus seinem Rhythmus und aus seinem schönen Traum, und als er dann neben Maria zurück zum Ufer schwimmt, will sich die Leichtigkeit nicht mehr einstellen, die vorher in seinem Körper und in seiner Seele war.

Das Handtuch, das er auf einen Stein gelegt hat, ist von der Abendfeuchtigkeit klamm geworden. Lange müssen sie draußen im Wasser gewesen sein. Uli hat das Gefühl für die Zeit vollkommen verloren.

Nebeneinander stehen die Geschwister am Strand und schauen auf das Wasser, das in der Abendsonne glitzert. Dann schauen sie sich an, und ohne Worte beginnen sie, ihre Sachen zusammenzuräumen und im Bus zu verstauen.

Uli verschwindet kurz auf die Toilette. Ein paar Bartstoppeln sollen noch weg, wer weiß, wann sie wieder irgendwo in der Zivilisation nächtigen.

Im Spiegel sieht Uli einen Mann mit ebenen Zügen, straffer Haut und dem Ansatz eines Dreitagebartes. Die Nase ist eine Spur zu lang, aber gerade, und dass ein paar Falten um den Mund mittlerweile stark ausgeprägt sind, ist eher positiv, denn sie geben dem Gesicht etwas Markantes. Das Haar, graumeliert, weicht an den Schläfen zurück, hat aber noch Fülle und Glanz.

Bin ich schön?

Zwei fragende, zweifelnde Augen blicken in den Spiegel, und zwei fordernde, selbstbewusste Augen blicken aus dem Spiegel zurück.

Die Augen taxieren sich. So stehen sich die beiden gegenüber: hier der Mann und dort der Mann im Spiegel. Der Spiegelmann.

Mit seinem rechten Zeigefinger fährt Uli auf dem trüb gewordenen Glas die Konturen seines Gegenübers nach. Dieser Mann da vor ihm ist ihm ein Rätsel. Was will er wirklich? Alleine sein? Oder Abenteuer erleben? Ruhe? Oder Rausch? Wonach sehnt er sich wirklich, und wo will er bloß hin?

Der Uli vor dem Spiegel hat seine Einsamkeit wiederentdeckt, gleichzeitig spürt er die Energie, die von seinem zweiten Ich ausgeht. Er spürt auch, dass es eine positive Kraft ist, die ihn von etwas Lähmendem wegzieht.

Aber Uli hat Angst.

Es ist eine Ironie des Schicksals, denkt Uli, dass man womöglich ein ganzes Leben braucht, um höchstens die Hälfte davon zu verstehen.

Als Maria vom Toilettenhäuschen zurückkommt, sieht sie aus, als wollte sie gleich auf eine Party gehen: rote Lippen, grüner Kajal, Wimperntusche, die von Sonne und Wasser strohigen Haare auf dem Kopf in einen Zustand gebracht, der Sorgfalt und Ordnung ausstrahlt.

Uli lächelt sie an. »Du bist schön, große Schwester«, sagt er, und als er sieht, wie sie nach diesen Worten unter ihrer gebräunten Haut ein bisschen rot wird, fragt er sich, warum er ihr das nicht schon früher und öfter gesagt hat. Und ob sie ihm jemals ein Kompliment gemacht hat.

Maria stopft ihr Handtuch in den Bus und schließt die Heckklappe. »Okay«, sagt sie, »von mir aus können wir los.«

Die Kioskbesitzerin schließt enttäuscht ihre Läden. Was hätte das für ein Tag werden können!

Wohin?

Stumm sitzen die Geschwister im Bus.

»Weiß nicht«, sagt Uli. Wo ist bloß sein Spiegelmann geblieben?

Vielleicht, sagt Maria, könnten es ja zunächst einmal die Nordfriesischen Inseln sein. Sylt, Amrum, Föhr, da ist es jetzt noch schön und gerade richtig warm, da kann man lange Strandspaziergänge machen, und auf Amrum würde sie so gerne einmal wieder die winzigen, spitzen Haifischflossen anschauen, die der Wind ohne erkennbaren Anlass millionenfach auf den flachen Strand zaubert. Keine Hindernisse, weder Steinchen noch Muschelteilchen, finden sich im Innern der kleinen Hügelchen, nichts erklärt ihr Einfachsodasein, und führe man mit einer Kamera über die zackigen Erhebungen auf dem weiten Kniepsand, dann müsste jeder die so entstandenen Aufnahmen für Bilder von einem Hubschrauberflug über eine endlose Wüste halten.

Uli schweigt.

Plötzlich klingelt ein Handy.

Maria wühlt in ihrer Tasche.

»Du?«, fragt sie in ihr Handy, und: »Was ist passiert?«

Uli schaut die Schwester an. Verstehen kann er nichts. Nur Maria, die immer wieder »Hm« sagt, »oje«, »wo?«, »und jetzt?«.

Als das Gespräch zu Ende ist, sagt sie erst einmal gar nichts.

Dann schaut sie Uli an.

»Das war Marco«, sagt Maria. »Hat sich geprügelt. Sitzt jetzt im Knast. In San Sebastián. Komm.«

»Wie – komm?«, fragt Uli.

»Fahren, los. Wir müssen runter.«

»Wie – runter?«

»Na, nach San Sebastián. Wir holen ihn raus.«

Erst als Maria den Bus umständlich aus dem Campingplatz hinausmanövriert hat, wird Uli bewusst, was gerade passiert. »Das glaub ich jetzt nicht«, sagt er, »Maria, das meinst du nicht ernst, oder?«

»Doch«, sagt Maria, und als sie gleich danach übergangslos vom zweiten in den vierten Gang schaltet, ist das für Uli wie ein Tritt in die Magengrube.

Dabei ist es ihm eigentlich egal, wie Maria fährt. Aber was passiert hier gerade wieder, ohne dass er es will? Nur weil sie die Übermutter spielen muss, die alles kann, alles weiß und alles wieder gut macht?

»Jetzt mal im Ernst«, versucht es Uli, so ruhig er gerade kann. »Meinst du, es ist wirklich nötig, dass wir beide jetzt sofort unsere Sachen packen und runterfahren ins Baskenland ...«

»Upps«, macht Maria, »ist San Sebastián da? Im Baskenland?«

Uli verdreht die Augen. »Ja«, sagt er. »Nordspanien. Das sind von hier aus Pi mal Daumen 2000 Straßenkilometer. Und die fahren wir jetzt eben mal, nur um deinen 18-Jährigen aus irgendeinem Mist rauszuholen, den er sich selbst eingebrockt hat?«

»Genau das«, sagt Maria. So bestimmt hat Uli seine Schwester schon lange nicht mehr erlebt.

»Marco ist naiv. Das war er schon immer. Er hat kein Geld, keine Lebenserfahrung, und Spanisch kann er auch nicht.«

»Dann soll er die Botschaft anrufen oder das Konsulat. Die sind fürs Helfen zuständig, nicht irgendwelche wild gewordenen Medeas.«

»Medea«, sagt Maria, denn jetzt weiß sie einmal besser Bescheid, »hat ihre Kinder umgebracht, sie hat ihnen nicht geholfen. Und sie hat das nur getan, weil sie Jason eins auswischen wollte, der sie betrogen und verlassen hat.«

»Das wäre also eine Möglichkeit«, sagt Uli.

»Was?«

»Mord«, sagt Uli.

»Zyniker.«

Der Motor rumpelt. Uli spürt, wie eine Wut in ihm wächst und immer größer wird.

»Ich bin enttäuscht«, sagt er, und jetzt ist er überhaupt nicht mehr ruhig. »Nein, ich bin sauer, und zwar richtig. Erst will ich in den Süden, und du fährst nach Norden. Und nun machen wir wieder nur das, was du willst. Dies ist auch mein Urlaub, meine Auszeit, und ich habe noch rein gar nichts selbst entschieden.«

»Aber was hättest du denn selbst entschieden? Du hättest doch gar keine Idee gehabt.«

»Nach Süden wäre ich gefahren.«

»Und das tun wir doch jetzt! Schieb mir also bitte nicht immer die Schuld für alles zu. Du musst schon selbst die Verantwortung für das übernehmen, was du tust.«

»Aber wenn ich gar nichts selbst entscheiden darf, dann gibt es doch gar nichts, bei dem ich die Verantwortung übernehmen könnte!«

»Pff«, macht Maria, biegt auf die Landstraße ab und gibt kräftig Gas. »Wenn du willst, kannst du natürlich auch gerne hierbleiben. Dann fahre ich alleine.«

»2000 Kilometer? Mit diesem Bus?«

»Weiß der Himmel. Ist doch eh alles egal.«

Sie spürt, wie ihre Augen nass werden vor Tränen und lenkt

den Bus in eine Parkbucht. Da bleiben sie stehen, beide stumm, während der Motor weiter rattert.

Plötzlich hat Uli den Klang des Windspiels in seinem Laden im Ohr, in der Nase hat er den Geruch von Leder, im Auge den Kreis, den die Lampe in der Werkstatt auf den Tisch zaubert. Zu Hause ...

Warum zieht so vieles, das sein Leben ändern könnte, einfach so an ihm vorbei? Wie viele Weichen hat er schon übersehen, an wie vielen ist er nicht abgebogen, nur weil er nicht wusste, wohin die Gleise führen? Weil er Angst hatte? Weil er gezögert hat?

Plötzlich sieht sich Uli, wie er als alter Mann im Lehnstuhl sitzt, wie er mit wässrig blauen Greisenaugen auf ein kleines Kind schaut, vielleicht seinen Großneffen, der vor ihm auf dem Boden hockt, und wie er diesem dann mit brüchiger Stimme sagt:

»Mein Leben hatte gute Momente, aber es hatte auch einen riesengroßen Fehler. Es gab keinen Weg und auch kein Ziel. Ich wusste nicht, was ich wirklich wollte.«

Er schließt die Augen. »Und nun?«

»Ich würde wirklich gern fahren«, sagt Maria. »Ich bin unruhig. Nein, es ist mehr: Ich fühle mich so schlecht, wie wenn ich mich selbst geprügelt hätte und im Gefängnis darauf warten würde, dass irgendetwas passiert.«

»Aber warum«, fährt Uli Maria an, »– warum muss das dann unbedingt die Mutti richten? Warum wirfst du, sobald dein Kind an deine Mutterrolle appelliert, sofort alles andere über Bord? Warum denkst du in solchen Momenten nie an dich selbst, und warum fragst du zum Beispiel nicht erst einmal mich, was ich dazu sage?«

Maria überlegt. »Ich kann einfach nicht anders«, sagt sie

dann. »Und wenn du selbst einen Sohn hättest: Würdest du dann nicht genauso denken und handeln?«

»Ich weiß es nicht«, sagt Uli. »Ich frage mich nur, was unsere Eltern getan hätten, wenn wir als 18-Jährige irgendwo Mist gebaut hätten. Glaubst du, die wären irgendwo hingereist, um uns zu helfen? Die hatten doch genug mit sich selbst zu tun. Für sie waren wir eigentlich nur wichtig, weil sie sonst keine Familie gewesen wären, und die brauchten sie, um sich geschützt zu fühlen und dazugehörig. Mutter – ja, die hat sich immer bemüht. Sie hat gelitten, als die Krankheit sie daran gehindert hat, uns alles zu geben, was sie geben konnte, und sie hat gelitten, als sie merkte, dass wir uns von ihr entfernen. Gegen beides war sie machtlos. Und Vater? Hat entweder gearbeitet oder seine Rosen geschnitten, immer wieder, wie wenn denen nachts meterlange Triebe nachwachsen würden, und seine Kommunikation mit uns bestand darin, uns zu beaufsichtigen, wenn wir das Unkraut darunter jäten mussten und uns dabei die Hände blutig ritzten an den vielen Dornen. Als wir kleine Kinder waren, ja, da hat Vater mit uns gespielt. Das konnte und das wollte er. Aber danach? Als wir größer wurden und anfingen zu fragen: Wo war er da? Hat er uns da noch zugehört? Hat er gemeinsam mit uns nachgedacht oder uns irgendwelche Antworten gegeben? Mich hat er nie gefragt, wie es mir geht. Er hat mir Geld gegeben, und das war's dann. Klar, womöglich hat er mit sich selbst Probleme genug gehabt, und vielleicht hätten wir beide auch viel häufiger einfach zu ihm hingehen sollen, einfach so. Aber das hatten wir uns dann irgendwann abgewöhnt. Ich habe mich alleine gefühlt, verdammt alleine.«

»Und deshalb«, fragt Maria, »muss Marco jetzt auch alleine klarkommen?«

Schweigen.

»Dich soll mal einer verstehen«, seufzt Maria. Sie lässt den Motor an und lenkt den Bus zurück auf die Landstraße.

Uli sinkt tief in seinen Sitz hinein. »Ich kapiere das Leben gerade noch weniger als sonst«, sagt er, »finde es einfach nur chaotisch.«

»Ich verstehe zwar nicht«, sagt Maria, »wie du gerade jetzt darauf kommst, aber das spricht ja dafür, dass das richtig ist, was du sagst. Im Übrigen teile ich deine Meinung.«

»Ach«, sagt Uli.

Stille.

Und es ist wieder Maria, die gedankenhüpfend das Schweigen bricht.

»Sind wir beide eigentlich ein Paar?«

»Spießige Frage«, sagt Uli.

»Also ja. Irgendwie schon.«

»Für die Strecke braucht man insgesamt genau zwanzig Stunden und achtunddreißig Minuten«, sagt Maria.

»Aha«, sagt Uli, der jetzt am Steuer sitzt. »Dann brauchen wir jetzt noch 18 Stunden und einunddreißig Minuten. Das finde ich ziemlich beruhigend.«

Maria schaut von ihrem Handy auf und blickt den Bruder an. »Du nimmst mich nicht ernst«, sagt sie.

»Doch, doch«, sagt Uli. »Wenn du allerdings geplant hattest, dass wir in einem Rutsch durchfahren, dann bist du auf dem falschen Dampfer.«

»Zwei Rutsche«, sagt Maria. »Okay? Also kein Stopp in Paris.«

»Och nee«, macht Uli. »Nicht wenigstens kurz ins *Centre Pompidou* und oben mit Blick auf die Stadt einen *petit noir* trinken, schwarz wie die Nacht und süß wie die Sünde?«

»Erst mal Belgien«, sagt Maria, »und dann sehen wir weiter.«

»Belgien ohne Bier und Pommes?«

»Wenn du fährst, trinke ich auch Bier. Und Pommes kann man im Auto essen.«

Der Bus hat noch einen Kassettenrekorder. Maria durchwühlt die überall wild herumliegenden Kassetten. »Les Humphries Singers?«, fragt sie, wartet aber nicht auf Ulis Antwort, und schon grölt sie mit: »Mexiko, Mexikoho, oho«, so lange, bis Uli auch mitsingt, und so fahren sie weiter in Richtung Berlin, vorbei an Potsdam, vorbei an Magdeburg, überall vorbei, wo sie, sagt Maria, auch hätten sein und bleiben können.

»*Love, love, love*«: Maria hat die Beatles-Kassette eingelegt und singt laut mit. Wer fährt, bestimmt, auch über die Musik.

»*I can't get no satisfaction*«, singt später Uli.

»Neunundneunzig Luftballons«, singt Maria.

»Och nö«, sagt Uli.

»*Voi che sapete*«, singt Cherubino. Mozarts unentschlossener junger Mann hat immer noch keine Ahnung, wo es in seinem Leben langgehen könnte, und Uli singt mit.

»Och nö«, macht Maria.

»Was«, fragt Uli, »verbindet eigentlich Geschwister? Ähnliche Gene allein sind ja wohl nicht genug. Liegt der Kitt vor allem in der gemeinsamen Vergangenheit mit den starken Prägungen in der Kindheit? Und reicht das dann aus für eine ebenso gemeinsame Zukunft?«

»Du fragst also im Grunde«, sagt Maria, »warum wir beide überhaupt miteinander unterwegs sind und ob du das Recht hast, Nein zu sagen, wenn ich etwas will, das du nicht willst. Stimmt das?«

»Nicht nur«, sagt Uli. »Vielleicht will ich auch wissen, warum ich Blödmann am Ende immer doch nachgebe. Ich könnte doch sagen, was soll mir diese Frau, die so ganz anders ist als ich?«

Maria lacht. »Klar. Womöglich brauchst du aber gerade jemanden, der anders ist als du. Mein Melancholiker«, Maria streichelt dem Bruder die Wange, »lass mich deine Zerbinetta sein.«

Uli schüttelt Marias Hand ab. Ach, Schwester.

Remscheid. Ulis Magen knurrt. Trecknase, Hasenberg.

Uli fährt von der Autobahn ab.

Im nächsten Dorf gibt es einen Laden.

Und das Gasthaus »Zum Löwen«.

Davor preist ein Schild Höhepunkte deutscher Koch-kunst: Schweinemedaillons in Rahmsoße mit Suppe und Salat, 13,50 Euro, Matjesfilets in Hausfrauensoße, 10,50 Euro. Bevor sich Uli zwischen Rahm und Hausfrauen entscheidet, macht er ein Foto von dem Schild und fragt sich, woher der Mann in dem Wort Hausmannskost wohl kommen kann. Und wo er am Ende hingeht.

Im Gasthaus bestellen beide den Chefsalat. »Ohne Chef«, sagt Maria zur Wirtin, aber die schaut so verwirrt auf von ihrem Notizblock, dass sie das Scherzen hier wohl lieber lassen. Sie bekommen viel Grünes mit viel Edamer und Kochschinken, dazu das, was man hierzulande Graubrot nennt, und jede Gabel, die Maria und Uli in ihre Münder befördern, trieft vor Sahne und Bindemitteln. »Wird echt Zeit, dass wir ans Mittelmeer kommen«, sagt Maria.

»Es ist mir neu, dass wir da hinfahren«, sagt Uli und faltet zum Beweis auf dem Tisch die Karte auseinander. »Atlantik«, sagt Uli. »Das ist ganz anders als das Mittelmeer. Wild, kalt, blaugrüngrau, herbe Schönheit. Wie die Nordsee.«

In ihrer Aufregung um Marco hat Maria San Sebastián glatt auf die andere Seite der Pyrenäen geräumt. Am Atlantik ist sie noch nie gewesen.

»Wirklich nicht?« Uli mag es kaum glauben. War sie wirklich nicht mehr dabei: damals, als er mit den Eltern die Sommerferien an der Biscaya verbrachte? Als Mutter diese Idee mit dem Haustausch hatte und in einem riesigen Buch mit lauter kleingedruckten Adressen tatsächlich ein Paar fand, das sein Ferienhaus an der spanischen Küste für zwei Wochen mit einer Wohnung in Ennepetal zu tauschen bereit war? Auf einem Rasthof irgendwo in Frankreich hatte man sich getroffen, hatte Schlüssel, Wegbeschreibungen und Gebrauchsanweisungen ausgetauscht. Das Erste, was der Mann mit dem sonnengebräunten Bauarbeitergesicht und die feine Frau im taubenblauen Kostüm taten, als sie bei ihnen zu Hause angekommen waren, war, bei den Nachbarn zu klingeln und sie in gebrochenem Englisch zu fragen, wie weit es von hier bis nach Neuschwanstein sei. Und das Erste, was ihnen selbst passierte, als sie in Laredo ankamen, war, dass sie um sieben hungrig in ein Lokal gingen und es um neun noch hungriger verließen, weil niemand kam, um sie zu bedienen, und weil der Vater deshalb dachte, dass das Restaurant »offenbar gar nicht wirklich geöffnet ist«. Erst viel später wurde ihnen klar, dass die Uhren in Spanien zumindest essensmäßig anders ticken und dass sie einfach nur drei Stunden zu früh im Lokal gewesen waren. Das haben sie gelernt, später in diesem wundervollen Urlaub: Da hatte Uli am langen Strand, dessen feinen weißen Sand der Wind immer wieder wild aufwirbelte, schon drei kleine Jungen kennengelernt, denen er mit der Erfahrung des Älteren beim Burgenbauen zur Seite stand und die ihm im Gegenzug das Spanisch beibrachten, das er heute noch spricht. Da hatte der Vater schon seine

Leidenschaft für Strandschach entdeckt, die er wortlos mit einem alten, lachfaltigen Spanier auslebte, und Mutter, der es nach ihrem langen ersten Krankenhausaufenthalt gerade besser ging, hatte erst mehrere Tage in der Sonne verbracht, die ihre Haut im Handumdrehen krebsrot färbte, und lag danach nur noch lesend in der Hängematte, auf ihrer Haut eine dicke Schicht von kühlendem Quark, dessen säuerlicher Geruch mit der Zeit das ganze Haus tränkte und alles, was sie zum Trocknen darin aufhängten.

Ja, und dann war da noch Carmencita gewesen: das erste Mädchen, das Uli ganz für sich haben wollte, das ihn berührte, das ihn – heimlich, rasch, allein im verlassenen Haus, aber ständig in der Furcht, dass die Eltern im nächsten Augenblick zur Tür hereinkommen könnten – auszog, dessen Hände ihn streichelten, das seine Zunge und sein Geschlecht in sich einsog und das er, obwohl er diese Leidenschaft nicht einordnen konnte und überhaupt nicht wusste, ob er seinerseits auch jenseits seines dauererregten Geschlechtsteils Carmencita auf dieselbe Weise begehrte wie sie ihn, sofort zu heiraten beschloss. Carmencita lächelte, als er ihr seinen Entschluss in bruchstückhaftem Spanisch mitteilte, und sagte ihrem *pequeno niño alemán*, dass sie damit dann doch noch ein wenig warten wolle. Vielleicht bis zum nächsten Urlaub. *Chico, vale.*

Das erzählt Uli der Schwester, und während er es erzählt, erinnert er sich, dass Maria damals schon lange nicht mehr mit den Eltern in den Urlaub fuhr: weil sie das einfach total spießig fand. Stattdessen war die Schwester damals mit Andi unterwegs oder mit Sebbi oder Olli, einfach um weg zu sein von zu Hause, und wenn die Eltern am Ende der Sommerferien vorsichtig fragten, wie es bei ihr denn so gewesen sei, sagte sie nur »Geiler Sex!« und verschwand in ihrem Zimmer.

Das Problem war allerdings, dass sich ihre Eltern von solchen Bemerkungen überhaupt nicht schocken ließen. Im Gegenteil, sie nahmen sie hin, als handle es sich lediglich um lapidare Kommentare zur Qualität des Essens, »und genau das«, sagt jetzt Maria, die Zweiundfünfzigjährige, »habe ich damals eigentlich gerade nicht gewollt.« Provozieren habe sie wollen, anders sein, diese ganze ekelhaft bürgerliche Welt aushebeln, »aber das«, sagt Maria, »hab ich am Ende nur geschafft, indem ich eine spießige Ehe mit einem spießigen Mann geschlossen habe, die ich natürlich auf Dauer nicht aushalten konnte.«

»Oho«, macht Uli, »spießig?« Mit einem Mann, der mehr oder minder heimlich die offene Ehe praktizierte, und mit ihr, Maria, die zwischendurch auch mal ...

»Ach«, wehrt Maria ab, »Affären.«

»Affären dauern aber nicht sieben Jahre.«

»Na ja. Vielleicht. Ich weiß nicht.«

Natürlich war das mit Tom keine Affäre. Es war eine Parallelwelt, die entstand, ohne dass sie in ihrem Leben zuvor etwas vermisst hätte: zufällig – und doch so, als habe es genau zu diesem Zeitpunkt und genau so sein müssen. Nach einer ersten zauberhaften Berührung wusste niemand mehr zu sagen, wer das erste Signal gegeben, wessen Lippen sich als Erstes zu denen des anderen gedrängt hatten, und auch über dem Danach lag etwas von Zauber, von Traum und unbedingter Alltagsferne. Jede ihrer Begegnungen war von zitternder Aufregung begleitet wie ein neuer Anfang, und wenn Maria und Tom sich sahen und spürten, vergaßen sie vollständig alle Lügen und alle Schuldgefühle, die Bedingungen und Folge ihrer Begegnungen waren.

Diese Haut. Dieses Beben, das von außen nach innen ging. Und diese Sehnsucht, die plötzlich überall war: Beim Blick aus dem Fenster, beim Hören eines Musikstücks, wenn Maria abends auf der Terrasse saß und die Sterne ansah oder wenn beim Lesen ihre Augen an einem Satz, einem Wort hängenblieben: Überall war dieser Mann, waren seine Berührung, sein Geruch, der Klang seiner Worte, der Geschmack seiner Lippen und seiner Zunge, war sein Fordern und Gewähren, war die Zeit, die auf magische Weise verschwand, wenn sie zusammen waren.

»Tom«, seufzt Maria jetzt. »Ich wüsste gerne, wie es ihm geht.« Ich würde ihn gerne wiedersehen, wollte sie eigentlich sagen: weil irgendetwas in ihr immer noch wehtut, wenn sie an ihn denkt, und weil sie immer noch nicht begreift, warum schließlich all das so wortlos und ohne Zauber endete, was in einer Sommernacht so magisch begann.

»Weißt du noch, wie ich damals zu dir kam, als diese ... diese Sache vorbei war?«, fragt Maria.

»O ja«, sagt Uli. Und ob er das noch weiß. Natürlich erinnert er sich daran, wie seine Schwester verweint vor der Wohnungstür stand. Wie sie ihm um den Hals fiel. Wie sie zu zweit bei ihm im Wohnzimmer saßen, Maria erzählend, heulend, mal resigniert, mal hysterisch, und es ging dabei weiß Gott nicht nur um verletzte Gefühle, sondern um die Korrosion an den Rändern ihrer Ehe, um die Schatten eines Überdrusses, die das Gefühl alltäglichen Geborgenseins irgendwann nicht mehr aufwiegen konnte. Und es ging, schon damals, um einen Richtungswechsel, ohne dass ein neues Ziel auch nur annähernd in Sicht gewesen wäre.

Die Wirtin, eine kleine, dünne Frau, auf Schritt und Tritt verfolgt von einem kleinen, dünnen Hund, kommt an ihren Tisch, in jeder Hand ein Schnapsglas. »Geht aufs Haus«, sagt sie kurz, aber nicht unfreundlich. »Danke«, sagt Uli. Die Grüße an den Chef verkneift er sich.

»Brr«, macht Maria, aber es tut ihr gut, als der Alkohol als warmer Strom durch die Kehle in den Magen und danach weiter in die Kapillaren von Fingern und Zehen fließt.

Sollen sie die Wirtin nicht fragen, ob sie ihr Zelt auf der Wiese hinter dem Gasthof aufschlagen dürfen?

Ja, warum eigentlich nicht. Weit wären sie heute ohnehin nicht mehr gefahren. Nicht mit dieser alten, röhrenden Kiste.

Aber die Wirtin sieht ein bisschen grimmig aus. Nein, das mit der Wiese und dem Zelt ist ihr nicht recht. Überhaupt nicht. Aber sie können sich gerne mit ihren Schlafsäcken in den Heuschober legen, am besten oben unter dem Dach, dagegen hat sie nichts, jedenfalls nicht, wenn es bei einer Nacht bleibt.

Schlafen im Heu? Maria juchzt. Das hat sie noch nie getan. Ein Kindheitstraum!

»Komm, Uli«, muntert sie den Bruder auf, weil der nicht ganz so begeistert ist wie sie, »darauf trinken wir noch einen«, und nachdem aus dem einen zwei geworden sind und die Wirtin nach ihrem großzügigen Trinkgeld weniger grimmig dreinschaut, ist Uli der Heuschober ebenfalls recht. Dort läuft man auch keine Gefahr, in die Fäkalien des dünnen Hundes zu treten.

Es ist schon dunkel, als sie zum Bus gehen und ihre Schlafsäcke unter dem Gepäck hervorziehen, das sich schon wieder fast über den ganzen frei gewordenen Stauraum verteilt hat. Uli weist ihnen mit der Taschenlampe den Weg. Über die mondbeschienene Wiese zum Stall, in dem zufriedene Kühe leise kauend träumen, neben dem Stall zur Scheune, deren Tore weit geöffnet sind. Drinnen führt eine Leiter hoch ins Heu. Wirklich stabil sieht sie nicht aus, deshalb belastet Maria, die als Erste hochgeht, jede Sprosse sehr vorsichtig, und das Holz knarzt laut unter ihrem Gewicht.

Oben kann man durch eine Dachluke den Himmel sehen: eine schwarzblaue Decke mit hell leuchtenden Tupfen.

»Das große Meerschweinchen«, sagt Uli und zeigt nach oben.

»Das kleine Fahrrad«, sagt Maria. Dann zeigen beide kichernd auf weitere Sterne und fügen sie zu immer neuen Fantasiebildern zusammen. Der traurige Tintenfisch, das gebrochene Herz, die krumme Banane.

»Was ist eigentlich damals passiert, auf Föhr?«, fragt Uli plötzlich.

»Wie kommst du jetzt darauf?«

»Vielleicht wegen der Sterne. Da oben in Nordfriesland sieht man doch auch so viele.«

»Und was willst du wissen?«

»Wie es der Großonkel geschafft hat, dich umzuziehen. Was er gemacht hat.«

»Gar nichts«, sagt Maria.

»Aber Mutter hat erzählt, dass du ganz anders zurückkamst. Da muss doch etwas passiert sein.«

»Nein«, sagt Maria. »Oder vielleicht doch. Aber niemand hat etwas dazu getan. So wie es Mutter vermutet hatte, weil sie ja genau wusste, wie ihr Onkel tickt und dass er nach dem Krieg nur deshalb wieder auf die Beine kam, weil er sich ein strenges, ganz anderes Leben verordnet hat: ein Soldat, der zum Bauer wird, ein Süddeutscher, der einfach verschwindet, um alles Alte auszulöschen, und der in Nordfriesland ganz neu anfängt. Natürlich hat das mit Verdrängen zu tun, vielleicht sogar mit Vertuschen, es geht aber auch um eine besondere Form von Energie. Die«, sagt Maria, »habe ich dort tatsächlich gespürt.«

Nein, Onkel Hans hat ihr nicht plötzlich irgendwelche Regeln gegeben oder gar Strafen angedroht, wenn sie diese übertrete. Er hat einfach in seiner gewohnten Art und in seinem gewohnten klaren Rhythmus weitergelebt, und es war ganz automatisch so, dass Maria diesen Rhythmus übernommen und wie er gelebt hat. »Das war alles. Keine Umerziehung, sondern einfach nur der Wunsch, Teil eines Lebens zu sein, in dem ich mich wohlfühlen konnte und angenommen.«

Uli kommen plötzlich die prall gefüllten Bücherregale in den Sinn, denen im elterlichen Wohnzimmer am Ende sogar Nachdrucke von van Goghs Sonnenblumen und von Franz Marcs Blauen Pferden an den Wänden weichen mussten. »Unsere Eltern«, sagt Uli, »haben ein Erziehungsbuch nach dem anderen gelesen.«

»Ja«, sagt Maria, »sie haben selbst nicht gewusst, wie sie leben sollen, wie hätten sie das dann für ihre Kinder wissen sollen?«

Stumm schauen beide in den Himmel.

»Mutter«, sagt Uli, »war immer unterwegs. Strickkreis, Lesekreis, Gymnastik, Freundinnen, Volkshochschulkurs. Und Vater hat immer geschwiegen. Was wissen wir über ihn? Seine Großeltern sind gestorben – wie, hat er nie erzählt. Dass sein Vater im Arbeitslager umkam, das hat er mir einmal gesagt, wie nebenbei, so wie man am Frühstückstisch erzählt, was man abends im Theater erlebt hat, und ich erinnere mich auch daran, wie er einmal sagte, dass seine Mutter plötzlich starb. Da waren sie schon in Wien, bei Tante Adele. Bei ihr ist er geblieben. Jeden Abend, an dem Tante Adele Lust hatte auf ihren Liebhaber, hat sie eine rote Lampe ins Fenster gestellt. Wenn Karl sich ankündigte, musste Vater das Gästezimmer räumen und auf der Ofenbank in der Küche schlafen. Und wenn die Tante kichernd im Nachtgewand in die Küche kam, um Wein zu holen, Brot und Käse, hat er immer ganz fest die Augen geschlossen und sich schlafend gestellt.«

»Als Vater das erzählt hat«, sagt Uli, »habe ich darüber

gelacht, aber gefragt habe ich nichts, und wenn ich gefragt habe, dann wollte er nie antworten. Ich habe überlebt, hat er gesagt, und wenn ich gefragt habe, wie, dann hat er gesagt, nicht jetzt, das erzähl ich dir später, Uli, und dann ist er zu seinen Rosen gegangen und hat sich von ihren Stacheln die Hände blutig stechen lassen.«

»Meinst du«, fragt Maria, »er würde jetzt davon erzählen, wenn er noch sprechen könnte? Er ist zuletzt so weich gewesen, als ich ihn besucht habe, und der Heimleiter hatte davor am Telefon erzählt, dass er sehr viel geweint hat.«

Sie schaut in den Himmel. »Ich weiß auch nichts«, sagt sie dann, »und habe trotzdem zwei Kinder. Vielleicht muss ich deshalb wieder mal eines aus einer Situation retten, aus der es selbst nicht herauskommt.«

Uli hat sich in den Schlafsack eingewickelt und versucht, sich im Heu eine Kuhle zu schaffen. Die Unterlage ist härter, als er gedacht hat, und wenn er sich von einer Seite auf die andere dreht, piksen ihn immer wieder trockene Halme ins Gesicht oder in die Beine.

Maria denkt an Marco.

Ueckermünde.

San Sebastián.

Ist das noch eine Reise? Ein Weg? Oder doch nur eine Fahrt in einem Karussell, das sich nur wieder und wieder um sich selbst dreht, und man muss aufpassen, dass man rechtzeitig aussteigt, bevor einem schlecht wird vor lauter wirrem Kreiseln?

Frankreich war noch nie so lang, glaubt Maria. Sie teilt das Land ein in die Abschnitte zwischen den Mautstationen, denen sie lustige Namen gibt. Knusperhäuschen, Märchenschloss, Bruchbude, Traumpalast, Glückskasino. Vielleicht, denkt sie, hilft das ja und verkürzt die Strecke. Leider tut es das nicht. Maria ist aber auch noch nie zuvor einfach so durch dieses Land hindurchgefahren, ohne irgendwo Station oder gar Urlaub zu machen. Noch nie zuvor war Frankreich einfach nur Mittel zum Zweck.

»Nein!«, hat Uli gesagt, als Maria eben am Parkplatz zwei verhüllten Muslima einen Platz im Kofferraum anbieten wollte, und er hat es so gesagt, dass Maria wusste, jetzt ist gar nichts zu machen. Obwohl sie sich im Nachhinein darüber ärgert, denn erstens wäre die Fahrt mit den beiden sicherlich unterhaltsam gewesen, und zweitens findet sie den Mut der beiden »total unterstützenswert«. »Die werden daheim doch von den Männern unterdrückt«, wirft Maria Uli vor, »und durch dein Verhalten stärkst du indirekt dieses Macho-System.«

Uli hat nicht geantwortet, er hat den Schmollmund und die schlechte Laune der Schwester ertragen, und tatsächlich ist Marias Groll mit der Zeit einer müden Milde gewichen. Maria hat ihn seither bei keinem der Anhalter an der Straße mehr fragend von der Seite angeblickt, sondern ist weitergefahren. Und wenn er auf dem Fahrersitz saß, hat sie ihre Augen geschlossen.

Sie haben entschieden, keine Pause zu machen, um möglichst schnell in San Sebastián anzukommen.

Also: schlafen, fahren, schlafen, fahren.

Und schweigen.

Jedenfalls meistens.

»Wie macht man das eigentlich: jemanden aus dem Gefängnis herausholen?«, fragt Maria, als sie gerade einmal beide wach sind.

»Hm?«, macht Uli, der sich gerade den Beifahrersitz mit Jacken und Kissen ausgepolstert hat, »hast du nicht selbst gesagt, dass wir das tun wollen? Dann musst du doch wissen, wie.«

»Weiß ich aber nicht.«

»Na ja. Wahrscheinlich geht's um eine Kaution oder so.«

»Geld?«

»Jaha.«

»Na, dann«, sagt Maria, »ist es ja gut, dass du Spanisch sprichst.«

»Das hat mit dem Geld doch nichts zu tun. Und ich spreche nicht Spanisch. Oder jedenfalls nur ein bisschen. Und vielleicht verstehen die da auch nur Katalán.«

»Die Basken?«

Uli stöhnt. Von manchen Dingen hat seine Schwester wirklich gar keine Ahnung.

Toulouse 83 Kilometer. Das zieht sich. Uli kuschelt sich auf dem Beifahrersitz ein. Wäre die Autobahn ein Meer, dann wäre das Rauschen romantisch. Er versucht sich das jetzt vorzustellen: wie die Wellen von ferne dem Strand entgegenlaufen, wie sie sich brechen, wie die weißen Spitzen sich nach vorne wölben und wie schließlich das Wasser mit feinen, nassen Zungen feuchte Wellenformen auf den Sand malt, die prickelnd und blubbernd verschwinden. Die Natur als Aktionskünstler.

Das Handy klingelt.

Marias Handy.

»Kannst du mal rangehen, Uli?«

Mürrisch richtet sich Uli auf. Es wird ja doch nur Sabine dran sein oder Renate, Freundinnen halt, oder es ist Sinja, die gerade wieder mal ein Problem hat mit dem Studium oder mit ihrem Typen, weiß der Himmel, wie der gerade heißt, und dann bleibt ihm nichts übrig, als zu sagen, dass es gerade nicht geht, und dass ihre Mutter bei nächster Gelegenheit zurückrufen wird.

»Hallo?«, macht Uli.

Es ist Marco.

»Deine Mutter fährt«, sagt Uli, aber da hat Maria den Bus schon auf die Standspur gelenkt und reißt dem Bruder ihr Telefon aus der Hand.

»Marco!«, schreit Maria.

»Wo bist du?«, schreit Maria. Sie schaltet das Handy auf laut. Uli hält sich die Ohren zu. Wenn Maria aufgeregt ist, dann kann sie einfach nicht leise sein.

»Hey, komm mal runter, Mama«, sagt Marco.

»Was heißt, komm mal runter. Ich komm doch grad runter, ich bin auf dem Weg zu dir, weil du gesagt hast, ich soll dich rausholen aus dem Gefängnis.«

»Wo bist du?«

»Ich habe zuerst gefragt.«

»In Lyon«, sagt Marco. »Oder jedenfalls in der Nähe davon. Jean-Luc hat mich mitgenommen.«

»Wer ... Wieso ... Bist du nicht mehr ...«

»Im Knast? Nee, das hat sich aufgeklärt. Clara hat ausgesagt, ich habe mich entschuldigt, und dann durfte ich gehen.«

»Clara?«

»Die ist echt nett. Kommt sicher mal zu Hause vorbei.«

»Und der Mann, mit dem du dich geprügelt hast?«

»Der prügelt sich offenbar oft. Aber wir haben uns nicht wirklich geprügelt. Wir waren nur ein bisschen unterschiedlicher Meinung. Und die Polizisten wussten auch, dass er ein ziemliches Arschloch ist.«

Maria schluckt.

Und jetzt?

»Mama?«

»Ja. Und jetzt?«

»Nehmt ihr mich mit?«

»Wohin?«

»Na, nach Hause. Oder wohin fahrt ihr sonst?«

»Wir fahren in Urlaub«, sagt Maria.

Ungläubig schaut Uli zu seiner Schwester hinüber. Was Marco gesagt hat, hat er mitbekommen und verstanden, aber was Maria jetzt gesagt hat, versteht er nicht. Es ist ihm neu. Sie fahren herum, das ja, aber eine Richtung hat er dabei bisher noch nicht ausmachen können, schon gar nicht so etwas wie Aufatmen oder Erholung.

»In Lyon kann man super Urlaub machen«, sagt Marco.

Maria lässt den Motor an.

Sie nimmt die nächste Ausfahrt.

»Ach ja, und Papa hat angerufen«, sagt Marco.

Zu dritt sitzen sie an einem See, der zu schön ist, um ihn gleich wieder zu verlassen. Maria hat den Campingtisch aus dem Bus geräumt, Uli den Grill, und jetzt gibt es Fisch, den er selbst geangelt hat: ein kleines burgundisches Seetier, dessen Namen keiner kennt, aber so, wie er ihn mariniert hat, mit Kräutern und Öl und garniert mit gegrillten Tomaten, wird er sicherlich wunderbar schmecken.

»Mmh, das duftet!«, sagt Uli.

»Wann?«, fragt Maria, schneidet eine Gurke für den Salat in winzig kleine Stücke, und mit ihrer Frage meint sie nicht den Zeitpunkt des Essens, sondern den des Anrufs.

»Vorgestern, glaub ich«, sagt Marco.

»Und was wollte er?«

»Weiß nicht. Eigentlich wollte er dich sprechen, aber dein Handy war aus. Es ging um irgendeine Nachricht, die zu Hause auf dem Anrufbeantworter war. Da war er wohl kurz, hat irgendwas gesucht. Mehr hat Papa nicht gesagt. Du sollst ihn zurückrufen.«

Mist. Jetzt hat sich Maria in den Finger geschnitten, und während sie im Mund das Blut abschleckt, sucht sie mit der freien Hand in Ulis Erstehilfekasten nach einem Pflaster.

»Essen ist fertig!«, ruft Uli.

»Wo sind deine Pflaster?«

»Keine Ahnung«, ruft es zurück. »Aber essen müssen wir jetzt, sonst sind die Fische entweder schwarz oder kalt.«

Maria wickelt sich ein Papiertaschentuch um den Finger, das muss jetzt reichen. Dann geht sie zum Campingtisch, den Uli für drei gedeckt hat.

Marco hat sich schon einen Fisch auf den Teller geschoben. »Wo ist der Salat?«, fragt er. Manchmal ist dieser Junge zum Wahnsinnigwerden.

Uli spürt, dass die Schwester gleich explodieren wird, und beschwichtigend legt er ihr eine Hand auf die Schulter. »Ich hole die Schüssel«, sagt er dazu, schließlich brauchen sie auch noch eine Flasche Wein zum Essen aus dem Bus.

»Mensch, das hättest du auch machen können«, sagt Maria, als Uli weg ist. »Du hast doch gesehen, dass ich mich geschnitten habe.«

»Hm«, macht Marco, den Mund voller Fisch und Brot.

»Und außerdem kann man mit dem Essen warten, bis alle am Tisch sitzen.«

Genervt legt Marco das Besteck ab.

»Ab einem bestimmten Alter«, denkt Maria laut, »sollte man einfach nicht mehr mit seinen Kindern zusammen Urlaub machen.«

Marco kichert. »Klar, du bist allmählich echt zu alt für mich.«

»Mistkerl.«

Uli bringt den Wein, er ist samtrot, schwer, ein paar Jahre älter als der Wein in den Flaschen zuvor, und nachdem die ersten Schlucke durch Marias Kehle geronnen sind, bekommt allmählich auch der Abend etwas Samtrotes und Versöhnliches.

Über den Campingplatz weht ein intensiver Duft von Fleisch, Bier, Holzkohle, Majoran und Geschmacksverstärkern.

Marco erzählt vom Gefängnis in San Sebastián, von einem verstopften Toilettenabfluss und von einem der drei Mitbewohner seiner Zelle, der Glanzbilder sammelte. »Das sind diese kleinen, kitschigen Bilder von Mädchen und Jungen und Kühen und so, die muss es noch gegeben haben, als ihr beide Kinder wart«, sagt er zu Uli und Maria, und tatsächlich erinnern sich beide an die schlecht gemalten Konterfeis von Kindern mit großen Augen und lachenden Mündern, die wirkten, als seien sie erst aus den Bilderbüchern der Nachkriegszeit herausgeschnitten und anschließend mit ein wenig Silberglitter überstreut worden. So glitzerte das Wohlfühlglück des Wirtschaftswunders. In mindestens zehn Zigarrenkisten ihres Opas, erinnert sich Maria, bewahrte ihre Freundin Renate diese Bilder auf, und wie oft haben die zwei Mädchen davorgesessen und die schöne Idylle in Stapel aufgeteilt: hier das ganz Schöne, dort das Mittelschöne und ganz hinten das, was man wegtauschen konnte, notfalls sogar im Verhältnis drei zu eins.

»Solche Bildchen und solche Bücher«, sagt Uli jetzt, »das war doch auch Verdrängung, oder? Über den Krieg und das, was man die ›schlechte Zeit‹ nannte, wollte und sollte damals doch keiner nachdenken.«

Verdrängung.

Der Anruf.

Es ist schon halb elf, aber jetzt fällt Maria ein, dass sie Micha zurückrufen sollte, wahrscheinlich hat sie das verdrängt, klar, schließlich hat sie überhaupt keine Lust auf seine Stimme, auf seine Vorwürfe oder Entschuldigungen oder Liebesbeteuerungen, ganz egal auf was, sie hat keine Lust, über all das wieder nachzudenken, was sie so gerne vergessen würde, und sie hat auch Angst, dass sie wieder schwach werden könnte, und das will sie nicht, weil sie sich zuletzt schon so viel stärker gefühlt hat. Sie will nicht zurückgerissen werden in einen Gefühlszustand, von dem sie meinte, er sei ganz weit schon von ihr entfernt, und der sich jetzt doch wieder in ihr ausbreitet wie ein dumpfes Kribbeln, das vom Herzen ausgehend den ganzen Körper durchpulst und auch im Hirn Raum greift, so viel Raum.

»Uli?«, fragt Maria leise, »kannst du vielleicht ...«

»Nein«, antwortet der. »Ich bin hier, ich bei dir, aber das ist dein Telefongespräch, das musst du führen.«

Maria seufzt. Dann aber jetzt, sofort, damit die Last rasch weg ist von ihrer Seele. Gut ist es immerhin, dass sie ein wenig suchen muss, bis sie ihr Handy findet, und dass es außerdem wieder mal ziemlich lange dauert, bis das alte Gerät hochgefahren und funktionstüchtig ist. Auch dass die Ladung nur noch bei zwanzig Prozent liegt, findet sie eher positiv, so kann sie notfalls mit gutem Gewissen auflegen mit dem Argument, dass der Akku schwächelt.

Die Männer, hört sie, reden über Judenverfolgung und Deportation. Und darüber, warum in der Schule der Geschichtsunterricht so lange bei den alten Griechen und Römern verweilt, dass für den Nationalsozialismus und seine Folgen nicht mehr viel Zeit übrigbleibt.

Maria setzt sich auf den Beifahrersitz des Busses.

Sie zögert. Weil sie ahnt, dass gerade die eine Geschichte zu Ende geht.

Das Satyrspiel.

Oder war es ein Traum?

Dann wählt sie Michas Nummer.

IV

Sie sind zu spät.

Es ist still hier drinnen. So still. Und weiß. Kein Laut ist da, keine lärmende Farbe.

Der Monitor neben dem Bett ist schwarz. Verschwunden sind die bunten Zacken und sanften Wellen, die noch vor wenigen Stunden über den Bildschirm geflimmert sein müssen. Nach dem Sterben ist kein Blinken mehr da, keine Kurve, keine Zahl. Ausgeschaltet ist der große Kasten neben dem Bett, totes Blut muss nicht mehr gewaschen werden. Weg sind die Schläuche und Infusionen.

Da liegt ein Körper, gewickelt in Decken, beschienen vom Licht der Neonröhre.

So klein ist er geworden, der Vater, so schmal. Unter der Decke ist nicht einmal ein sanfter Hügel, da ist nur ein flaches Tal, bedeckt von Weiß wie eine norddeutsche Winterlandschaft im Schnee.

Vaters Lippen sind grau. Die Nase ragt so steil und groß aus dem Gesicht, wie sie das früher nie getan hat. Um den Mund zieht sich die Haut nach innen. Die Augen hat ihm der Krankenpfleger gerade in dem Moment zugedrückt, als Maria und Uli das Zimmer betraten. »Lassen Sie sich Zeit«, hat der Pfleger gesagt, »lassen Sie sich ruhig Zeit.«

Vater ist fortgegangen. Ohne ein einziges Wort des Abschieds ist er gegangen: wie einer, der leise die Tür hinter sich zumacht, damit drinnen bloß niemand aufwacht und seine Abwesenheit bemerkt, und zurück bleibt nur ein säuerlicher Geruch von alter Haut und lang gelebtem Leben.

Es ist viel zu hell. Maria schaltet die Deckenlampe aus. Diffuses Licht ist jetzt im Raum, es kommt vom Abend draußen, der gerade zur Nacht wird, und es kommt vom Neonlicht im Flur des Krankenhauses, das unter der Tür hindurch ein präzise abgezirkeltes, schmales Parallelogramm aus Licht auf den Zimmerboden zeichnet.

Marias rechte Hand greift nach der Hand des Toten, es ist eine kühle Puppenhand mit harten Knochen, die Adern treten blau nach außen, aber das Pochen des Blutes in ihnen ist verstummt.

In ihrer anderen Hand hält Maria die zitternde Hand des Bruders.

So sitzen sie da, eine Kette von Berührungen. Die Geschwister hören den Atem, wie er aus ihnen heraus und wieder in sie hineinströmt. Sie hören ihren Herzschlag. Wäre man ein Kind, man könnte Angst bekommen in diesem halben Dunkel. Man könnte die Tür aufreißen und hinauslaufen wollen ins Licht und dann fortfliegen in den Himmel, um eine Seele zu suchen, die vielleicht auch dorthin geflogen ist.

So bleiben sie lange sitzen: zwei Menschen, die gerade noch mit Kinderfüßen um den Mann herumgetanzt sind, der jetzt nur seine alt gewordene Hülle zurückließ. Wie lange ist das her, ein Jahr, vierzig? Und wie oft hat er, der Vater, sie fortgeschickt, zurück zur Mutter, weil er jetzt, das wissen sie doch, hat er es nicht immer wieder gesagt, seine Ruhe braucht, und später wird er Zeit für sie haben, später, gewiss.

Maria richtet sich als Erste auf.

»Lass uns gehen«, sagt sie, »ich halte das hier nicht mehr aus.«

Sie schlüpft in den Mantel. Draußen ist der Sommer so kalt geworden. Der Mantel, denkt sie, ist viel zu groß für mich, bin ich jetzt auch so klein geworden? Und auch die Schuhe, was ist das nur, fast wäre sie gefallen, als sie einen Fuß vor den anderen setzt.

Uli fasst ihre Hand. Dann umschlingt er die Schwester mit seinen Armen, dann wiegt er sie schweigend hin und her, immer wieder schluchzt er laut, aber Tränen kommen ihm nicht. Jemand muss sie tief in ihm eingesperrt und die Tür fest zugeschlossen haben.

So stehen sie neben dem Bett, in dem ihr Vater starb. Lange stehen sie da und wissen nicht, ob sie Abschied nehmen sollen von dem fremden Körper oder ob das Warten lohnt: auf eine Nähe, die sich doch noch einstellt, ein Vertrautes, das die Tür aufstößt und sie endlich, endlich weinen lässt.

Irgendwann hat sich einer geregt, und der andere hat das Flurlicht ins Zimmer hineingelassen. Es blendet.

Immer noch eng umschlungen schauen Maria und Uli zurück. Drinnen liegt ein Körper, augenlos, beinlos, mundlos, wurzellos, heimatlos. Wo ist er hergekommen, was hat er gefühlt, geträumt, erlebt, gedacht? Später, Liebchen, später erzähl ich dir. Nicht jetzt, Mariechen, nicht heute, Uli. Ich geh noch in den Garten, Rosen schneiden.

Ach, wenn du nur geredet hättest, Vater.

* * *

So viele Menschen haben neben ihnen gestanden, so viele haben die Kinder des Verstorbenen weinend umarmt: Paul, das war ein guter Mensch, nichwahrnich, so zufrieden und still war er auch, und der größte der vielen Kränze, die das Grab schließlich vollständig unter sich bedecken, stammt vom Verband der Heimatvertriebenen aus Brünn. »Kamerad« ist auf die Schleife gedruckt und noch einiges mehr, an das sich später keiner mehr erinnert.

Auf dem Friedhof hat Maria neben dem Bruder gestanden, hinter ihr die Kinder.

Wie groß sie geworden sind, sagt Mutters Cousine, eine dürre Frau am Stock.

Wie alt sie geworden ist, denkt Maria.

Gesagt hat sie nichts, sie hat der faltigen Greisin, deren Kopf sich so weit schon nach vorne beugt, nur die trockene Wange getätschelt.

Marco ist da. Auch Sinja, die nach der Beerdigung aber gleich wieder wegmuss, so viel ist gerade zu tun an der Uni, so viel anderes ist da und wirklich wichtig, das verstehst du doch, Mama?

Ja, Sinja, natürlich verstehe ich das.

Jetzt, nur wenige Stunden später, kann sich Maria an kaum einen der Menschen mehr erinnern, die ihr und Uli ihr Beileid aussprachen. Von den vielen Gesichtern auf dem Friedhof sind kaum Spuren in ihr zurückgeblieben. Maria erinnert sich nicht, nicht an die vielen Köpfe und auch nicht an all die alten, jüngeren, schmalen und breiten Hände, die an diesem Nachmittag ihre Hand gedrückt und gehalten haben. Wie wenn die Leute auf dem Friedhof alle Geisterwesen gewesen wären, und als der Priester vorne am Grab auf das Leben des Vaters zurückblickte, als er von der »glücklichen Kindheit« des kleinen Paul in Brünn sprach, von seiner »Ausreise« nach Wien, seiner Jugendzeit bei der Tante, »die ihn liebte wie ihr eigenes Kind«, schließlich von seinem Studium in München und von den Verdiensten, die er sich mit seinen Arbeiten als Professor der Geschichte erworben habe: Da hat Maria der Gedanke überfallen, dass sie sich unbedingt im Ort geirrt haben muss und jetzt bei der falschen Beerdigung steht. Dass hier ein fremder Mensch beweint, erinnert und begraben wird, bei dessen letztem Erdenfest sie sich nur eingeschlichen hat, und in jedem Augenblick kann der Schwindel auffliegen.

Als sie das dachte, ist plötzlich alles anders gewesen.

Da ist Maria herausgetreten aus dem Schatten der Kirche. Wie wenn sie selbst eben gestorben wäre und mit den erlösten Augen der Toten, im Himmel schwebend, auf ihren entleerten Körper herunterblickte, sieht sie sich selbst, wie sie da vorne unter dunkel gekleideten Menschen steht, weinend, die Hand in der Hand des Bruders, neben sich ein Holzkasten, darin der Mensch, der ihr Vater sein soll.

Aber das stimmt nicht, ruft laut die Maria von oben, das kann gar nicht wahr sein, denn diese Frau da vorne, die seine Tochter sein soll, diese andere Maria mit dem Blick aus Glas, sie hat nichts über den Toten gewusst, gar nichts! Nichts hat er erzählt, und nichts hat sie selbst gefragt, und nun liegt da, versehen mit seinem Namen, ein leerer Körper, den ein Unbekannter auf der Welt zurückließ. Die Hülle wird verrotten, Würmer werden sich durch das Holz hindurch in den vertrockneten Leib hinein- und durch ihn hindurchfressen. Nur Staub wird am Ende noch da sein, feine Erde, die der Wind fortträgt, und so kehrt der Mensch mit seinem Tod die Schöpfung Gottes um.

Maria schreit. Laut schreit sie aus der Ferne, schrecklich, ja unerträglich laut, aber keiner hält sich die Ohren zu, keiner hört hin, keiner wendet seinen Kopf zu ihr, der Schrei bleibt gefangen tief in ihrer Brust, aber ihr selbst gellt er in den Ohren, und das tut so weh.

»Mein Vater ist nicht tot!«, schreit Maria dem Priester ins Gesicht und all den traurigen Menschen, die rund um das Grab stehen, »er ist nicht tot, denn er hat noch gar nicht zu leben begonnen! Er ist ein ungeborenes Kind, und ihr wollt es begraben, bevor es seinen ersten Atemzug getan hat!«

Dann nimmt sie den Kübel mit den Blumen, und alle Rosen, von deren Stielen der Gärtner sorgfältig die Dornen entfernt hat, alle, die noch einzeln hinuntergeworfen werden sollten in das Erdloch wie buntes Konfetti in einen grauen Februarfasching, sie alle wirft sie fort, streut sie auf die benachbarten Grabhügel, unter denen sich tierische Totenfresser durch abgelegte Häute und Knochen winden.

Und an dem Kreuz auf dem jüngsten Grab des Friedhofs hängt stöhnend Tantalos, er hat das Gesicht des Vaters, und er kann nicht sterben, weil er stumm geblieben ist, ewig, ewig muss er leiden, und zwei gierige Geier hacken mit ihren Schnäbeln blutende Wunden in seine Leber.

»Maria!«

Uli hat die Schwester geschüttelt. »Maria, was ist los mit dir?« Dann hat er seinen Arm um sie gelegt und sie so fest an sich gedrückt, dass sie zurückgekommen ist auf die Beerdigung, bei der ihr Vater, ja, es ist ihr Vater und der Vater des Mannes, der sie jetzt umschlingt, zu Grabe getragen wird.

Da ist die andere Maria verschwunden. Sie hat sich aufgelöst. Und als Maria jetzt wieder zu der Frau wurde, die am Grab stand, die Tochter des Mannes, dessen Haut, Knorpel und Knochen im Sarg liegen, und die erstaunten, verwirrten, anklagenden Blicke der Besucher kleben zuckend an ihr fest wie Insektenbeine am klebrigen Papier eines Fliegenfängers: Da hat sie gespürt, dass Uli eben zwar nicht geträumt und stumm geschrien, wohl aber genau dasselbe gedacht und empfunden hat wie sie. Auch er hat gerade einen Fremden verabschiedet, einen Mann, der in seinem Leben kaum mehr gewesen ist als ein Gast oder, im besten Falle, ein empathischer Zuschauer, und nun trauern sie beide verzweifelt und einsam um das, was nie da war und was hätte da sein können.

Vater, wer bist du?

Und was ist das eigentlich: ein Vater?

Marco hat Maria von hinten die Hand auf die Schulter gelegt, als sie schrecklich zu weinen begann, und später denkt sie, dass er in diesem Augenblick womöglich verstanden hat, wie sehr sie nicht eigentlich den Tod eines nahen Menschen beweinte, sondern ihr Fremdsein in seinem Leben, ihr Schuldgefühl, alle Fragen, die sie nie stellte, ihr Schweigen, ihr Wegschauen, ihr Weglaufen, ihr ewiges Vermeiden und die Grausamkeit ihres Nichtwissens.

Maria hat keine Erde auf den Sarg geschaufelt. Sie konnte es nicht. Marco hat das für sie getan, und er ist auch noch bei Uli und Maria geblieben, als die schwarze Menschenschlange sich schon ins Gasthaus hineingewunden hatte, dessen großes Nebenzimmer nun gefüllt ist mit Gesprächen, Gelächter und Kaffeeduft.

An solchen Orten wird die Last der Zurückgebliebenen leichter, weil andere da sind, die ihnen das Schwere tragen helfen. Uli und Maria konnten aber nicht gleich mitgehen, wollten nicht zu den vielen Menschen, wollten nicht mit Worten getröstet und von dürren Armen umschlungen werden, und so war der wenige Kaffee, der in den Thermoskannen übrig geblieben war, schon abgestanden, als sie ihn in die frisch gespülten Tassen gossen, die ihnen die Wirtin rasch noch aus der Küche holte. »Stärke Se sisch«, hat die Frau in typisch kurpfälzischem Singsang noch gesagt, bevor sie sich die drallen Finger an ihrer weißen Kittelschürze abwischte. Dann hat sie die Geschwister auf die Kuchenplatten verwiesen, auf denen noch bröselige Reste des zuckrigen Trostschmauses lagen. Streusel, Mohn, Apfel, Käse und Schwarzwälder Kirsch.

* * *

Micha war da. Hat alles ausgeräumt, was sein war, sogar den Schreibtischstuhl mit den Scherenlöchern, aus denen weiße Polsterwatte quillt. Nun ist das Haus voller entleerter Orte, und das ändert sich auch nicht, als Maria die Möbel verrückt: das Sofa ein Stück nach links, den Schreibtisch ein Stück nach rechts, und ihre Lieblingspalme kommt an den Platz, an dem vorher der Fernsehschrank stand. Sieht eigentlich sogar viel besser aus.

Die Kaffeemaschine hat Micha auch mitgenommen, oh, wie hat Maria geflucht, als sie das gesehen hat, und so sitzt sie jetzt mit Uli am Küchentisch vor zwei dampfenden Tassen Grüntee, daneben eine Platte mit den Resten des Kuchenbüffets von gestern.

Essen will sie aber keiner.

»Was meinst du: Wollte Vater nichts erzählen, oder konnte er es nicht?«, fragt Maria den Bruder.

»Vielleicht beides«, sagt Uli, »aber wir hätten auch fragen sollen.«

»Wollten wir das nicht oder konnten wir es nicht?«

»Vielleicht beides.«

Maria hält ihre Teetasse vor den Mund und bläst mit gespitzten Lippen darüber.

Durch das Küchenfenster sieht Uli zwei Kinder, die draußen versuchen, trotz fast vollständiger Windstille einen großen roten Drachen steigen zu lassen. Im Vogelhäuschen vor dem Haus schläft eine Amsel, sie schwankt auf einem Fuß hin und her und hat ihren Schnabel in ihr aufgeplustertes Federkleid gesteckt.

Maria blickt in wellengekräuseltes Grünteemeer. »Heute Nacht lag ich lange wach, da fiel mir vieles ein. Viel mehr, als mir früher eingefallen ist, viel mehr Fragen, als ich Vater je gestellt habe.« Ganz direkte Fragen sind das gewesen. Wie war der Duft von Brünn? Was waren die Farben seiner Kindheit? Wie hat im Wien der Nachkriegsjahre ein Kaiserschmarrn geschmeckt?

»Aber wie sollen wir fragen – außer indirekt, also indem wir zum Beispiel die Fotoalben durchschauen oder indem wir uns mit dem beschäftigen, was damals war? In den Alben ist das älteste Foto von Vater von 1950, als er studierte. Von seinem Leben vorher gibt es keine Bilder, und in unserem Familienalbum habe ich kein einziges Foto gefunden, auf dem er ganz zu sehen ist.«

»Wir könnten hinfahren.«

»Wo hinfahren? Nach München?«

»Nun sei doch nicht so schwerfällig. Nach München ja, nach Wien auch, aber zuerst nach Brünn. Also in die Stadt, in der er aufwuchs. Da könnten wir die Bilder, die wir in unseren Köpfen haben, mit der Wirklichkeit vergleichen. Wir könnten versuchen, etwas anzufassen. Vielleicht wäre das ...«

»Eine Art Ablassbrief, post mortem? Eine touristische Reise zur Erlangung familiärer Absolution? Eine Portion Brünn für Vergangenheitsbewältiger und traurige Sinnsucher mit privaten Orientierungsproblemen und schlechtem Gewissen?«

Maria erwidert den scharfen Blick des Bruders. »Und wenn schon. Ist mir egal. Man kann kein Gespräch beginnen, wenn man sich nicht traut, die erste Frage zu stellen. Und wenn's auch zu spät ist. Außerdem begreifen wir sicher mehr, wenn wir einfach einen Schritt tun. Wenn wir uns auf ihn zu bewegen.

Von Brünn weiß ich gar nichts, in Tschechien war ich noch nie, und was hat Vater überhaupt auf dem Weg nach Wien erlebt? Das war doch keine ›Ausreise‹, wie es der Priester gestern so nett genannt hat. Das war die wilde Vertreibung, die später den Namen ›Brünner Todesmarsch‹ bekam. Die Alliierten haben zwar eine geordnete Aussiedlung der Deutschen aus den besetzten Gebieten beschlossen, aber als sie das taten, war der Marsch schon seit Monaten vorbei, und geordnet war er ganz und gar nicht. Tausende Menschen sind dabei umgekommen, Uli. Tausende! Unter ihnen waren auch unsere Urgroßeltern, Vaters Großeltern. Das hat Vater einmal erzählt, aber das klang ganz nüchtern, wie ein kleines Kapitel aus einem alten Geschichtsbuch oder wie eine Meldung in der Tagesschau. Hast du je gefragt, wie die beiden gestorben sind? Und warum? Und was das alles mit Vater gemacht hat? Welche Bilder er davon in sich trägt und ob sie ihm immer noch Angst machen? Ich habe jedenfalls nichts gefragt. Ich habe mich einfach nicht getraut. Und heute bin ich mir sicher, dass mein Nicht-Fragen mit dafür gesorgt hat, dass dieses große Schweigen in unserer Familie geblieben ist.«

»Das große Schweigen? Das klingt pathetisch. Oder wie der Titel eines dänischen Dogma-Films über einen kaputten Unternehmer und seine von Grund auf kranke Familie.«

»Ach, Uli. Was ich meine, ist: Beim Sprechen über das Vergangene müsste man auch über eigene Schwächen und Ängste reden. Kannst du dir das bei Vater vorstellen: dass er über Gefühle gesprochen hätte, über die eigenen und auch über unsere? Er hat sich zurückgezogen, immer wieder, und wenn er doch mal am Tisch sitzen geblieben ist, dann war er nur körperlich da, nicht mit seinem Kopf und seinem Herzen, und immer wieder hat er dann plötzlich sein lustiges Gesicht gemacht, um uns abzulenken. Das hat mich manchmal richtig traurig gemacht. Und manchmal sogar wütend. Weil ich dann dachte, dass er das, was mir gerade wehtat, offenbar total unwichtig fand, und so habe ich selbst begonnen, meine Traurigkeit zu verurteilen. Und mich selbst. Ich habe das nicht gezeigt, aber das hat alles nur noch schlimmer gemacht. Am allerschlimmsten aber ist, dass ich mich manchmal ebenso benehme wie er. Dass ich die Worte in mir einschließe und stumm bleibe. Dieses Schweigen ist eine Krankheit, die sich vererbt. Ja, das ist es.«

Die große Schwester. Die starke Maria. Wie schwach sie plötzlich wirkt. Und wie klein sie plötzlich aussieht.

»Ich brauche dich, Uli.« Das ist das, was sie sagt, und sie sagt es so, dass ihr Bruder spürt: Dieser Satz hat sie sehr viel Überwindung gekostet. Es gibt Menschen, denen es leichtfällt loszulassen und anderen zu vertrauen. Maria gehört eindeutig nicht dazu.

»Ich glaube wirklich«, sagt Maria dann, »Familiengeschichte ist viel stärker, als ich immer dachte. Und könnte es sein, dass andere Kinder von Kriegskindern das auch so empfinden und ähnliche Probleme haben?«

»Mag sein«, sagt Uli.

Draußen bricht die Sonne durch Wolken und Dunst. Die Feuchtigkeit lässt ihre Strahlen in vielen Farben leuchten.

»Du«, sagt Maria.

»Ja.«

»Du?«

»Ja.«

»Wir haben gerade so viel Zeit. Unsere Reise war erst so kurz.«

»Und?«

»Warum sollten wir uns nicht aufmachen?«

Aufmachen, nach Brünn? Die Ferien mit der Vergangenheit verbringen, das Leichte schwer machen? Kann man vorwärtskommen, indem man zurückgeht?

»Vielleicht finden wir etwas«, drängelt Maria. »Für uns.«

»Ach, große Schwester«, sagt Uli, »lass mich mal darüber schlafen.« Er legt Maria eine Hand an die Wange. Als sie nicht auf seine Berührung reagiert, zieht er sie langsam wieder zurück.

* * *

»Ach so«, sagt Marco. Der Reißverschluss seiner Sporttasche klemmt, Metall hat sich im Stoff verfangen, Marco ruckelt hin und her, aber das verdammte Zeugs will sich nicht lösen.

»Hör zu«, sagt Maria, »hör mir bitte endlich zu. Hast du gehört, was ich eben gesagt habe?«

»Okay«, sagt Marco, »geht schon klar, Mama«, und dann ruckelt er weiter.

»Mensch, Marco«, sagt Maria. Schon ist sie neben ihm, schon greift sie zu, und vorsichtig, ganz vorsichtig löst sie den Stoff von den Häkchen, die ihn umklammern.

»Danke«, sagt Marco, »aber ich muss jetzt wirklich los. Schreib mir noch mal auf einen Zettel, was ich alles wann tun soll, dann geht das klar. Und, Mama, hörst du, mach dir keinen Kopf.«

»Mach ich ja gar nicht«, sagt Maria. »Ich will nur nicht, dass meine Alpenveilchen verdursten oder dass beim Waschen weiße Hemden rosa werden, verstehst du?«

Marco verdreht die Augen. »Ich bin achtzehn«, sagt er dann, »ich bin nicht mehr zwölf, und wenn ich studiere, muss ich eh alleine klarkommen.«

Natürlich. Das hat er ja gerade erst in Spanien bewiesen.

Maria geht auf Marco zu und umarmt ihn fest. Ihr großer Kleiner. So hoch ist er gewachsen, manchmal vergisst sie das fast. Er überragt sie mindestens um einen Kopf, und als er die Mutter jetzt an sich drückt, spürt sie die Kraft, die seinen jungen Körper in Spannung hält. Die Energie, die ihn befeuert.

Auch Marco wird gehen, bald und endgültig. Er wird sie zurücklassen, so wie Sinja sie schon zurückgelassen hat. Maria wird allein sein mit dem Rest ihres Lebens, allein mit all den Fragen, die sie stellen will und die sie endlich stellen muss, viel zu lange hat sie damit gewartet.

Nur Uli wird da sein.

Er ist immer da.

»Pass auf dich auf«, sagt Maria, bevor sie Marco loslässt. Sie drückt ihm seine Schlüssel in die Hand, auch den Schlüssel für den Bus, den werden sie nicht brauchen. Marco lässt alles in seiner Hosentasche verschwinden, dann winkt er noch einmal, wirft ihr, »Ciao, Mama!«, eine Kusshand zu.

Dann zieht er die Wohnungstür von außen ins Schloss.

Maria holt sich Zettel und Stift und setzt sich an den Küchentisch. Also.

Nein, erst will sie noch Sinja anrufen. Maria wählt, Maria wartet. Freizeichen, keiner nimmt ab. Dann, plötzlich, Sinjas Stimme: »Mama?«

»Hallo, Süße«, sagt Maria, »ich wollte mich doch noch mal kurz melden, bevor wir abfahren.«

»Ach, stimmt, das ist ja schon morgen«, sagt Sinja. »Mensch, dann wünsche ich dir – ja, ich weiß auch nicht was. Dass ihr es gut habt da unten. Gönnt euch ab und zu was. Macht auch mal zwischendurch Pause. Und denkt dran, es gibt auch Busse und Bahnen. Du musst dir nichts beweisen und uns schon gar nicht.«

»Wie kommst du darauf?«, fragt Maria.

»Na ja«, sagt Sinja. »Also mir zumindest wäre es nicht neu, wenn du auch jetzt wieder mal den steinigsten Weg gewählt hättest. Ohne Widerstände könntest du doch gar nicht leben.«

Maria schweigt. Die These ihrer Tochter: Neu ist sie nicht, immer wieder hat Sinja sie ihr, seitdem sie in die heiße Phase ihrer Pubertät eintrat, förmlich vor die Füße geknallt. »Bei dir, Mama«, hat sie dann gesagt, und manchmal schrie sie es auch, »geht es immer nur um das, was messbar ist. Um Leistung. Du bist permanent im Arbeits- und Kampfmodus. Du bist eine Ameise, und wir sollen auch so sein.« Da müsse man sich als Tochter ja fast zwangsläufig in Therapie begeben, um diesen Ballast loszuwerden, und Maria solle doch unbedingt mal endlich, endlich an sich selbst denken.

»Natürlich denke ich an mich selbst«, hat Maria dann immer geantwortet, und das sagt sie jetzt wieder. Natürlich denkt sie auch jetzt an sich selbst, denn warum sonst sollte sie schließlich so viel Zeit investiert haben, um ihren Bruder zu überreden, mit ihr eine völlig offene Reise in die Geschichte eines Geschichtsprofessors zu unternehmen, von der ein Stück auch in ihre eigene Geschichte hinüberreicht? Warum sonst sollte sie diesen riesigen Rucksack vollgestopft haben, der in den letzten Jahren nur zwecklos im Keller herumlag, und warum sonst sollte sie ausgerechnet jetzt losziehen wollen, ohne Auto, ohne Buchungen als Sicherheit im Rücken und mit nur vagen Vorstellungen von dem im Kopf, was sie suchen und vielleicht auch finden könnte?

»Mama?«, fragt Sinja ins Telefon.

»Ja, Liebes.«

»Warum macht ihr das gerade jetzt?«

Manchmal kommen Sinjas Fragen wie Blitze aus heiterem Himmel. Irgendjemand muss ihr das vererbt haben.

»Ach, Sinja.«

Sie hat den Kindern doch so viel erzählt. Wie sie, Maria, den Vater, als sie sechzehn war und den Zweiten Weltkrieg in Geschichte durchnahm, erstmals nach seiner Kindheit gefragt hat und wissen wollte, wie es war, als Deutscher unter Tschechen zu leben. Wie es dazu kam, dass er Brünn verlassen musste. Wie ihr Vater sie da angeblickt und dann gesagt hatte, sie müsse noch ein wenig älter werden, um alles zu verstehen, und er erinnere sich ohnehin nicht mehr an alles, das sei nun wirklich lange her.

Maria versteht nicht, dass Sinja und Marco auf ähnliche Fragen noch nie gekommen sind, sie versteht nicht, dass die Kinder sie nicht verstehen, aber vielleicht sind beide einfach so sehr mit sich selbst beschäftigt, dass sie das, was über ihre eigenen Probleme hinausreicht, einfach nicht wahrnehmen können. Vielleicht auch: noch nicht.

»Ach, Sinja«, sagt Maria jetzt. »Du kennst doch sicher auch dieses Gefühl, dass man etwas unbedingt jetzt sofort tun muss, dass es keinen Aufschub mehr duldet, und so ein Gefühl habe ich eben gerade. Es ist schon lange da, aber es ist gewachsen, und bei der Beerdigung von Opa Paul war es plötzlich sehr, sehr stark. Ich glaube, ich habe viel zu lange gewartet. Und dass Uli mitgeht, gibt mir den Mut, jetzt aufzubrechen. Dass wir beide gerade Zeit dafür haben, ist eine Riesenchance. Weißt du, ich fühle mich so... ach, ich weiß nicht, wie. Manchmal ist gar nichts da, das mich festhält und mir Kraft gibt, von meiner eigenen Stärke reden immer nur andere, ich selbst spüre sie nicht. Ihr seid so groß, Marco und du, ihr lebt euer eigenes Leben, und da will ich mich nicht einmischen. Ihr seid weg. Papa ist weg. Und ich weiß nicht mal, ob ich meinen Job wirklich noch weitermachen will oder ob ich nicht doch noch einmal etwas ganz anderes versuchen sollte. Verstehst du das ein bisschen?«

»Wechseljahre«, sagt Sinja.

Maria weiß nicht, ob das nun als Frage oder ironisch oder wie es sonst gemeint sein soll. Auf jeden Fall mag sie die Bemerkung überhaupt nicht.

»Zumindest im übertragenen Sinne«, antwortet sie ausweichend, da lacht Sinja in die Leitung hinein, und da ist sie, zum Glück, wieder da, die verloren gegangene Leichtigkeit, auch bei Maria, und so gesteht sie der Tochter, dass sie – glaub mir, Sinja! – doch aufgeregt ist, weil das ja eine ausgesprochen ungewöhnliche Reise werden wird, so eine, wie sie sie noch nie gemacht hat.

»Verstehst du das auch, Große?«

Sinja nickt, oder jedenfalls fühlt sich das, was Maria spürt, so an, als ob sie es täte, und »Na, klar«, sagt sie jetzt auch ins Telefon.

Dann wünscht sie Maria, »dass du eine ganz tolle Zeit hast«. »Aber melde dich zwischendurch mal. Und schick ein paar Fotos von den ganzen... Sachen, die du siehst. Auch von der Landschaft. Damit ich mir vorstellen kann, wo du bist und wo Opa gelebt hat, als er ein Kind war. Ja?«

»Klar«, sagt Maria, »versprochen.«

Sie würde gerne noch mehr sagen, auch über die vielen Gedanken, die sie sich über das Schweigen des Vaters gemacht hat: weil sie denkt, dass das etwas ist, das nicht nur sie angeht, sondern vielleicht auch ihre Kinder. Aber etwas hindert sie daran, etwas, das wie eine Schranke ist, wie ein geschlossenes Tor.

»Bei dir passt es gerade schlecht, oder?«

»Hm ja«, macht Sinja, dann sagt sie etwas von Arbeitsgruppe und Prüfungsstress und dass Henry – ach ja, so hieß er gerade – unmöglich ist, weil er eigentlich nur seinen Fußball im Kopf hat, und dass sie außerdem Orangenhaut an den Oberschenkeln kriegt, mit 21 schon, und da kann sie Pilates machen, so viel sie will.

»Oh, das tut mir leid«, seufzt Maria, und ob Sinja denn schon mit Henry gesprochen hat, denn wenn sie dem nicht sagt, dass sie sich zurückgesetzt fühlt, kann er sich ja auch nicht überlegen, ob er sein Verhalten nicht ändern will, ihr zuliebe, und da meint Sinja, na klar, das wird sie bald mal genau so formulieren, beinhart, da kann sie, Maria, aber Gift drauf nehmen, dann muss sich Henry endlich entscheiden, und sie will das durchziehen, denn so wie jetzt geht's auf keinen Fall weiter. Auf gar keinen Fall.

»Vielleicht findet ihr ja auch einen Kompromiss«, wirft Maria ein, aber da ist sie wieder ins Fettnäpfchen getreten, das mag Sinja überhaupt nicht hören, schließlich gehe es bei der Mutter immerzu um Kompromisse, da muss es ihr, Maria, ja zwangsläufig schlechtgehen, wenn sie nie das durchsetzt, was sie selbst will, das ist wirklich nicht auszuhalten.

»Natürlich machst du, was für dich richtig ist«, lenkt Maria ein, und da merkt Sinja, dass sie gerade ein bisschen zu weit gegangen ist.

»Sorry, Mama«, sagt sie, aber jetzt muss sie leider Schluss machen, weil sie gerade echt Druck hat.

»Klar«, sagt Maria, und natürlich wird sie sich melden und Fotos schicken, und vielleicht mag Sinja ja mal nach Hause kommen, wenn sie von der Reise wieder zurück sind, und dann kann Maria etwas Leckeres kochen, nur für sie beide, und kann von ihren Erlebnissen erzählen, und sie können gemeinsam alle Fotos anschauen, die sie unterwegs gemacht hat.

»Ja, super«, sagt Sinja, »klar, das machen wir.« Dann schickt sie noch einen Kuss durch das Telefon und einen dieser »Ich hab dich lieb«-Sätze, die, auch wenn sie wirken wie zufällig dahingesagt, für Maria schon immer wie Sonnenstrahlen waren.

Der letzte Abschied ist ein schneller. »Bis bald«, hat Maria für Robert, den Lieblingskollegen, in ihr Handy getippt.

»Du bist verrückt, schöne Frau«, hat er zurückgeschrieben, »und schick mal Fotos.«

»Wovon?«, hat sie getippt, doch die Frage blieb unbeantwortet. Wahrscheinlich ist Robert wieder im Tunnel oder sein Handy im Flugmodus. Robert ist immer unterwegs, zumindest innerlich, manchmal ist er nicht einmal dann wirklich da, wenn sie zusammen bei einem ihrer monatlichen Lehrer-Abendessen in Luigis Pizzeria sitzen. Dann bestellt Robert immer gleich nach dem Eintreten Pizza Diavolo und dazu einen Chianti, und während sie selbst die Karte studiert, obwohl sie die ziemlich gut kennt, während sie sucht und sich wieder mal überhaupt nicht entscheiden kann, sitzt der Lieblingskollege da und hämmert eine Botschaft nach der anderen in sein Smartphone. Danach, wenn sie vor ihrem Fisch sitzt oder ihrem Carpaccio, dabei nicht zum ersten Mal denkt, dass sie sich doch für das Falsche entschieden hat, und Robert für seine Entscheidungsfreude bewundert und dafür, wie er mit seinem Messer geometrische Figuren aus der Pizza heraussäbelt, reden sie über Reisen und Romane, über Themen, die endlich einmal jemand schreibend beackern müsste, über den Chef, der nie dabei ist, über Schüler, die sich immer weniger konzentrieren können, und über die Lust auszusteigen. Am Ende dieser Abende haben Maria und Robert meistens alleine am Tisch gesessen, und dann haben sie oft noch über Marias Vater geredet und über Roberts Mutter, die auch bettlägerig war, aber dement noch dazu, und zuletzt hat seine Mutter sogar ihren einzigen Sohn nicht mehr erkannt und laut um Hilfe gerufen, wenn er ihre Hand nahm, um sie zu streicheln.

»Am Wochenende Blumen gießen«, schreibt Maria jetzt auf den Zettel.

Nein, nein, Marco braucht Genaueres. Sie holt einen neuen Zettel und zieht acht Linien ein, für jeden Tag eine und noch eine dazu, für das Allgemeine.

»Montag: Müll rausstellen

Dienstag: –

Mittwoch: –

Donnerstag: Gelbe Säcke rausstellen (alle drei Wochen)

Freitag: Biokiste kommt, Gemüse essen oder an Meiers und Loderers verteilen.

Samstag: Blumen gießen

Sonntag: –

Täglich: den Briefkasten leeren. Bei Hitze die Rosen gießen.

Danke!«

Drunter ein Herz und ein M, das für Mama steht und für Maria.

Zur Sicherheit schreibt Maria noch ihre Handynummer ganz unten auf den Zettel. Wer weiß, ob Marco sein Telefon wieder mal verliert.

Der Kühlschrank ist voll, die Spülmaschine leer. Die Wäsche hat Maria gewaschen, und Uli hat sie gebügelt, gestern Abend noch, weil die Schwester darauf bestand, »obwohl der Kerl das doch eigentlich auch alleine machen kann«. Meint Uli.

»Na ja«, hat Maria geantwortet, mit den Schultern gezuckt, und dann hat sie Uli mit diesem »Du hast doch sowieso nichts zu tun«-Blick so angesehen, dass er das Bügelbrett halt rasch aus dem Keller geholt und Marcos Hemden faltenfrei geglättet hat, während Maria Bad und Küche blitzeblank scheuerte.

»So lange«, hat Uli gesagt, »wollen wir doch eigentlich gar nicht wegfahren«, aber umstimmen konnte er die Schwester nicht, Maria hat geputzt und geräumt, wie wenn sie für Jahre verreisen wollten.

Im Keller steht eine volle Bierkiste. Frau Meier weiß Bescheid: falls doch noch etwas sein sollte. Die Zeitung ist abbestellt, auf dem Anrufbeantworter ist eine neue Ansage.

Und der Rucksack ist gepackt mit lauter Unentbehrlichem. Pullover, Regenzeug, zwei Paar Ersatzschuhe, Bücher, dazu die ganzen Kosmetika, Shampoos mit Spülungen, Bodylotion, Tagescreme in zwei Varianten, weil man ja nie weiß, wie die Haut auf ein anderes Leben und anderes Essen reagiert und was man in Tschechien überhaupt zu kaufen bekommt.

»Ich gehe«, sagt Maria zu dem Spiegel im Flur. Die Spiegelfrau sieht sie nachdenklich an. Wahrscheinlich versteht auch sie nicht, warum ihr Gegenüber aufbrechen muss, ohne recht zu wissen, wohin, warum es etwas vermisst, ohne genau zu wissen, was, und warum es etwas finden will, obwohl es gar nicht weiß, wonach es suchen soll.

Maria sieht eine Frau, deren langes braunes Haar von grauen Strähnen durchsetzt ist, ein schmales Gesicht mit Lachfältchen um die Augen, aber auch mit etwas versteckt Melancholischem. Vielleicht schlich es sich in ihre Augen ein, als die Liebe weniger wurde. Oder als sie weniger von ihr zu spüren begann, und da wog das Leben auf ihren Schultern plötzlich so viel schwerer als zuvor.

Gestern noch hat Maria in der Erinnerungsschublade ihres Schreibtisches gewühlt. Dort sind Fotos, die sie schon lange in Alben einsortieren wollte. Alte Eintrittskarten. Urlaubspostkarten von Freunden. Eine kleine Urkunde von den Bundesjugendspielen 1973. Ein Kinderring aus Plastik mit einem roten

Herz darauf. Luftballons, Kugelschreiberminen. Ein altes, mit Stanzlöchern unbrauchbar gemachtes Sparbuch der Postbank. Die Rechnung von einem Café in Amsterdam. Ein Stempel mit einem vierblättrigen Kleeblatt. Das Poesiebuch aus Marias Grundschultagen, mit viel Selbstgemaltem und »In allen vier Ecken soll Liebe drin stecken«. Ein bunter hölzerner Hund mit Beinen aus Holz und Fäden; seine Glieder bewegen sich, wenn man von unten in den Sockel drückt. Die erste handgeschriebene Kinderbotschaft: »Mama, ich binn bai Julia, tschüs, bis balt! Sinja!« Daneben ein Zettel von Christa, ein Erinnerungszettel, den sie vor einem ihrer letzten Krankenhausaufenthalte geschrieben haben muss, und es rührt Maria an, wenn sie jetzt die Notizen der toten Mutter neben die Liste für Marco legt. Wie unbedeutend wird manches, das man einmal für wichtig hielt, wenn es um wirklich Wichtiges geht: um das Leben und den Tod. Nicht »Blumen gießen« sollte auf den Zetteln stehen, sondern »Erinnere dich«: an meine Augen, gemeinsames Lachen, das Schnittlauchbrot am ersten Abend deiner ersten Schul-Sommerferien, den Zimtgeruch meines Lieblingsapfelkuchens am Sonntagnachmittag.

Immer wieder, wenn Maria in ihrer Schreibtischschublade wühlt, entdeckt sie zwischen den skurrilen Einzelstücken noch Neues, Vergessenes und Verlorengeglaubtes, darunter zuletzt Marcos Seepferdchen-Ausweis, ein gewelltes Stück Pappe. »Ach, Mama, wirst du jetzt sentimental?«, hat Marco gefragt, als sie ihm stolz das Fundstück präsentierte. Da hat sie es wieder zurückgelegt und mit ihm die Erinnerung an den kleinen, nassen Frosch, der ihr im Freibad stolz entgegenhüpfte, das wasserdurchtränkte Stück Papier in der Hand, ein glückliches »Mama, Mama!« auf den Lippen. Abends hatte es als kleine Belohnung und Anerkennung Pfannkuchen gegeben, und Marco hatte fünf

Stück verspeist, vier mit Gemüsefüllung und dann, wie immer, den letzten mit Nutella.

Auch ein Blatt mit der Handschrift des Vaters liegt in der Schublade. Es ist der mittlere Teil eines Briefes, viel eher wohl des Entwurfs zu einem Brief. Maria weiß nicht, wie das Papier zu den anderen Erinnerungsstücken gekommen ist, sie weiß nicht, ob der Brief jemals vollendet und in Reinschrift fortgeschickt wurde, und sie versteht auch nur in Teilen, was der Vater jemandem mitteilen wollte, der ein Freund von ihm gewesen sein muss. Maria kennt niemanden, zu dem Vaters Sätze mit ihren vielen durchgestrichenen Wörtern, Verweisen und Umstellungen passen.

»... dir schon lange hätte schreiben sollen.«, so steht es ganz oben auf dem Briefbogen, und unzählige Male hat Maria die folgenden Sätze gelesen: »Ich habe es nicht vermocht, das tut mir entsetzlich leid, bitte glaub mir das, aber es haben die Worte nicht hinauswollen aus meinem Mund, und sie wollten auch nicht auf Papier hingeschrieben sein. Ich habe es versucht, mehrfach, aber ich hatte Angst, dass...« – hier bricht ein Satz ab, es folgt mehrfach Durchgestrichenes, und lesbar ist erst wieder dies: »... alte Wunden aufbrechen, die doch nur heilen können, wenn man sie nicht berührt. Vielleicht heilen sie auch nie. Ich weiß es nicht. Und mein Leben ist heute ganz weit weg von damals, in allem, auch in der Art, wie ich denke und fühle und mich organisiere. Ich glaube, das war eine bewusste Entscheidung, ich wollte mich von dem trennen, was war. Wollte den kleinen Jungen in mir vergessen, auch die Bilder, die sich über Jahrzehnte in sein Hirn eingebrannt haben. Noch heute wache ich oft nachts auf und bin in der Hitze gelaufen und schreie, immer wieder krame ich den Zettel heraus mit der Suchnummer des Deutschen Roten Kreuzes und stelle mir vor, dass jetzt, genau jetzt die Gartentür aufgeht, und der Vater kommt herein, gealtert zwar, aber sonnengebräunt und ungemein lebendig, weil ich nicht glauben kann, dass er einfach so aus meinem Leben gegangen ist, dass er weg war, bevor ich ihn wirklich kennenlernen durfte. Ich weiß nicht, wie ich all das hätte überleben können, hätte ich nicht Christa gefunden, die mich liebt und aushält. Meiner Tochter habe ich den Namen des Menschen gegeben, der uns beide verbindet wie kein anderer und nichts anderes. Meine Marie heißt Maria, ihr Bruder heißt Uli, und er vor allem hat so viel von mir, dass ich manchmal Angst habe, ich könnte ihm auch Erinnerungen vererbt haben, von denen ich hoffte, sie würden bei mir bleiben und mit mir sterben. Ich wollte ...«

So endet die Seite. Ein b.w. hat der Vater noch daruntergeschrieben, aber die Rückseite des Briefbogens ist leer.

Jetzt, nachdem der Vater tot ist, wirkt dieses Blatt Papier wie ein rätselhaftes Vermächtnis. Wieder und wieder liest Maria die Zeilen, dann schließt sie die Augen, stellt sich vor, was auf der ersten Briefseite wohl gestanden hat und was auf der Rückseite des Blattes hätte stehen können. Wer der Adressat ist, dem Paul hier, offenbar nach langer Zeit, seine Lebensumstände darlegen will. Und dann: Ob der Vater, der nie jemanden alleine getroffen, nie mit jemandem telefoniert hat außer mit Tante Adele – ob dieser Vater tatsächlich früher einmal einen Freund gehabt hat, und wenn ja, wer und wie derjenige wohl gewesen ist, ob er immer noch lebt, ja, ob er womöglich gar bei seiner Beerdigung dabei war, ohne dass Uli und sie es wussten.

Ist es auch bei Wunden der Seele so, dass sie nur heilen, wenn man nicht an sie rührt? Und wenn die Erinnerungen ihres Vaters tatsächlich mit ihm gestorben sein sollten: Hat die Reise, zu der es sie so hintreibt, dann noch einen Sinn?

Ja, sagt Maria. Ja. Ja. Sie sagt es laut, wie wenn sie sich Mut zureden wollte.

Dann hat sie den Bruder gerufen, weil sie zwischen viel Papier auch eine Opernkarte für »La Traviata« fand: aus der Bayerischen Staatsoper in München, Tante Adele hatte Karten für Stehplätze auf der Galerie besorgt und die Kinder dorthin eingeladen, erinnerst du dich noch, Uli? Ach, wie hat sie geweint, als Verdis vom Weg Abgekommene, die Suchende, Irrende, am Ende gestorben ist.

Uli hat, als sie das erzählt und sich daran erinnert, wie schwer ihre Füße damals vom langen Stehen wurden, sofort Alfredos wirklich sentimentales Ständchen zu summen begonnen, natürlich, das war zu erwarten. Aber diesmal hat Maria das gemocht, und gemeinsam haben beide dann noch ihre Kinderalben angeschaut, dicke Bücher mit bunten Fotos und mit liebevollen handschriftlichen Einträgen zu weltbewegenden Ereignissen: wann das Kleinkind sein erstes Zähnchen bekam, wann es zum ersten Mal gekrabbelt und an Mutters Hand gelaufen ist, wann es sein erstes Pipi ins Töpfchen machte, welche Krankheiten es gehabt und welche niedlichen allerersten Worte und Sätze die ersten waren, die es vor sich hin brabbelte.

Das haben Maria und Uli alles angeschaut, jeder ein Glas Rotwein in der Hand, und fast zu jeder Seite im Album gab es etwas zu sagen, zu fragen und manchmal auch zu lachen.

Dann hat Maria die Schublade bis zum Anschlag nach hinten geschoben.

V

Wie duften die Blüten: Jasminsträucher und Lindenbäume. Wie leuchtet der Mohn. »*If you're going to San Francisco*«, tönt es aus einem geöffneten Fenster in der Pellicova. Zwei junge Männer, übersät mit Tattoos, führen einen Hund spazieren.

»Ich mag diese Sprache«, sagt Maria, als sie mit dem Bruder zur Burg Spielberg hinaufsteigt. »Dieses Tschechisch hat so wundervolle kleine Sprachwirbel, die dauernd um sich selbst kreisen. Und dazu diese vielen Konsonanten – die klingen wie Staudämme.«

»Aha«, macht Uli, »dann nehme ich dich doch am besten mal zu einer Oper von Leoš Janácek mit, der hat genau das auch in seine Musik hineinkomponiert.«

Uli muss die Schwester nicht anschauen, um zu wissen, dass sie jetzt ihre Augen verdreht.

Er lächelt. »Aber es verwirrt mich sehr, dass ich diese Sprache nicht verstehe. Sie ist mir unendlich fremd, und irgendwie hatte ich angenommen, dass ein Gefühl von Nähe da wäre, wenn ich sie höre. Dass das Tschechische wenigstens ein bisschen eingeflossen ist in unser familiäres Erbgut. Schließlich hat Vaters Familie hier über Jahrhunderte gelebt. Aber irgendwie scheint davon nichts übrig geblieben zu sein.«

Diese Reise ist eine Spurensuche.

Durch wie viele fremde Städte sind sie beide schon gegangen, gemeinsam nur wenig, vor allem wohl jeder für sich. Wie viele Häuser, Kirchen, Museen hat jeder von ihnen bestaunt, wie viele Panoramen und Einblicke haben sie schon in ihren inneren Reisealben abgelegt. Auch jeder für sich.

Aber dies hier ist anders. Dieser Gang durch Brünn sucht nicht nach Postkartenbildern und nach den Sehenswürdigkeiten, die der Reiseführer in reicher Fülle anpreist.

»Hier«, sagt Maria, und wie so oft schnellt auch dieser Satz gleichsam aus dem Nichts heraus ins pralle Leben, »sehen Sie das wunderschäääne Brünn. Darf ich Sie, der Herr, einmal zu frrrragen wagen, warrrrum Sie ausgerechnet mit Ihrer Schwäääster und dann noch ausgerechnet hierhääär gerrrrreist sind?« Dabei hält sie dem Bruder eine halb gegessene Banane unter den Mund, als wäre die ein Mikrofon.

»Wir suchen«, sagt Uli und biegt die Banane von sich weg, weil er jetzt einfach nicht spielen will, »nach dem Alten im Neuen, nach Persönlichem im Allgemeinen, nach Spuren eines früheren Lebens, die in heutige Leben hineinragen, und weil uns das bisher noch nicht gelang, ist unser Weg gepflastert mit sanften Enttäuschungen.«

»Druckreif.«

Maria beißt in ihre Banane. Was ist der Bruder aber auch wieder ernst.

Wobei er natürlich grundsätzlich recht hat. Beim ersten Hindurchgehen wirkt Brünn für beide wie das alte Fotoalbum eines Unbekannten mit vielen schönen Bildern: wie Zweidimensionales, das nicht wirklich ins Leben und in die Bewegung kommt, man darf es durchblättern, aber bitte nicht anfassen und keinesfalls ein Foto herauslösen.

Es ist ein Spaziergang durch eine fremde Stadt.

Was hat Brünn mit ihnen zu tun?

Wie heißt heute die Straße, die früher die Schubertstraße war?

Welcher der Pflastersteine auf dem steilen Weg bergauf lag vor 75 Jahren schon hier?

Hat einen von ihnen einst des Vaters Fuß berührt?

War der Duft damals derselbe wie heute?

Wo versteckt sich die Geschichte im Fundament dieser Stadt und im Gedächtnis der Menschen, die in ihr leben?

»Okay«, sagt Maria, »notfalls führt diese Reise dann eben zu der Erkenntnis, dass es keine neuen Erkenntnisse gibt. Dass wir also einfach nicht hineinkommen in den harten Kern der Geschichte, und dann bleiben die Fassaden der Vergangenheit eben Fassaden, und ich bilde mir nicht mehr ein, dass wir mehr sein könnten als deutsche Touristen in Brünn. Traurig irgendwie, aber dann wohl nicht zu ändern.«

Sie laufen vorüber an Blumen, Gebüsch und Plätzen mit weitem Ausblick. Auf sauber gepflegten Wegen steigen sie empor bis zum Eingang der Kasematten.

»Hello«, sagt Uli dort. Als Deutsche, hat er gedacht, kann man sie hier nicht mögen, und so scheut er jedes deutsche Wort. Schließlich ist hier genug passiert, um einen langen Hass zu schüren. Im Reichsprotektorat Böhmen und Mähren haben die Deutschen bis 1945 sechs Jahre lang tschechische Männer in Arbeitslager deportiert und bis zu 40 000 Tschechen umgebracht, dazu fast doppelt so viele jüdische Einwohner. Das muss sich doch eingeschrieben haben in Mauern und Herzen. Das muss doch noch da sein, zumindest irgendwo versteckt. Da muss doch noch ein Rest von Wut da sein, vielleicht auch von Hass. Irgendwo muss dieses kollektive Empfinden noch gespeichert sein, ähnlich wie das Schuldgefühl der Deutschen.

Irgendwo unter dem zusammengekehrten, entsorgten und dann fast vergessenen Schutt des Krieges muss es noch liegen. Maria und Uli wollen es finden und haben gleichzeitig Angst, alte Wunden aufzureißen, die gerade erst zu heilen begannen. Angst, ein zerbrechliches Gebäude zu zerstören, das gerade erst errichtet wurde, und dann scheint unter den Trümmern womöglich das Auge um Auge, Zahn um Zahn des Nachkriegspräsidenten Edvard Beneš wieder auf: der Ruf nach Vergeltung, die Hetze gegen ein Volk, das den Tschechen eigentlich sogar zwei verhasste Fremdregimes bescherte: erst die Naziherrschaft und dann, nach dem Einzug der Russen 1945, den Sozialismus.

»Hello again«, sagt Maria und lächelt der Frau im Kassenhäuschen freundlich zu, die entschuldigend ihr Handy zur Seite legt. Ulis Gruß zuvor hat sie nicht gehört, sorry.

Die Frau ist jung, sehr jung, etwa in Sinjas Alter. »Deitsch?«, fragt sie zurück. Maria zögert, dann nickt sie der Kassiererin zu.

»Hier«, sagt die Frau, »nehmen Sie deitschen Plan von Burg«. Sie verlässt ihr Häuschen und erklärt mit wohlgewählten Worten, wo Maria und Uli was werden sehen können und wohin die vielen dunklen Gänge führen.

»Danke«, sagt Uli.

Maria nickt der Kassiererin zu, kann sich kaum lösen von der freundlichen jungen Frau. Sie würde am liebsten noch ein wenig hierbleiben und sich von ihr alle Ängste nehmen lassen. Vielleicht auch ihrerseits das Bild einer reuigen, freundlichen Musterdeutschen zeichnen. Denkt Uli. Er mag das nicht, es ist ihm zu plump, und so zieht er die Schwester mit einem »Komm, fangen wir an!« zu sich.

Dann gehen sie durch die Burg, über Lehmböden hinweg, an Ziegelwänden entlang, vorbei an einem schummrig beleuchteten

Raum mit Puppen, die Menschen sein sollen, und der Raum ist auf Deutsch mit dem Namen Folterkammer beschriftet.

Als sie nach ihrer Besichtigungsrunde wieder am Kassenhäuschen vorbeigehen, winkt ihnen die Frau dort zu. »Halt«, tönt es durch den Schlitz in der Scheibe nach draußen, und schon ist die junge Frau herausgetreten. »Hat gefallen?«, fragt sie. Uli und Maria nicken. »War hier auch Gefängnis für junge Männer von Tschechen«, sagt die Frau, »von Deitschen hergeschickt.«

Maria zuckt zusammen, aber die Frau lächelt. »Andere Deitsche, und war friher«, sagt sie dann.

Maria lächelt zurück. »Sie sprechen gut Deutsch«, sagt sie.

»Danke.« Die Frau schaut Maria an. »Großmutter deitsch. Mutter halbdeitsch. Vater tschechisch.«

»Ah. Kommen Sie aus Brünn?«

»Ja. Ganze Familie.«

Die Frau zögert. Sie mustert die Geschwister. »Gleich hier fertig. Hunger? Essen?«

Die Geschwister sind überrascht. Vor allem darüber, dass plötzlich alles so leicht ist, was ihnen zuvor so belastet und so schwierig erschien.

Ja, Hunger. Essen. Gerne.

Sie setzen sich auf eine Mauer neben dem Kassenhäuschen. Nach ein paar Minuten nähert sich ein Schnurrbartträger. An der Leine führt der Mann einen kleinen, schwanzwedelnden Hund, der Maria emsig umschnüffelt. Ob seine Nase weiß, dass sie Deutsche ist?

Der Mann lächelt Maria an, bindet die Hundeleine an einen Pfahl, öffnet die Tür zum Kassenhäuschen, und dann sind sie plötzlich wieder da, diese klangvollen Sprachwirbel mit dem hübschen konsonantischen Sperrholz dazwischen. Lachend räumt die Kassiererin ihren Platz, und lächelnd geht sie auf Maria und Uli zu.

»Ich bin Anna.«

Der Blick über die Stadt ist fast unwirklich schön. Das Restaurant unterhalb des ehemaligen Gefängnisses bietet eine Grillplatte an, achthundert Gramm Fleisch für sieben Euro. Anna will aber weiter. Zum Glück, denkt Maria. Anna will mit ihnen dort essen gehen, wo es die besten Klöße gibt: »Im Spalicek muss man gewesen sein, Maria, Ulrrrich.«

»Uli«, sagt Uli. Er weiß selbst nicht mehr, warum er sich vorhin mit seinem vollen Namen vorgestellt hat, bei dem ihn niemand nennt und der ihm jetzt vorkommt wie ein schlecht sitzendes, viel zu großes Kostüm.

Sie gehen am Dom vorbei, und als sie kurz hineinschauen, sehen sie eine Taufgesellschaft mit Pfarrer, die lächelnd vor dem Altar posiert. Erst das Foto, dann das Sakrament.

Brünn ist eine Puppenstube. Man kann sich in den Gassen verlieren. Man könnte Hunderte von Orten finden, um sich hinzusetzen und die Zeit zu vergessen.

Im Innenhof des Rathauses plätschert ein Brunnen, und eine leere Zuschauerempore wartet auf das Open-Air-Theater vom Abend.

Vor dem Gasthaus Spalicek ist noch ein Tisch für sie frei. Ein Kellner kommt mit neun Speisekarten unter dem Arm. »Hello«, sagt er zu Maria und Anna, »Guten Tag«, sagt er wenig später zu Maria und Uli. Nachdem er ein paar Worte mit Anna gewechselt hat, lässt er zwei deutsche und eine tschechische Karte am Tisch. Englische Karten hätte er auch gehabt.

Maria wählt das einzig fleischlose unter den Hauptgerichten: einen Serviettenknödel mit Pilzrahmsoße. Anna möchte

Gulasch, Uli schließt sich an, dazu nehmen sie drei Starobrno, das ist das Bier, das man hier trinkt, die naturtrübe Variante schmeckt köstlich.

Anna bestellt. Dann gibt sie erst einmal die Stadtführerin, und sie ergänzt das Deutsche, das sie mit ihrem polternd rollenden r schmückt, dabei immer wieder durch englische Wörter, »weil Deitsch ist so schwer«.

Anna redet, und beim Reden, vielleicht auch vom Bier, färben sich ihre Wangen rot. Sie weist in unterschiedliche Richtungen, sagt, was zu sehen ist, sagt, wo sie hingehen müssen, was sie unbedingt anschauen sollen, und dabei leuchten ihre Augen. Sie ist stolz auf ihre Stadt.

Als der Kellner den Knödel mit Pilzen bringt, denkt Maria erst, o Gott, was hat Anna für mich bestellt, eine Platte für zwei, wer isst das mit mir, aber dann bringt er auch noch die zwei Portionen Gulasch, und als Maria sieht, wie viel sich auch hier auf den Tellern türmt, merkt sie, dass er sich keinesfalls geirrt hat. Diese Portionen sind nicht zu schaffen. Ausgeschlossen. Anna und Uli haben schon zu Messer und Gabel gegriffen, und Uli wirft Maria einen bierlustigen Blick zu. Vielleicht ist hier das gute Essen noch das, was es nach den Hungerjahren auch in Deutschland war, nämlich vor allem viel. So wie zuletzt in diesem Wirtshaus oben im Nordosten... Wie lange ist das schon wieder her.

Uli isst mit einer Hingabe, die Maria noch nie bei ihm erlebt hat. Er schneidet und schiebt und schluckt und kaut.

Marias Knödel ist ebenfalls ein Genuss. Ihn zu essen, ist aber auch harte Arbeit. Maria beginnt zu schwitzen, und sie bewundert Anna, die sich in Windeseile über ihren Teller hermacht. Als sie ihr Gulasch verspeist hat, ist von Marias Portion noch fast die Hälfte übrig.

Pause.

Kraft sammeln.

»Puh«, macht Maria.

Anna lacht. »Langsam essen«, sagt sie, »nicht *rychle, rychle.*«
Uli ist Zweiter, sein Teller ist blitzeblank, aber auch ihm stehen Schweißperlen auf der Stirn.

Derweil hat Anna schon wieder zu reden begonnen. Dass sie unbedingt die Konditorei Zemanova besuchen sollen, dort gibt es wunderbare süße Torten, und wenn man diese dort auf Kunstlederbänken und unter Neonleuchten verspeist, spürt man, »wie es bei Kommunisten war«. »Ist vorbei, zum Glick«, lacht Anna.

Am Fluss, gleich neben den Messehallen, ist ein Freibad, dort geht Anna oft schwimmen, und das sollen Uli und Maria unbedingt auch mal versuchen. »Dann mehr Hunger«, sagt Anna, betrachtet die Beweisstücke von Marias Kapitulation vor dem tschechischen Essen, das quer über den Teller gelegte Besteck, und wieder lacht sie ihr gurrendes Lachen.

Was sie noch anschauen wollen?

Wie lange sie in Brünn bleiben werden?

Und ob sie danach weiterfahren: nach Praha vielleicht?

»Ich weiß es nicht«, sagt Maria. Ein letztes Knödelstück hat sie auf ihre Gabel gespießt, von ihm tropft die sämige Mehlsoße in dicken Klumpen zurück auf den Teller. »Ich will – wir wollen auch einfach herumlaufen in dieser Stadt.«

Und danach? Nein, nicht nach Prag. Nicht nach Norden. Sondern nach Süden. Nach Wien.

»Eine Stunde mit Zug«, sagt Anna.

»Nicht Zug«, sagt Maria. »Wir gehen. Zu Fuß.«

Anna schaut Maria an, sie schaut Uli an, und da scheint etwas in ihren Augen auf. Ein Funke.

Anna sagt nichts, aber die Geschwister spüren, dass sie wartet.

So legt Maria Messer und Gabel endgültig neben die Knödel-reste auf dem Teller, faltet die Serviette zusammen, und dann beginnen sie zu erzählen.

Maria und Uli.

Anna erinnert sich. Da ist etwas in ihr. Etwas Unschar-fes, Fernes, fast schon Vergessenes. Da sind die Konturen einer Geschichte von Leid, Tod und Vergeltung. Wer hat sie ihr erzählt?

Jetzt reden Maria und Uli.

Anna hört zu.

Dann winkt sie, wartet, nur einen Moment.

Sie sucht ihr Handy, wählt eine Nummer.

Und plötzlich ist Tereza da. Eine kleine, schmale Frau mit kurzen Haaren und wachen, blaugrüngrauen Augen.

Tereza hört auch zu.

Tereza fragt.

Und Tereza erzählt.

Großmutter ist immer kleiner geworden, und das fing an den Beinen an. Dann kamen die Arme, danach der Kopf, zuletzt der Rumpf. Als der Bauch und die Brust einzusinken begannen, war Großmutter schon zusammengeschrumpft auf die Größe eines Grundschulkindes, und wenn ihre dünnen Ärmchen die Tasse mit dampfendem Tee umfassten, die Tereza ihr reichte, dann hatte das Kind Angst, dass sie unter der Last des Gehaltenen brechen könnten wie dürr gewordene Äste.

Kaum wagte Tereza, die feinen Fingerzweiglein anzufassen, dabei spürte sie so gerne, wie das Leben pochte, das noch darin war.

Und die Augen der alten Frau hat Tereza so gerne ange-schaut. Früher waren sie wie große, runde Wasserpfützen, in denen sich nach einem Gewitterregen der blank geputzte Himmel spiegelt. Dann wurden sie trüber: alte Knöpfe, in denen das Licht sich bricht. Schließlich legte sich Nebel auf die Augen der Großmutter, aber groß sind sie immer geblieben, und ihr Mund wirkte in dem zusammengezogenen Gesicht so lang und riesig wie bei einem Zirkusclown, er reichte vom linken fast bis zum rechten Ohr, vor allem wenn Großmutter lachte, und das tat sie oft, wenn die Enkelin bei ihr war.

Komm her zu mir, Engelchen, hat die Großmutter oft gesagt, und dann durfte sich Tereza neben sie auf ihr Bett setzen. Vorsichtig, ganz vorsichtig, damit an der müden Kranken nichts entzweigeht, hat das Kind seine Pobacken erst außen auf das Laken gesetzt und sie dann langsam immer weiter nach innen geschoben, rechte Backe, linke Backe, rechte Backe, linke Backe, bis es am Ende mit seinem Rücken ganz dicht am Bauch der Großmutter saß, der mit einer dicken Decke zugedeckt war, weil sie doch immer so sehr fror, sogar im Sommer, wenn alle anderen draußen in der heißen Sonne schwitzten.

Tereza hat die Decke zurechtgezupft, bis sie keine Falten mehr warf, das hat die Großmutter immer so sehr gemocht, und dann hat sie ihr in die Augen geschaut und gesagt, dass sie ihr von früher erzählen soll.

Wie es war, als sie ein Kind war.

Das wollte Tereza immer schon wissen, aber als Großmutter noch stärker war und gerader, als ihre Haare noch in langen, dichten Strähnen um ihr rundes Gesicht fielen, da hat sie die Enkelin immer weggeschickt. Die alte Frau ist schon lange kein Kind mehr, hat sie Tereza gesagt, das ist alles vergessen, lang schon vergessen. Dann haben ihre Hände diese Bewegung von innen nach außen gemacht, dieses husch, husch!, da wusste Tereza, dass sie mit ihren Fragen weggehen soll, dass es Antworten heute nicht gibt, höchstens auf die Frage, ob es zum Abendessen die wunderbare Rote-Bete-Suppe geben wird, deren Rezept die Großmutter aus Russland nach Brünn mitbrachte, oder was für ein Kuchen am Sonntag auf dem Kaffeetisch stehen wird.

Zuletzt aber hatte die Großmutter keine Kraft mehr für Kuchenbacken und für husch, husch! Vielleicht hat sie das lange Kranksein auch weicher gemacht, vielleicht hat es die dicken Mauern aufgelöst, die in ihr das Vergangene vor der Gegenwart und die Gegenwart vor der Erinnerung schützten. Und wenn alte Menschen wieder werden wie Kinder, hilflos, selbstbezogen, beschränkt, wenn sie sich zurückbeugen zur Erde, wenn sie zu gehen verlernen und nach Worten suchen: Dann kommen oft auch die Bilder und Gefühle der Kindheit zu ihnen zurück, dann ist das Ferne wieder ganz nah, und manchmal nehmen sie dann andere mit auf ihre Reisen in eine gewesene Zeit.

Das sagt Tereza heute. Damals hat sie nur am Bett der Großmutter gesessen und gewartet, bis die alte Frau ihren großen Mund öffnete, und dann hat das Kind gestaunt über Worte aus einer anderen Welt. Die Großmutter ist eine Zauberin, das hat sie gedacht, und gebannt hat sie den Lippen und der Zunge dabei zugesehen, wie sie magische Silben formten, die sie noch nie gehört hatte, und sie erinnert sich, wie einmal, als sie der Großmutter zuhörte, ein Kind mit staunend geöffnetem Mund, die Mutter das Krankenzimmer betrat und sagte, ach Mutter, sprich doch nicht Deutsch mit dem Kind, das versteht es nicht. Da hat die Großmutter Tereza angeschaut, sie hat ihr rechtes großes Auge ganz fest zugekniffen, und dann hat sie gesagt, natürlich versteht sie mich, nichwahrnich, Tereza, und Tereza hat zur Großmutter zurückgezwinkert und zur Mutter gesagt, natürlich verstehe ich, Mutter. Deutsch ist unsere Geheimsprache. Schließlich sind wir Naseweise.

Na dann, hat die Mutter gesagt, hat den Kopf der Großmutter angehoben, hat ihr Kissen aufgeschüttelt, und danach hat sie, endlich, die beiden wieder alleine gelassen.

Das haben wir gut gemacht, oder?, hat die Großmutter da zu Tereza gesagt, aber sie hat es auf Tschechisch gesagt, und auf Tschechisch hat sie auch weitergesprochen, schließlich sollte Tereza sie wirklich verstehen.

Tereza hat nicht alle bunten Bilder aus Großmutters Mund zu Geschichten verbunden, aber an einige erinnert sie sich gut. Vor allem an Szenen und Augenblicke aus dem Krieg.

Da war die Großmutter, wie sie mit ihren Freunden im Bunker Verstecken spielte.

Wie sie Bombenschutt zu Türmen schichteten, und wer den höchsten hatte, war der Gewinner.

Wie die Großmutter mit ihrer Oma aus den merkwürdigsten Zutaten Kuchen backte, weil viele Dinge nicht mehr im Haus und auch nicht zu kaufen waren.

Wie sie, immer ein neugieriges Kind und ein kleiner Sausewind, Botschaften zwischen befreundeten Familien hin- und hertrug.

Vom Krieg, hat die Großmutter gesagt, hat sie recht wenig mitbekommen: Brünn sei doch so lange friedlich gewesen, und sie habe außerdem derart in ihrer eigenen Welt gelebt, dass sogar die Bombenangriffe für sie nur Teil eines großen Spiels gewesen sind. Auch als die Familie umziehen musste von ihrem großen Haus mit Garten in eine sehr kleine Wohnung, als sich die Menschen in der Stadt in zwei Gruppen spalteten, als es plötzlich wichtig war, ob man Deutscher war oder Tscheche, und als sie selbst immer eine weiße Armbinde anziehen musste,

bevor sie aus dem Haus ging: Da ist in Großmutters Herz keine
große Traurigkeit gewachsen, sondern alles ist Teil einer auf-
regend bunten Kinderwelt geworden, in die das Unglück nur
als interessante Abweichung vom Normalen Einlass fand. Als
merkwürdige Einmaligkeit. Als bloße Änderung der Spielregeln.

Großmutter hat erzählt, wie ihr Vater aus dem Krieg zurückkam. Wie er in der offenen Tür stand, ohne anzuklopfen. Keiner
hatte ihn an diesem Tag erwartet, alle saßen um den Tisch, es
gab Kartoffelsuppe, und plötzlich fiel dieser sprachlose Schatten von der Tür ins Zimmer. Josef!, hat die Mutter gesagt, die
wie versteinert dasaß, mehr konnte sie nicht sagen. Großmutter ist aber aufgesprungen und auf den Mann zugelaufen, wollte
riechen, ob der Vatergeruch noch da war, wollte ihn umarmen,
endlich wieder, nach zwei so endlos langen Jahren.

Da hat ihr der Mann eine seiner Krücken entgegengestreckt,
mit denen er sich unter den Armen stützte, ein Bollwerk aus
hartem Metall, er hat Vorsicht! gerufen und ihren Ansturm
abgewehrt, und dann, als sie Halt machte, um nicht in die Krücke hineinzulaufen, hat sie gesehen, dass sein rechtes Bein nicht
mehr echt ist, sondern aus Holz, und auch die Krücke hat gar
nicht nach Vater gerochen, sondern nach Staub und nach alter
Pisse.

Das Bild von ihrem Vater hat sich die Großmutter auch deshalb so gut gemerkt, weil es als eines der letzten in ihrer Erinnerung blieb. Der Vater hat am Tisch gesessen mit bleichem
Gesicht, seine Augen waren klein geworden im Krieg, und als
die Mutter weinte, wusste Großmutter nicht, ob sie das tut,
weil sie sich freut, dass Vater wieder zurück ist, oder weil sie
traurig darüber ist, dass er sein richtiges Bein nicht auch mitgebracht hat. Beim Essen hat Vaters Hand zu zittern begonnen,
dann hat sein ganzer Körper gezuckt, das war so schrecklich,

dass Großmutter Angst bekam, aber ihre Großeltern haben nichts gesagt, nicht mal ihre Oma, obwohl die sonst so viel sagte, und richtig hat Terezas Großmutter ihren Vater eigentlich erst erkannt, als er sie einmal angelacht hat, denn daran hat sie sich erinnert: an diese blitzenden Augen, diesen langen Mund. Ja, so war das Vaterlachen, da war der Vater plötzlich wirklich wieder mitten unter ihnen, und er hat Mariechen zu ihr gesagt, mein Mariechen, das sagte sonst niemand.

Lange hat Tereza fragen müssen, bevor die Großmutter weitererzählte. Eine Geschichte hat aus ihr einfach nicht herauskommen wollen. Weil diese Geschichte von ihrem letzten Tag in Brünn handelte, so viele Jahre ist sie danach weit weg gewesen, und als sie später hierher zurückkam, war sie schon lange kein Kind mehr.

Tereza erinnert sich, dass Großmutter weinte, weil ihre Puppe zurückblieb, denn die hatte einen Kopf aus echtem Porzellan. Dass ihr Großvater einen der vier gepackten Koffer stehen ließ. Wir kommen zurück, hat er gesagt, und wer könnte das schon alles tragen?

Großmutters Vater hat nicht mit gepackt, sein schlaffer Rucksack stand neben ihm auf dem Boden, er saß am Tisch, hatte sein Holzbein weit von sich gestreckt. Erst hat er auf seinen leer gegessenen Suppenteller gestarrt, dann seine Augen geschlossen, und da sind alle ganz leise gewesen, um ihn nicht zu stören, denn im Krieg, hat die Mutter gesagt, schläft man viel zu wenig. Also pst, Marie, sei leise! Und lass den müden Vater ruhn.

Dann haben sie sich auf den Weg gemacht, und ein Bild davon ist Tereza geblieben: Der Strom der Menschen, erzählte Großmutter, kroch durch die Gassen der Stadt wie ein müde gewordener Tausendfüßler. Nur ihr Vater ragte, wenn er sich mit den Krücken nach oben drückte, regelmäßig kurz heraus aus dem

Zug. Immer auf – und ab, und auf – und ab, so bekam der Menschentausendfüßler Buckel, und das sah manchmal richtig lustig aus.

Ein Ausflug sei's, hat die Mutter gesagt, und Terezas Großmutter hat das wirklich geglaubt. Wie ein Wirbelwind ist sie durch die Straße gelaufen, und jedem, den sie kannte, hat sie zugerufen: Wie schön, dass du auch dabei bist! Dann ist die Großmutter zu den Eltern und Großeltern zurückgelaufen, um zu berichten, wen sie alles gesehen hatte, und das sei heute wirklich eine tolle Fronleichnamsprozession!

Kurz vor dem Sammelplatz am Augustinermuseum ist die Großmutter dann in einen Nagel getreten, der, heruntergefallen oder achtlos fortgeworfen, auf der Straße lag. Das rostige Stück Eisen hat sich durch die dünnen Sohlen ihrer alten Schuhe hindurch in ihren linken Fuß hineingebohrt, und da hat sie so laut und schrill geschrien, dass der Vater, der neben ihr ging, zu humpeln aufhörte, denn sonst hätte er sich die Ohren ja nicht zuhalten können. Der Großvater hat sie in den Hof des Museums hineingetragen, hat dort auf dem Boden eine der guten Tischdecken für sie ausgebreitet, die seine Frau aus einem gepackten Koffer herausnahm, und auf dieser Decke hat sich Terezas Großmutter kaum zu rühren gewagt, weil sie das steife Weiß nicht schmutzig machen wollte.

Vom Rest der Reiseerzählung sind Tereza nur kleine Erinnerungsfetzen geblieben. Wie Großmutter und die anderen am nächsten Tag in dem langen Zug der Gehenden zurückfielen: weil der Vater mit den Krücken immer langsamer wurde und weil sie selbst mit ihrem wunden Fuß getragen werden musste, und sie war ja schon ein großes Mädchen.

Von den Schultern ihres Großvaters herab hat Großmutter dann aber gesungen. Sie hat alle Lieder gesungen, die sie kannte, mit allen langen Strophen. Das, hat sie Tereza erzählt, hat manchen Leuten ein Lächeln ins Gesicht gezaubert, und als sie laut über den Neckar sang, an dem sie graste, ohne damals wirklich zu wissen, wovon in diesem Volkslied die Rede ist, da waren sie schon fast ans Ende des Zuges zurückgefallen. Galopp! hat Terezas Großmutter zu ihrem Großvater gesagt, der ihr Pferd war, aber der alte Mann war schwach geworden, er konnte nicht einmal mehr traben.

Dann hielt ein Karren neben ihnen an. Es müssen die Augen des Russen gewesen sein, der ihn lenkte. Jedenfalls hat Großvater seine Enkeltochter neben ihn auf den Kutschbock gesetzt. Keine Angst, sagten die Augen des Russen, ich pass auf die Kleine auf, und dann hat Dimitri Terezas Großmutter Schokolade gegeben, einen ganzen Riegel. Sie hat mit einer Hand die Süßigkeit gehalten, die in silbernes Stanniolpapier gewickelt war, in die andere legte der russische Mann die Zügel, und dann sind sie davongefahren, Terezas Großmutter und der Russe, schneller, immer schneller, und so dahinzufliegen mit der süßen Schokolade im Mund, das war so wunderbar, dass die Großmutter lachen musste und alle Schmerzen in ihrem Fuß vergessen hat. Sie hat allen zugewinkt, an denen sie vorbeigefahren sind, oh, so viele waren da, die sie kannten, und es dauerte nicht lange, da setzte sich ihr Wagen an die Spitze des Zuges. Dort sind sie dann geblieben, und Terezas Großmutter hat sich vorgestellt, dass sie die Anführerin ist, die allen den Weg zeigt in ein neues Land, und ihr Kleid hat im Wind des heißen letzten Maitags geflattert wie eine lustige rote Fahne.

* * *

»Ich hoffe«, tippt Maria in ihr Handy, »dir geht es gut? Küsse von Mama mit Uli in Brünn.«

»Alles klar«, antwortet Marco.

Uli wollte »mal ein Stündchen alleine sein«. »Bitte versteh das«, hat er gesagt. Das hätte er nicht sagen müssen. Maria hat sich alleine in ein Café am Krautmarkt gesetzt, und, dösend in der Sonne, genießt sie selbst die Einsamkeit. Sie schaut über den Platz, an dessen anderem Ende sie gestern mit Anna und Tereza gesessen haben, und sie denkt, auch hier haben sich damals die Deutschen versammelt, die Brünn verlassen sollten.

Wo sie wohl standen? Wie der Platz früher aussah? Und ob schon damals dieser Brunnen da war mit einer Skulptur der Europa, die jetzt in Plastik gewickelt ist, als hätte sie ein unionskritischer Aktionskünstler verhüllt?

Der Cappuccino ist richtig gut.

Maria erinnert sich: wie sie als Neun- oder Zehnjährige einmal mit ihrem Vater bei einem Treffen von Sudetendeutschen war und wie ein Mann dort in einer Sprache zu sprechen begann, die sie schrecklich lustig fand. Hantek hieß sie, und der Vater konnte sie auch ein bisschen sprechen: eine Mischung aus Tschechisch, Jiddisch und Deutsch. Maria erinnert sich, wie bei dem Treffen ein anderer Mann sagte, dass er seit 1947 in Geislingen an der Steige wohnt, und wie sie es merkwürdig fand, dass diesem Mann die Tränen kamen, als er das Wort Heimat aussprach und dabei doch überhaupt nicht Geislingen an der Steige meinte.

»Was ist Heimat?«, hat sie damals den Vater gefragt. Da hat er erst gar nichts gesagt. Und nach einer Weile: »Für mich ist Heimat da, wo du bist und Mama und Uli.«

»Und Brünn?«

»Das ist auch Heimat, aber anders«, hat der Vater geantwortet, »das ist mehr innen. So eine Sehnsucht.«

Mehr wollte er nicht sagen, auch nicht, als Maria erklärte, dass ihre Heimat dann unbedingt Griechenland ist, weil sie sich oft so sehr dorthin sehnt: zu der Sonne, zum Strand, zu ihrem Freund Spiros und zu den alten Steinen, die ganz früher ein Haus waren, ein Brunnen oder eine Götterkirche.

Warum er nicht zusammen mit seiner Familie einfach dorthin geht, wo seine richtige Heimat ist, hat Maria den Vater gefragt, denn dann hätte er doch alles zusammen, wonach man sich sehnen kann.

Nicht jetzt, hat der Vater da geantwortet, später, mein Liebchen, später, und dann war auch diese Frage fest eingeschnürt in Paul Lustigs großes Schweigepaket, und dort hat er sie nie mehr hinausgelassen.

Nach Brünn ist ihr Vater nie zurückgekehrt. Vielleicht wollte er das alte Bild nicht zerstören. Vielleicht hatte er einfach Angst, dass sich dort Dunkles aus seinen Erinnerungen herauswühlt und ihm die Luft zum Atmen nimmt. Und dass das, was er Heimat nennt, heute nurmehr eine Wunde ist, die nässt und eitert. Dass über der Fremdheit der Stadt die Sehnsucht in ihm stirbt, und weil diese Sehnsucht jetzt so stark ist, weiß er nicht, was dann noch von ihm übrigbleibt.

Maria hat die Augen geschlossen. Die Sonne dringt hell durch ihre Lider.

Noch ein Cappuccino, bitte. *Please, prosim.*

Da kommt Uli. Verschlafen. Sein Haar ist verstrubbelt, sodass Maria schon wieder hineinfahren möchte mit ihren Händen, aber sie hält sich zurück. Auch weil sie plötzlich eine ihrer heißen Sympathiewellen durchfährt, in denen ihr Gefühl ganz groß wird.

Das hat Maria manchmal, das überkommt sie einfach so. Zum Beispiel jetzt: Da spürt sie plötzlich, wie gern sie diesen lieben, schwierigen Menschen hat, der ihr Bruder ist. So steht sie auf, umarmt Uli fest, dann ist er es, der ihr durch die Haare wuschelt, weil er diese Anfälle von ihr kennt, und dann ist sie es, die sagt, hey, lass das, du weißt doch, dass ich das überhaupt nicht haben kann.

Noch ein Cappuccino.

»Der ist gar nicht so schlecht«, gibt Uli zu. Auch wenn die Tschechen bestimmt keine Faema haben.

Danke, *děkuji*.

Schauen und träumen. Mit Uli kann man gut alleine sein. Und gemeinsam schweigen.

Sie wollen noch ein wenig umherlaufen in der Stadt. Einfach so.

Herumschlendern, schauen, Bilder sammeln.

Unweit des Doms sind Zelte für ein großes Fest aufgebaut. Wein gibt es dort, Süßes und Herzhaftes, und zu Musik aus Lautsprechern tanzen kleine Kinder Volkstänze in blau-rot-weißen Trachtenkleidern.

Ob man solche Kleider schon früher hier getragen hat? Also damals, als der Vater hier lebte mit seinen Eltern und den Großeltern: in dem großen Haus bei der Jakobskirche, von dem er manchmal erzählte?

»Ich würde Vaters Haus nicht wiedererkennen«, sagt Maria zu Uli, »ich glaube, ich würde es selbst dann nicht finden, wenn es heute noch genauso aussähe wie damals.« Obwohl Vater dieses Gebäude doch so gut beschrieben hat, obwohl er es doch mit Details ausgeschmückt hat wie sonst fast keines von all den vielen Bildern aus seiner Vergangenheit.

»Lass es uns zusammen nachzeichnen«, sagt Uli. »Also: Da war dieser lange, dunkle Gang, der von der Gasse aus in den Hinterhof führte ...«

»… und von diesem Gang ging links die Haustür ab.«

»Links? Nein, ich glaube, das war rechts.«

Maria zuckt mit den Schultern. In ihrem Kopf hat sie ein anderes Bild aufbewahrt. In dem Gang hat Paul mit Freunden oft gespielt, das weiß sie noch, und dass hinten im Hof eine Teppichstange stand, von der sich die Jungen oft kopfunter baumeln ließen, und gegenseitig haben sie sich angestupst, als wären sie Schaukeln.

Uli erinnert sich an hohe Fenster, die zur Kirche hinausgingen und den Viertelstundenschlag der Glocken in die Wohnung hineinließen, und an Kästen mit roten Geranien davor.

»Im Hausflur«, sagt Maria, »waren die Stufen sehr hoch. Es gab drei Stockwerke. Vater wohnte in der Mitte. Und unten lebte ein alter, griesgrämiger Tscheche mit seiner Frau. Er hieß Vítek.«

Aber oben? Wer hat im Dachgeschoss gewohnt?

Weder Maria und Uli erinnern sich, und als sie ihren Spaziergang durch die Bilder in ihrem Kopf fortführen, finden sie noch ganz viele leere Stellen.

Wahrscheinlich haben ihre Vorstellungen mit der Wirklichkeit nichts zu tun. Und womöglich steht das Haus heute ja auch gar nicht mehr, womöglich hat man es gleich nach dem Krieg abgerissen und einen sozialistischen Zweckbau an seine Stelle gesetzt. Oder es wurde erst jüngst mit EU-Geldern schicksaniert und beherbergt jetzt eine Bank oder ein Nobelhotel.

Die Geschwister gehen ein paar Mal um die Jakobskirche herum. Vorsichtig tun sie das, fast schleichend bewegen sie sich durch die schmalen Gassen und vorbei an hohen Sandsteinfassaden, an denen sie geradezu schüchtern hinaufblicken: wie Suchende, die Angst haben, etwas zu finden, das das Gebäude in ihrem Inneren zum Einsturz bringen könnte.

So gehen Maria und Uli weiter durch die Stadt. Die Kreise, die sie um die Kirche ziehen, werden größer, und als sie das selbst merken, sind sie fast ein wenig erleichtert.

Es ist anstrengend hier, findet Maria.

Bei einer Bank halten sie an.

Uli geht hinein. Maria wartet draußen. Menschen gehen vorüber. Männer mit Aktentaschen, ein Priester, ein altes Paar, das sich bei kleinen Schritten gegenseitig stützt. Mütter mit Kindern. Ein Hund macht ein Häufchen.

Plötzlich verändert sich etwas in Marias Kopf. Als sinke am frühen Nachmittag schon die Sonne ganz tief, und zurück bleibt ein diffuses Licht, das Mauern, Häuser und Menschen so unwirklich erscheinen lässt wie in einem nachträglich kolorierten Schwarzweißfilm. Das hier hat aber nichts Mildes, nichts Versöhnliches und überhaupt nichts Nostalgisches. Im Gegenteil, die Steine auf der Straße und die Mauern der Häuser biegen sich plötzlich von außen hin zur Mitte, gleichzeitig scheinen sie sich von den Rändern her aufzulösen.

Ein Sternenbogen flimmert in Marias Augen, vielleicht hat sie die Zeit verlassen, vielleicht die Uhren zurückgedreht, wie können diese Dinger auch behaupten, ein und dieselbe Stunde würde immer und immer wiederkehren, wie können sie so tun, als sei alles Regel, Maß und Tag für Tag präzise teilbar in zweimal zwölf gleiche Teile?

Die Stadt wächst plötzlich hinein in Marias Kopf. Die Vergangenheit wuchert in die Gegenwart hinein wie ein gut gewässerter Efeu, seine Ranken bohren sich in den neuen Mörtel zwischen alten Mauersteinen, bis die ganze Mauer keinen Halt mehr hat und bröselnd zu Boden fällt.

Maria ist aufgestanden, will sich bewegen, die bösen Bilder abschütteln, aber ihre Knie sind plötzlich ganz schwach, und die Häuser, die Steine, die Blumen, die Menschen beginnen ineinanderzufließen. Sie muss sich festhalten. Eine Frau geht vorbei, wendet sich ihr zu, greift ihren Arm, sagt etwas auf Tschechisch.

Dann ist es dunkel. Woran sich Maria später erinnert, ist: wie sie mitten auf der Straße liegt, den Kopf gebettet in den Schoß des Bruders. Wie er ihr in die Augen schaut. Dann sitzt sie gegenüber der Bank auf dem Boden, und ein Halbkreis hat sich um die Geschwister gebildet.

»Gut?«, fragt, immer wieder, auf Deutsch ein Mann, dessen Hut eine grüne Feder ziert. Und eine Frau, die einen Dutt trägt und eine Sorgenfalte auf der Stirn, streichelt ihr zärtlich über die Hand.

»Gut, ja«, sagt Maria. Uli hat das Fläschchen mit den Kreislauftropfen in ihrem Rucksack gefunden, Zucker hat er aus dem Café nebenan geholt, nicht nur ein verpacktes Doppelstück, sondern gleich ganz viele hat ihm die Kellnerin in die Hand gedrückt, und nun lutscht Maria das Bittersüße, und sie spürt, wie langsam wieder Leben durch ihre Adern fließt und wie ihre Wangen sich röten.

»Diese Mumien«, sagt sie, noch immer halb in einer anderen Welt, »aus der Kapuzinergruft. Wäre es nicht wunderbar, wenn die Toten des Weltkriegs so gut erhalten wären wie sie?«

»Ja«, sagt Uli, was soll er sonst auch sagen, jetzt, wo die Schwester noch in ihrer Halbwelt ist.

Die Menschengruppe um sie herum löst sich auf. Nur eine Frau, die gegangen ist, kommt kurz darauf noch einmal wieder mit einem Stückchen Torte auf einem kleinen roten Pappteller. »Essen«, sagt die Frau, lächelt Maria zu, dann ist sie auch schon verschwunden, und brav schiebt sich Maria das Teilchen in den Mund. So viel süße Sahne.

»Gut?«, fragt nun auch Uli.

Maria nickt.

Da zieht der Bruder sie hoch und stützt sie, während sie sich langsam aufrichtet.

Zum Glück hat der Boden vollständig aufgehört zu schwanken, nicht einmal ganz weit rechts und links ist etwas Unsicheres zurückgeblieben, und so setzen die Geschwister gemeinsam, Schritt für Schritt und fast so vorsichtig wie vorhin das alte Paar, ihren Spaziergang fort.

Zurück bleibt ein Hauch von Unwirklichkeit. Und eine Ahnung von Gefahr.

An einem Platz bleiben sie stehen. Studenten spielen Boule, unter ihnen ein Österreicher und ein Amerikaner.

Vor dem Janáček-Theater laufen Kinder kreischend durch die Wasserspiele, viele von ihnen haben eine so dunkle Hautfarbe, dass es unmöglich Tschechen sein können. Ob es auch hier Flüchtlinge aus Syrien oder Afghanistan gibt? Und ob früher das Miteinander der Völker in Brünn auch so spielerisch funktioniert hat?

Da ist das ehemalige deutsche Gymnasium. Der Vater muss es besucht haben; sie haben ihn nie danach gefragt. Heute steht »Janáček-Musikakademie« über dem Eingang.

Maria und Uli setzen sich auf eine Mauer und lauschen. Fenster sind weit geöffnet. Ein Pianist übt. Beethoven. Das ist, sagt Uli, das dritte Klavierkonzert.

Spielt da der Sohn eines Täters, die Enkelin eines Opfers? Lässt sich eine Rolle nur einer Nation zuordnen? Kann man überhaupt nur auf einer der beiden Seiten stehen, oder trägt man nicht doch immer beides in sich? Ist Vergessen das Beste, und heilt die Zeit wirklich alle Wunden?

Die Kadenz des Konzertes, findet Uli, klingt unentschieden: irrlichternd, traumverloren. Erst am Ende hat der Weg eine Richtung. Er weist ins Licht.

»Der spielt gut«, sagt Uli.

So reißt er die Schwester aus ihren Träumen, denn natürlich muss sie jetzt fragen, warum er, wie so oft, auch jetzt wieder automatisch davon ausgeht, dass hinter dem halb geöffneten Fenster im Erdgeschoss ein Mann sitzt und nicht vielmehr eine Frau. Für sie, Maria, klingt, was von drinnen nach draußen tönt, jedenfalls so einfühlsam, dass es unbedingt ein weibliches Wesen auf die Tasten zaubern muss.

Halbherzig fechten die Geschwister noch ein wenig weiter, wie oft haben sie diese Dispute schon geführt, wie die Vorurteile und Klischees des anderen entlarvt.

So sinkt der Tag in die Dämmerung.

Nachts kann Maria nicht schlafen. Im Pensionszimmer neben ihnen vergnügen sich stöhnend zwei Unermüdliche. Uli schnarcht leise. Maria verstopft ihre Ohren mit rosafarbenem Silikon, aber immer wieder dringt dennoch ein Schrei, ein Rhythmus in ihre Ohren. Dann zieht sie sich die Decke über den Kopf, aber auch das will nicht helfen, und erst am frühen Morgen sinkt sie in einen bleiernen Schlaf.

»Du wolltest doch Fotos schicken«.

Sabines Nachricht auf dem Handy, versöhnlich verziert mit einem Zwinkersmiley, ist am nächsten Morgen wie die Botschaft von einem fremden Stern, aber natürlich entschuldigt sich Maria sofort, wie konnte sie Sabine bloß vergessen, nein, sie hat sie ja gar nicht vergessen, aber es war einfach zu viel anderes in ihr. Dann schickt sie der Freundin schöne Fotos von einer schönen Stadt. Nachträglich, aber mit dicker Umarmung.

Sie möchte dazu schreiben, dass sie das wirklich Wichtige nur erzählen kann, nicht fotografieren, weil es mit den schönen Fassaden und Kirchtürmen überhaupt nichts zu tun hat, aber sie tut das nicht, sondern schickt nur einen Kuss-Smiley zurück nach Deutschland, und dann tut es ihr doch gut, dass Sabine ihr antwortet, wie sehr sie sich auf die Rückkehr der Freundin freut und wie gespannt sie ihren Bericht erwartet. »Viel Kraft wünsche ich dir«, steht da noch, und als Maria das liest, muss sie schlucken.

Dann macht sie das Handy aus, und als sie es zurücksteckt in seine Hülle, findet sie dort den Zettel mit Terezas Telefonnummer.

»Wir werden uns wiedersehen«, hat Tereza gesagt, als sie die Ziffern auf das Papier schrieb. Nicht: Wir sollten es tun. Dass sie so sicher war.

Auch Uli hat auf sein Smartphone geblickt. Während die Schwester am Tisch wie wild Botschaften tippte, haben seine Augen erst lange an dem kleinen Bildschirm vorbeigeschaut. Dann hat er zu schreiben begonnen, langsam, Buchstabe für Buchstabe. Immer wieder hat er innegehalten, und am Ende ist er mit der Löschtaste zurückgefahren, bis der ganze Text verschwunden war. Da hatte Maria schon ihr erstes Brot aufgegessen, und vor ihm hat der Beutel in der Tasse den Tee bitter werden lassen und so stark, dass Uli, sonst ein Verächter englischer Manieren, ihn mit Zucker und ziemlich viel Milch halbwegs genießbar machen muss.

Dann schaltet er ebenfalls sein Handy aus. Es wird ihm auch heute niemand schreiben.

Es ist erst halb sieben. Im Frühstücksraum der Pension sind Maria und Uli die einzigen Gäste, und mürrisch türmt die Wirtin jetzt Rührei und Unmengen von Wurst vor ihnen auf. Wurst in Hellrot, Braunrot, Orangerot und Rosa, einfarbig oder durchsetzt mit weißen Tupfen.

»Joghurt?«, fragt Maria. Die Wirtin schüttelt den Kopf. Ob sie versteht, was Maria gesagt hat?

Da teilen sich die Geschwister das Rührei, beide belegen Brote dick mit Hellrot, Braunrot und Rosa und packen sie dann in ihre Rucksäcke. Eigentlich sind beide jetzt viel zu aufgeregt zum Essen.

»Wir hätten am 31. Mai losgehen sollen«, sagt Maria plötzlich. »Das wäre dann irgendwie ... authentisch gewesen. 1945 sind die Menschen auch an diesem Datum in Brünn losgezogen.«

Uli runzelt die Stirn. »Du findest Daten ... authentisch? Aber die sind doch nichts als Krücken. Außerdem war der 31. Mai 1945 Fronleichnam, und Fronleichnam ist in diesem Jahr gar nicht auf den 31. Mai gefallen, sondern auf den ...« Mist, natürlich ist das Smartphone jetzt aus.

»Dann hätte die Luft genauso geduftet wie damals«, spricht Maria unbeirrt weiter. »Dann hätten die gleichen Blumen geblüht, und die Blätter der Bäume hätten dieselbe Farbe gehabt.« Außerdem hätten sie dann heute genau die Vögel gehört, die auch damals gerade unterwegs waren, und auf den Feldern wäre das Getreide ebenso hoch gestanden.

Aber wahrscheinlich haben sie ja ohnehin alles falsch gemacht. Wahrscheinlich hätten sie zuerst mit dem Kopf in die Geschichte eintreten sollen, nicht gleich mit ihren ganzen Körpern und Gefühlen. Also erst einmal lesen, ganz viel lesen und ganz viel wissen.

»Blödsinn«, sagt Uli. »Deine historische Wahrhaftigkeit lässt sich heute doch gar nicht mehr herstellen. Wir gehen diesen Weg freiwillig. Uns zwingt niemand dazu, und das macht einen riesigen Unterschied. Wir haben genug zum Essen und zum Trinken dabei, und wenn das nicht ausreicht, können wir uns eine Mahlzeit im Wirtshaus oder Brot in einem Laden kaufen. Wir sind kräftig genug, wir sind nicht alt, nicht krank und keine Kinder. Wir wissen, auf welches Ziel wir zulaufen und dass unsere Reise heute nach ziemlich genau 34,5 Kilometern zu Ende ist. Ohne Peitschen, ohne Schüsse, ohne Todesangst. Wozu taugen dann authentische Vögel und Blumen?« »Mir kommt es so vor«, sagt Uli dann noch, und er ist ein bisschen stolz darauf, dass er dieses Bild gefunden hat, »als wären wir beide nichts anderes als Voyeure, die die Geschichte mit Füßen treten.«

»Oho«, macht Maria, »Schuster lieben schöne Sprachbilder!« Beirren lässt sie sich aber nicht. »Trotzdem«, sagt sie. Mehr nicht. Fehlte nur noch, dass sie mit dem Fuß aufstampfte, dann würde sie wirken wie ein widerspenstiges Kind.

Maria schluckt den sauren Kaffee wie Medizin, Uli trinkt von seinem viel zu süßen, viel zu kalten Milchtee gerade mal die Hälfte, mehr schafft er beim besten Willen nicht.

Wasserflaschen füllen, Wanderschuhe zuschnüren.

Dann hebt Uli Marias Rucksack hoch. O Gott, was hat sie alles dort hineingetan? Sein eigenes, viel leichteres Gepäck wirft er sich mit Schwung über die Schultern, fährt mit den Armen unter die Gurte und drückt die Schnallen zusammen.

»*Na shledanou*«, ruft Maria der Wirtin noch zu. Anna hat mit ihnen geübt, wie man den tschechischen Abschiedsgruß richtig ausspricht, bevor sie sich umarmten, damals, mit vollem Bauch am Krautmarkt, und jetzt freuen die Worte auch die mürrische Wirtin. Sie hebt ihre Hand und deutet zum Abschied etwas an, das aussieht wie ein Winken. »*Na shledanou!*«

Die Sonne ist aufgegangen, es wird ein heißer Tag.

Wie damals.

Das Augustinermuseum liegt im Morgenlicht: eine idyllische Insel mitten im Verkehrslärm. Hier hat Gregor Mendel geforscht, hat das Erbgut von Pflanzen erkundet und mit anderem gekreuzt. Das Museum im Klosterhof ist noch geschlossen. Mendels Orangerie ist nach dem Krieg verfallen und abgebaut worden.

Ob der große Mann der Genetik auch über menschliches Erbgut nachdachte? Und über die Frage, ob sich über körperliche Eigenarten, über Fähigkeiten und Talente hinaus auch Erlebtes in die Gene der Nachgeborenen einschreibt? Ob sich also auch Gefühle vererben, Verletzungen, Träume, das Wertesystem, ja womöglich gar das Verhalten?

Ob Mendel außerdem wohl untersucht hat, ob sich nationale Unterschiede im menschlichen Erbgut auf relevante Weise niederschlagen? Und falls nicht, hat er das dann auch anderen gesagt, also zum Beispiel denen, die um ihn herum gegen Juden hetzten oder Menschen wegjagten, mit denen sie vorher zusammenlebten – nur weil sie keine Tschechen waren?

Die Geschwister gehen an der Mauer entlang, die das Kloster von der angrenzenden Brauerei trennt.

»Da ist es!«, ruft Maria.

Sie hat als Erste den Gedenkstein entdeckt, den der Verbund der Brünner Heimatvertriebenen zum 50-jährigen Jubiläum des Brünner Todesmarsches errichtete. Sie fotografiert den Stein, die Pflanzen, die ihn umranken. Und sie liest, als könnte ihr das helfen, endlich die Spur einer eigenen Erinnerung zu finden, laut die Inschrift vor, den Wunsch, dass »in Zukunft alle Menschen in Frieden und unter Achtung der Menschenrechte leben«.

»Puh«, macht Uli.

Alle Menschen.

Das Leid, das hier war, ist vorbei, es war nur ein winziges Stück vom Schmerz der ganzen Welt, aber tatsächlich liegt es an diesem Ort auf einem wie eine schwere Last.

Man könnte verweilen.

Nachdenken. Oder einfach nur ruhen, den Bienen lauschen und dem Verkehr.

Schauen.

Vielleicht würde das, was einem hier wehtut, diese familiär bedingte Empathie mit einem schrecklichen Ereignis der Geschichte, ein ganz kleines bisschen weniger schmerzhaft, wenn man sitzen bliebe, gelassener würde und der Sonne dabei zusähe, wie sie ihren ganz normalen Tagesausflug über die Stadt vollendet.

Maria aber ist schon aus dem Tor hinausgetreten. »Der Weg ist weit, lass uns losgehen!«, ruft sie dem Bruder zu.

Jetzt kann er keinen Rückzieher mehr machen. Uli schultert seinen Rucksack.

Sie gehen.

Vorbei am Zentralfriedhof. Dort müssen sie nicht rasten, schon gestern haben sie das Grab von Leoš Janáček besucht und das seiner Frau, das weit davon entfernt ist. Sie haben das Feld mit den Kreuzen gesehen, das die Deutsche Kriegsgräberfürsorge hier für die deutschen Gefallenen des Zweiten Weltkriegs errichtete, und beim Lesen der Inschriften auf den Familiengräbern haben sie bemerkt, wie sehr sich in Brünn deutsche und tschechische Namen vermischten.

Bis 1945. Danach waren die Deutschen hier unsterblich. Danach starben hier nur Tschechen.

Endlos zieht sich der Weg hinaus aus der Stadt. Als sie am Fluss entlanggehen, werden sie von Radfahrern und Inlineskatern überholt. An alten Arbeiterhäusern laufen sie vorbei.

geduckten Gebäuden mit kleinen Vorgärten in freundlichem Blumenbunt. Später stehen Zweckbauten da. Container: Möbelhäuser, Fabrikhallen, ein Freizeitzentrum.

Es ist ein friedlicher, schöner Weg, an dem immer wieder Tische und Bänke zur Rast einladen; führte er durch eine ruhige deutsche Landschaft, dann hätte man ihn auf einer Wanderkarte gewiss mit einer grünen Markierung versehen.

Eine kurze Pause. Hier ist noch Schatten.

Uli legt sich auf den Boden. Er schaut den Blättern der Pappel zu, wie sie sich über ihnen im sanften Wind bewegen: Leicht, ganz leicht und schnell flattern sie, fast so schnell wie die Flügel eines Kolibris, und weil die Unterseite der Blätter hell ist, hat das Rauschen etwas hell Glitzerndes. Das bleibt in den Augen, auch wenn man die Lider schließt, und dann wohnt in einem ein funkelndes Glück.

»Komm, weiter«, sagt Maria.

Fast wäre Uli eingeschlafen.

Man könnte am Fluss weitergehen, in schönen Schleifen führt hier der Weg nach Wien, und stolz verkünden blitzblanke Schilder die Fertigstellung der neuen Radwanderstrecke. Ein touristischer Magnet soll sie werden, und die Landschaft hier ist so, dass alte Menschen sie lieblich nennen würden. Lieblich ist ein schönes, vergessenes Wort.

Der Weg damals, sagt Maria, war aber nicht lieblich. An anderen Orten sollte er vorbeiführen, anders sollte er sich anfühlen, härter, auch schmerzvoller, und so biegen sie, nachdem sie sich so gemächlich und versöhnlich haben hinausgeleiten lassen aus der Stadt, ab in Richtung Rajhrad. Das ist der Ort, der früher Raidern hieß.

Es wird sehr heiß. Die Landstraße über Sobotice und Ledce nach Pohořelice mag authentisch sein, aber sie ist schnurgerade und nahezu schattenlos. Es gibt nur wenige Bäume und Büsche, rechts und links verlaufen tiefe Gräben, und die Asphaltdecke zerbröselt an den Seiten.

Die Geschwister durchschreiten sanfte Wellen, Hügel und kleine Täler, sie gehen vorbei an kleinen Gedenksteinen, die an Unfälle und an Verkehrstote erinnern. »Glaube, Wanderer, und bete, damit wir durch den Tod Jesu zum ewig seligen Leben auf erstehen«, mahnt ein Kreuz von 1806. Auf Deutsch.

Spuren der Vertreibung finden sich nicht.

Weiter also, weiter. Kurz ist die Mittagsrast im schattigen Wartehäuschen einer Bushaltestelle. Mit Wasser und ein wenig rosafarbener Wurst.

Man könnte auch den Bus nehmen, der hier alle Stunde einmal vorbeifährt.

Sie gehen.

Die Sonne sticht.

Schritt für Schritt.

Fuß vor Fuß.

Rechts und links.

Schweißtropfen für Schweißtropfen.

Baum.

Strauch.

Baum.

Pfosten an der Straße. Kilometersteine mit Zahlen.

Ein Straßenschild. Kreisverkehr, nach Pohořelice geht es geradeaus. Immer weiter geradeaus.

Das Gras neben der Straße ist gelb.

Lastwagen überholen sie, andere kommen ihnen entgegen, sie wirbeln Luft auf wie aus einem heißen Föhn, hinterlassen Dunst von Diesel und Ruß.

Im Straßengraben liegt eine Radkappe.

Ein abgebrochener Spiegel.

Da sind Dosen von Bier und Suppe.

Plastikstücke.

Ein zerfetztes Karohemd.

Marias Rucksack ist viel zu schwer, was hat sie nur alles in ihn hineingepackt.

Uli geht vorne.

Maria ist hinter ihm. Sie schaut auf die Straße, sie schaut in den Graben. Sie sieht, was dort liegt, doch sie nimmt es kaum wahr. Weiter geht sie. Immer weiter.

Dem Bruder nach, dessen Schatten im Mittagslicht ganz klein geworden ist.

Fuß vor Fuß und Schritt für Schritt.

Eine Tüte.

Eine Mütze.

Maria reibt sich die Augen.

Über dem Asphalt flimmert die Luft.

Die Tüte.

Die Mütze.

Die Mütze könnte ein Hut sein.

Die Tüte: ein Koffer. Offen. Mit Kleidern, die herausquellen. Man hat ihn zurückgelassen, weil man ihn nicht mehr tragen konnte. Schwer, so schwer. Es ist so heiß. Nun ist der Straßengraben voll bis zum Rand, und liegt es nicht dort, das Silberbesteck der Großeltern, und daneben ist eine Suppenterrine, ein Henkel ist abgeschlagen, aber was für eine feine Kette von rosa Blümchen rankt sich rings um das weiße Porzellan, und da ist der Sonntagsanzug vom Großvater, nein, ist das die Möglichkeit, er ist es wirklich, der Anzug mit dem hübschen blauen Einstecktuch und der doppelten Knopfleiste, da liegt er im Graben, nur wenig zerknittert.

Plötzlich fährt Leben hinein in den Stoff. Bohrt sich da ein Knochen durchs Ärmelloch? Ruft da eine Stimme, ein Mund, ein Mensch, dass sie, Maria, kommen soll, schnell, jetzt, und helfen, weil sonst alles nicht mehr weitergeht, und es ist doch so heiß.

Das ist ja der Tod, er wohnt im Straßengraben, er grinst Maria an aus Mündern von gespaltenen Totenschädeln, er reckt ihr seine Skeletthände entgegen, um sie zu berühren, mit Knochenfüßen und Holzbeinen tritt er ihr an das müde Fleisch der Waden, der Knie, der Oberschenkel, und daneben windet sich der lange Menschenwurm, ein Zug, der röchelt und weint und stöhnt, und Maria muss doch weiter, rasch, rasch, hörst du drüben nicht die Schüsse, sie sollen mich nicht treffen, und spürst du nicht die Peitschen, wie sie sirrend durch die Luft ziehen, bück dich, rasch, damit sie dich nicht verletzen, nimm meine Hand, dann laufen wir fort, rasch, rasch, dass keiner uns sieht, und da beginnt Maria zu rennen, da kommt sie ins Straucheln, weil eine Hand sie anfasst und festhält, eine Totenhand ist es, gewiss, die will sie herausziehen aus dem Leben und hinein in den Tod, und erst als sie den Schrei hört, wacht Maria wieder auf, und da verschwinden die Hände, die Beine und Knochen, die Münder hören zu schreien auf, sie schließen sich, zwischen den Zähnen Erde und gelbes Gras, und gerade schafft Maria es noch, ihren Fuß aus der Schlinge zu ziehen, in die sie getreten ist, sonst wäre sie in den Stacheldraht hineingefallen.

»Achtung!«, hat Uli gerufen. Es ist gut, dass er auf die Schwester gewartet und aufgepasst hat, wie kann Maria nur so wenig auf den Weg und auf ihre Füße achten.

»Danke«, sagt Maria. Der Schweiß hat ihr T-Shirt am Rücken vollständig durchnässt, und sie muss sich jetzt doch kurz setzen, einen kleinen Augenblick nur, dann hört das Zittern der Hände auf, und die Augen werden wieder trocken.

»Warte mal«, sagt sie dann. Sie nimmt den Rucksack von den Schultern. Haarspülung, Bodylotion, das dicke Buch, das man gelesen haben muss, das sie aber nur aus Pflichtbewusstsein liest, weil es ein Geschenk von Sabine ist, die schwere Regenjacke, die Packung mit Müsliriegeln für alle Fälle – alles muss weg, es ist unnütze Last, es fliegt in hohem Bogen in den Graben.

»Hey, Schwester«, sagt Uli, »was machst du da? Du kannst doch nicht einfach Sachen hier in die Landschaft werfen...«

»Doch«, sagt Maria, und nun wirft sie noch den Tiegel mit der Fußcreme und die Aprèslotion hinterher. Vergiss das Wohlfühlgefühl nach dem Sonnenbad. »Natürlich kann ich. Das ist sogar« – flupp, noch eine Coladose – »ziemlich authentisch«, und dann muss sie, obwohl ihr jetzt die Tränen kommen, sogar ein bisschen lachen, auch über sich selbst und weil sie sich plötzlich richtig befreit fühlt.

»Ich habe viel zu viel Zeugs eingepackt«, sagt sie zu Uli. Als ob der das nicht schon selbst gemerkt hätte.

»Das hättest du dir früher überlegen können.«

»Ja.«

Als Maria den Rucksack wieder auf ihrem Rücken befestigt, kommt er ihr um viele Kilo leichter vor.

Acht Kilometer noch, vielleicht auch zehn.

Wenn die Beine nur nicht so schwer wären.

Und die Füße beginnen zu schmerzen. Man spürt, wie sich Schuh an Haut reibt und Haut an Strumpf. Morgen werden Blasen da sein.

Morgen.

Die Sonne kommt jetzt von schräg rechts, sie scheint ihnen ins Gesicht, und bald hat Maria auch ihr zweites T-Shirt durchgeschwitzt.

Pohořelice 11 Kilometer. Wie man sich irren kann. Drei Stunden werden das sein. Drei Stunden noch.

Sie gehen langsam.

So schwer ist die Last.

So weit ist der Weg.

So heiß ist der Tag.

Schritt für Schritt und Fuß vor Fuß.

Uli glüht, Maria glüht.

Es ist still. Das Zirpen der Grillen ist der liegende Grundton der Reise. Kaum je zwitschert ein Vogel. Nur eine Krähe, die in sicherem Abstand folgt, wagt zuweilen ein heiseres Krächzen. Es gibt nette Lastwagenfahrer und unfreundliche. Die einen umfahren die Wandernden in weiten Bögen, die anderen fahren so dicht an ihnen vorbei, dass sich Maria und Uli gegen den Fahrtwind wehren müssen.

Manchmal könnten sie die Transporter glatt berühren.

»Und aufspringen«, sagt Uli.

Kein Kommentar.

Maria schleppt sich. Ich bin eine Maschine, stellt sie sich vor, eine blöde, aber gut geölte Maschine, der Kopf ist leer, nur die Beine laufen, und so geht sie weiter. Ob sie das noch schaffen, fragt sich Uli, auch bei ihm ist jetzt alles Schmerz und Mühe, und warum haben sie nicht auf Tereza gehört, die ihnen eine Aufteilung der Strecke in zwei Etappen und die Übernachtung in einem netten Wirtshaus empfahl, und, nein, auf der Landstraße sollen sie bitte auf keinen Fall laufen, das tut niemand, da kann man doch nicht gehen.

Aber natürlich kann man.

Hat Maria gesagt.

Aber ob man es muss.

Fragt sich Uli.

Maria ist enttäuscht. Es ist nichts da. Kein Rest ist geblieben. Alles, von dem sie dachte, dass man es hier mit Händen würde greifen können, ist nur in ihrem Kopf und in ihrem Herzen. Die Landschaft wirkt wie eine glatte Haut: unverletzt und ohne Narben. Vielleicht auch: verzaubert, verhext. Sie laufen auf exakt derselben Strecke wie damals 27 000 Menschen, aber von dem Leid von damals ist nichts mehr zu spüren. Auch nicht von den Toten. Sie sind verdunstet über dem flirrenden Asphalt. Ihre Füße haben keine Abdrücke hinterlassen. Ihr Stöhnen ist verhallt, weil Klänge noch flüchtiger sind als Bilder. Und die Messer der Menschen haben keine Kerben in junge Bäume geritzt, die heute groß gewachsen, alt und knorrig wären: Wundmale, Mahnmale, deren Eiter, ein dunkles, klebriges Harz, sich zu harten Streifen verfestigt hat.

Wer hat die Leichen weggeräumt, die toten Körper der Alten, die nicht mehr weiterkonnten, der Kranken, die man, selbst immer weitergetrieben, weinend zurückließ, bis man von Ferne die Schüsse hörte, denen nachträglich jemand das liebe Wort Gnade zum Geleit gab, bis man ahnte, nein, wusste, jetzt liegen sie dort leblos neben dem Unrat und der fortgeworfenen Last? Wer hat die Leichen der Kinder vom Weg aufgelesen, die Aufseher des Zuges vor den Augen der Eltern umbrachten, und war da einer, der weinte, als er die kleinen toten Körper verscharrte? Wer hat die stinkenden Menschenreste entsorgt, die noch Tage später am Wegesrand lagen, oft merkwürdig verrenkt und mit weit geöffneten Augen und Mündern? An welchen Stellen liegen jene, die hier verreckten, unter dem Erdreich, und sprießt über dem Staub ihrer Knochen heute der Raps womöglich in besonders lichtem Grün?

Da ist kein Kreuz. Kein Gedenkstein, nirgends.

Und auch keine Bank.

Kein Baum.

Die Hitze.

»Heute gibt es kein authentisches Gewitter«, sagt Uli. Dass er jetzt noch ironisch sein kann.

Ob er noch Wasser hat.

Sie teilen den Rest. Hätte Maria die Coladose doch nicht fortgeworfen.

Noch sechs Kilometer. Zwei Stunden werden es mindestens sein, so langsam, wie sie jetzt geworden sind. Zwei Stunden sind eine Ewigkeit, und nach jedem Stehenbleiben fällt der Aufbruch doppelt schwer.

Schritt für Schritt.

Fuß vor Fuß.

Die Sonne sinkt, aber kein Lüftchen belebt die Hitze über der Straße.

Ein Lastwagen überholt sie, so nahe fährt er an ihnen vorbei, dass Maria rasch zur Seite tritt und dem Fahrer einen Fluch hinterherschickt. Dann aber hören sie quietschende Bremsen, das Fahrzeug kommt zum Stehen, und ein junger Mann springt auf die Straße. Er wartet, bis sie bei ihm sind, dann sagt er etwas auf Tschechisch.

»*Němec*«, sagt Uli. Deutsch.

»*You speak English?*«, fragt der junge Mann.

Maria und Uli nicken.

Hier zu gehen, ist gefährlich, sagt der Lastwagenfahrer. Holprig ist sein Englisch, aber er gibt sein Bestes. Die Autos fahren hier so schnell, viel zu schnell, und mit Fußgängern rechnet auf dieser Straße niemand.

Wo sie denn hinwollen?

Pohořelice, sagt Uli. Natürlich spricht er den schwierigen Ortsnamen falsch aus. Der Mann verbessert ihn freundlich.

Fünf Kilometer, sagt er dann. Und nach Pohořelice will er auch. Ob sie nicht mitfahren wollen. »Ich heiße Martin.«

Ja, schreien Marias Beine, ja, schreit Ulis ganzer Körper.

Die Geschwister schauen sich an.

Uli nickt.

Maria schüttelt den Kopf.

Uli steigt ein. »Komm schon, Schwester!«

Maria schüttelt nochmals den Kopf. »Du kannst ja schon mal ein Zimmer für uns suchen.«

»Du bist verrückt, große Schwester. Du bist doch mindestens so fertig wie ich. Jetzt steig ein!«

»Nein.«

»Sie ist total verrückt«, sagt jetzt auch Martin, »*totally crazy*«, doch weil er bei Maria keine Anzeichen eines Sinneswandels erkennen kann, schließt er auf der Beifahrerseite die Tür und schwingt sich selbst auf den Fahrersitz. Als er den Motor des Lastwagens anlässt, entsteigt dem Auspuff eine dicke schwarze Wolke.

»Bäh«, hustet Maria, die gleich hinter dem Lastwagen steht, und sie findet es nicht nur geschmacklos, sondern ziemlich zynisch, als ihr der Bruder aus dem heruntergekurbelten Fenster heraus eine Kusshand zuwirft.

Blöder Kerl.

Schwacher Kerl.

Aber als sie die Beine mühsam wieder in Gang bekommt, als sie wieder zu laufen beginnt, einsam jetzt, und die Sonne sticht immer noch, bedauert sie doch ein wenig die verpasste Gelegenheit.

Nein. Maria will das nicht denken und fühlen, was soll denn das schon wieder, das soll weggehen, schließlich hätte sie dann wie Uli den Marsch abgebrochen, und so wird er sich schließlich auch fühlen: als Verlierer. Als einer, der es nicht schaffte. Der aufgegeben hat.

Missmutig setzt Maria Fuß vor Fuß. Ja, sie wird es schaffen. Sie wird beweisen, dass es geht. Sie ist stark. Sehr stark.

Nur ein wenig Schwäche ist dabei, das muss sie zugeben, und mit ihr kämpft sie in der letzten der vielen Ewigkeiten dieses ewigen Tages.

Kein Schritt von ihr ist ohne Schmerz, kein Atemzug ohne Mühe. Lippen und Mund sind trocken. Marias Blick folgt den Füßen, dort bleibt er, und an den Rändern der Straße ist nur noch diffuses Grau.

Geradeaus, nur geradeaus.

Mit Tunnelblick.

Eine Minute, zehn, eine Stunde, vielleicht auch zwei, wer wüsste das noch zu sagen, die Zeit ist auch dahingeflossen, und als Maria das erste Haus sieht, dann das zweite, als sich die Konturen des Straßenstädtchens Pohořelice abzeichnen, da kann sie es kaum glauben. So freundlich empfängt sie der Ort, der für sie ein Ort des Grauens ist, und dieses Grauen war so groß.

Fast 900 Menschen sind allein hier an Durst, an Seuchen und Schwäche gestorben oder umgebracht worden, vom Gestank ihrer Verwesung müssten sich Reste doch noch in den Poren der Mauern finden oder im Gedächtnis der Bewohner. Ihre Nase, die auf der Suche ist, müsste ihn wittern, ihre Augen müssten Spuren von dem finden, was damals geschah, als sich die verdurstenden Menschen hier auf abgestandenes Wasser aus Pfützen und Wassertonnen stürzten.

Maria stolpert hinein in den Ort.

Pohrlitz, ja, so hieß er damals.

Plötzlich wollen die Füße nicht mehr gehorchen, was ist bloß mit ihren Muskeln los, sind die überhaupt noch da, und so sinkt sie auf eine Bank, neben der ein blumengeschmückter Brunnen plätschert. Von ferne hört sie spielende Kinder, Rufen und Lachen.

Maria schließt die Augen.

Nie wieder wird sie sich erheben.

Einatmen, ausatmen.

Sie lässt das Nichts in sich hinein. Tief fällt sie, ganz tief, ihr Kopf lehnt an dem weichen Rucksack, die Füße bloß, befreit von viel zu engen Schuhen.

Ewiger Schlaf.

Ewige Ruhe.

Und Frieden. Überall.

»*Hello?*« Vorsichtig tippt eine Hand auf ihre Schulter.

Maria öffnet die Augen. Es ist der Lastwagenfahrer. Martin.

»*Everything okay with you?*«

»Ja«, sagt Maria, »alles in Ordnung.« Sie lächelt Martin an.

»*You're totally crazy, Maria*«, sagt Martin und lächelt zurück.

Dann beschreibt er ihr den Weg zu dem Hotel, an dem er den Mann abgesetzt hat, Uli, »deinen Freund«.

»Meinen Bruder«, sagt Maria.

Da lächelt Martin noch ein bisschen mehr. Also: Geradeaus soll sie laufen, an der Bank vorbei, am Rathaus. Den Park dahinter, der noch fast neu ist, soll sie rechts liegen lassen, Enten gibt es dort und Bänke zum Ruhen und Schauen. Dann kommt auf der linken Straßenseite ein Bäcker, und an der nächsten Straßenkreuzung links weist ein kleines gelbes Schild auf das Hotel hin, ihm soll sie folgen.

»Also einfach geradeaus und dann dem Schild folgen«, fasst Maria zusammen. Sie liebt diese umständlichen Wegbeschreibungen von Landbewohnern, die jede Kleinigkeit, jeden Wegstein und jedes Blumenbeet für wichtig halten. Martin nickt.

Wahrscheinlich denkt er jetzt: diese pragmatischen Großstädter. Denkt Maria, und dann fragt sie Martin, ob er heute Abend schon etwas vorhat. Man könnte ja vielleicht zusammen essen gehen. Falls ich hier noch aufstehen kann, will Maria hinzufügen, aber das verkneift sie sich dann doch. Natürlich wird sie aufstehen, irgendwann wird sie aufstehen, das wäre doch gelacht.

Martin hat nichts vor, er wird erst morgen seinen Lastwagen beladen und mit ihm nach Prag fahren, und so beschließen sie, dass er doch einfach vorbeikommen und sie am Hotel abholen soll, sagen wir, so gegen acht?

Acht Uhr, das passt. Martin winkt und biegt um die nächste Ecke.

Und Maria steht auf.

Nein, Maria will aufstehen. Doch ihr Körper will es nicht. Ihre Beine hängen zu Boden wie schlaffe Glieder einer Marionette, und es kommt Maria wie eine Ewigkeit vor, bis sie den Faden findet, an dem sie sich selbst nach oben zieht. Die Schuhe passen kaum mehr über die geschwollenen Füße. Die Strümpfe, feucht vor Schweiß, lassen sich nicht glätten. Und aus den Blasen sind offene Wunden geworden, jeder Schritt, jede Reibung an Schuh und Strumpf ist reiner Schmerz.

Später kann sie nicht mehr sagen, wie sie es unter diesen Umständen überhaupt bis zu dem Hotel geschafft hat, in dem Bilder von James Dean, Elvis Presley, Audrey Hepburn und von der ewig röckchenwirbelnden Marilyn Monroe an orange getünchten Wänden hängen, und dann ist das Zimmer, in dem Uli, frisch wie der Morgentau, lesend auf sie wartet, obendrein noch ganz oben im zweiten Stock.

»Ih, Schweiß«, sagt Uli, als sie das Zimmer betritt.

»Ih, böser Bruder«, macht Maria. Zu mehr Retourkutschen ist sie nicht fähig, und auch ihren Sieg über sich selbst findet sie plötzlich nicht mehr so toll, dass sie vor Uli mit ihrem Durchhaltevermögen prahlen müsste.

Wasser. Und duschen. So lange, bis Uli an die Tür klopft und ein »Alles okay da drinnen?« loswird.

Ja, alles okay.

Was sollte auch in Unordnung sein?

So wenig hat sie lange nicht geredet. Denkt Uli. Aber soll Maria doch still sein, soll sie ruhig mit glasigem Blick auf ihrem gut gefüllten Teller verweilen, den ihre Gabel durchfurcht wie ein Pflug den Acker, und soll sie die anderen Besucher der Sportgaststätte doch betrachten, als wären sie exotische Wesen von einem anderen Stern. Warum musste sie auch so stur zu Ende führen, was sie sich in den Kopf gesetzt hatte, und was hat sie dabei an Erkenntnissen gewonnen, die ihm verwehrt blieben?

Im Hotel ist Maria die Treppe kaum heruntergekommen, am Geländer hat sie sich festhalten müssen, und die Stufen vom ersten Stock ins Erdgeschoss ist sie rückwärts hinabgestiegen. So müde sind heute die Beine.

»Noch ein Bier bitte. Nein, zwei.« Und du, Maria? »Auch für dich noch ein Bier?«

Maria schüttelt den Kopf.

Martin lacht und zwinkert ihr zu.

Bier heißt *pivo*, das haben sie in Brünn schon gelernt, und mit diesem netten Tschechen hier hat Uli viel Spaß, trotz der Grenzen, die das Englische vor allem Martins lebendigem Ausdruckswillen immer wieder aufzeigt. Sie reden: über Fußball, über Lastwagenfahren, über Politik. Martin hat Soziologie studiert, und zwar in Brünn, und als Uli mit ihm über diese Stadt redet, merkt er, was sie bei ihrem Besuch alles nicht gesehen und übersehen haben.

Irgendwann hat Maria genügend Gräben auf ihrem Teller gepflügt, und als der Ober noch mehr Bier an ihren Tisch bringt, macht sie ein Zeichen, er soll abräumen. Mit gerunzelter Stirn betrachtet der Ober den Teller, die kleine Frau hat kaum etwas gegessen.

»Wo ist dieses Gedenkfeld?«, fragt Maria. Es ist ihr erster Satz seit mindestens einer halben Stunde.

Überrascht unterbrechen die Männer ihr lebhaftes Gespräch über deutsch-tschechische Beziehungen und europäische Kulturpolitik, und Martin weist in eine Richtung. Falls sie die Wiese meint mit der Gedenktafel: Die ist da drüben am Ortsausgang. Wenn sie weiter nach Wien gehen, also Richtung Mikulov, liegt sie direkt am Weg.

»Es ist aber nichts Besonderes«, fügt Martin hinzu. Schon oft ist er mit seinem Lastwagen vorbeigefahren, es ist eine Wiese wie jede andere, nur ein bisschen gepflegter, weil irgendjemand das Gras dort regelmäßig mäht. Inzwischen nimmt er, Martin, dieses Stück Land schon gar nicht mehr wahr – hätten sie ihn nicht darauf angesprochen, dann hätte er wahrscheinlich irgendwann gar nicht mehr gewusst, dass es existiert. Dann wäre es vergessenes Land. Wie so vieles hier in der Gegend, die so gleichförmig ist, dass man immer wieder denkt, hier bin ich bestimmt schon gewesen, und immer wieder irrt man sich gewaltig.

»Danke.« Mehr sagt Maria an diesem Abend nicht. Ihre Augen sind müde geworden, und früh verabschiedet sie sich von den lebhaft diskutierenden Männern, sollen sie doch reden und lachen, sie will vorgehen ins Hotel. Martin steht auf. Sehen wir uns wieder? Maria nickt. *Ano,* ja.

Marias Beine sind unendlich schwer, und so setzt sie sich nochmals auf die Bank, auf der sie vorhin schon gerastet hat.

Es ist immer noch heiß, aber der Himmel ist wie ein weiches, dunkles Tuch, und je länger Maria jetzt hinaufschaut, desto mehr helle Punkte entdeckt sie dort. Was für ein Wunder, denkt sie, nein, was für ein Geschenk ist doch die Langsamkeit des Lichts. Der Glanz der Sterne, den ich heute Abend sehe, ist schon vor gut hundert Jahren ausgesendet worden, und das Licht, das in diesem Augenblick von den Sternen ausgeht, kann man erst in weiteren hundert Jahren sehen. So schlägt das Firmament einen Bogen über die Zeiten. Vergangenheit, Gegenwart und Zukunft sind, so betrachtet, gar nicht unterschiedlich und weit voneinander entfernt, sondern existieren gleichzeitig.

Es ist also auch nicht die Frage, ob ich gerade der Geschichte hinterherlaufe oder was in Zukunft mit unseren Erinnerungen und Verletzungen geschehen wird. Was einmal war, ist das, was jetzt ist. Und es ist das, was sein wird. Es ist immer alles da, und alles ist eins. Das Licht der Sterne bewahrt es auf. Die Zeit ist ein Fluss, der uns trägt, was können wir fürchten? Und sollte in einem Jahrhundert ein Himmelswesen von einem der Sterne da oben sehen, wie Uli und ich hier gerade gehen und suchen: Dann werden wir beide zwar schon lange tot sein, aber unsere Zeit im Auge des Betrachters ist dann auch die seine.

Lange sitzt Maria auf der Bank.

Der Ort ist ganz still geworden, und die Straßenlaternen geben nur schütteres Licht.

Dann erhebt sie sich mühsam, und als Uli später ausgesprochen heiter ins Hotel zurückkommt, liegt die Schwester im Bett in tiefem, ungestörtem Schlaf.

Uli hingegen kann nicht schlafen. Er starrt an die Zimmerdecke, bis das erste Morgenlicht durch die orangefarbenen Vorhänge bricht.

Der Stein trägt Inschriften in deutscher und tschechischer Sprache. »Nach Ende des II. Weltkrieges im Jahre 1945«, liest Uli, »sind viele deutschstämmige Einwohner aus Brünn und Umgebung ums Leben gekommen. 890 Opfer sind hier bestattet. Wir gedenken ihrer.«

Der Rest ist Wiese. Ist sattes, grünes Gras, das tatsächlich vor Kurzem erst gemäht worden ist. Wenigstens äußerlich kümmert man sich um die Erinnerung.

Fragt sie später jemand nach dem Rest ihrer Wanderung, muss Maria in ihrem Tagebuch nachsehen, um genaue Antworten geben zu können. So viele Bilder sind in ihr zusammengeflossen.

War da nicht ein See mit einer kleinen Insel darin?

War da nicht ein Naturschutzgebiet, in dessen sanftem Auf und Ab sie ihren Fuß an einen Stein stieß und verstauchte?

Schliefen sie nicht in diesem Fremdenzimmer, das eine hübsche junge Frau vermietete; ihr Abendessen nahmen sie im Garten neben Zwergen und einem Plätscherbrunnen ein, und zum Frühstück errichtete die Wirtin auf dem Gästetisch in ihrem Esszimmer Türme aus Brotscheiben und Berge von Wurst und Käse?

Und gab es da nicht dieses postsozialistisch nüchterne Freibad in dem hübschen Städtchen Mikulov, wo spielende Kinder sie anschauten wie ein unbekanntes, wildes Tier, als sie im menschenleeren Becken eine Bahn nach der anderen zog?

Die Anmutung der Landschaft, der Geruch und schließlich auch ein unscheinbares Schild unterhalb einer Linde am Feldrand künden vom Übergang in ein anderes Land.

Österreich. Das Weinviertel.

Wie merkwürdig, denken Uli und Maria: Damals, nach dem Krieg, war hier alles voller Soldaten, die dem Menschenzug aus

Brünn tagelang den Einlass verwehrten. Heute geht man einfach so aus einem Land hinaus und ins andere hinein, und wenn man nicht aufpasst, dann merkt man das gar nicht.

Dennoch ist etwas anders.

Plötzlich wirkt jeder Ort wie ein alter Bekannter, dem man gelassen mit einem freundlichen »Grüß Gott« begegnet. Alle Aufregung ist wie weggezaubert, mit ihr entschwindet das Gefühl des Fremden. In Tschechien waren die Geschwister Spurensucher und Zerrissene: Nachfahren der Unterdrücker wie der Unterdrückten, Erben der Schuldigen ebenso wie derjenigen, die auf Vergeltung und Rache dringen. Reisende, die nicht nur ein schlechtes Gewissen im Gepäck haben, sondern manchmal auch eine große Wut, und immer wieder ist geradezu körperlich diese Angst über sie gekommen: dass sie womöglich zermahlen werden könnten zwischen rotierenden Zahnrädern in ihrem Inneren. Auge um Auge, Zahn um Zahn. Auge um Auge. Immer wieder, immer weiter. Ist das vergangen oder noch immer da?

Jetzt sind die Dörfer hübscher, die Straßen gepflegter, und plötzlich fühlen Maria und Uli sich leichter. Nun sind sie Touristen, umworben von Schildern, die auf Heurigenstuben, Gasthöfe und Hotels verweisen.

Mistelbach.

Wolkersdorf.

In einem Hotel mit Innenhof singt ein Liedermacher von der Schönheit der Heimat, Fackeln haben die lauschige Nacht erhellt, und ein Kreis neugieriger Paare lädt Maria und Uli ein, mit ihnen ein Flascherl zu teilen oder auch zwei. Das da ist der Kurt, das hier der Hans, und das sind Liesel und Gundula. Ja, und was sie beide hier denn machen?

Maria ignoriert die Blicke ihres Bruders, die sagen: Sei bloß still. Sie hat heute das Herz auf der Zunge, und so sitzt sie, nachdem Uli lange schon gähnend aufgestanden und ins Bett gegangen ist, noch lange im Innenhof, leert ein Flascherl nach dem anderen, hat am nächsten Morgen Kopfweh, sodass sie kaum aus dem Bett kommt, weiß aber um alle Gedenktafeln der Gegend und hat auch erfahren, dass die Mutter von Hans ebenfalls im Juni 1945 mit ihrer Familie aus Tschechien vertrieben wurde und dann hier ansässig geworden ist. Damals kamen, hat Hans gesagt, die Deutschen aus allen Richtungen hier durch die Gegend, und von denen, die es gerade über die Grenze geschafft hatten, sind viele nur wenige hundert Meter später gestorben. Sie hatten so lange auf den Einlass warten müssen, und als er ihnen gewährt wurde, hatten sie keine Kraft mehr, um weiterzugehen.

Aber dann: Wien.

Was für ein Schock.

Die Pracht. Die hohen Fassaden. Architektur als Muskelspiel. Die vielen Menschen. Die Abwesenheit von Luft, Licht und Himmel. Der Lärm.

»Ich halte das nicht aus«, sagt Maria, gleich nachdem sie ihre Pension im vierzehnten Bezirk endlich gefunden haben. Das Zimmer dort ist dunkel, klein und muffig, das Fenster lockt mit dem Ausblick auf einen betongrauen Lüftungsschacht.

Maria wirft sich mit so viel Schwung auf das Bett, dass die Federn quietschen.

»Wir fahren.«

»Wir?«

»Jedenfalls ich«, sagt Maria. »Ich halte das hier nicht aus. Mich erdrückt diese Stadt. Und ich habe genug von der Spurensuche. Ich bin müde. Hier ist alles so schön geputzt, alles will so prächtig sein und so repräsentativ, was sollen wir da noch finden? Das Interessante ist irgendwo unter den Bordsteinen, vielleicht auch draußen vor der Stadt, also zum Beispiel auf dem Zentralfriedhof. Oder verdeckt von Asphalt und Pflastersteinen. Hier gibt es nichts mehr, das uns weiterhilft. Vielleicht haben wir auch alles gefunden, was sich überhaupt finden lässt.«

»Also...?«

»Morgen früh nehme ich den Zug. Kommst du mit?«

Uli ist erschöpft. Aber »Ich bleibe hier«, sagt er dann doch.

Maria erschrickt. »Uli?«

»Ja.«

»Was ist los?«

»Ich bleibe hier.«

»Um was zu finden?«

»Ich suche nichts, also muss ich auch nichts finden.«

»Du suchst nichts?«

»Nein.«

»Warum...?«

»Lass mich, Maria. Bitte. Lass mich allein.«

So hat Maria am nächsten Morgen ihre Sachen gepackt. Ist zum Bahnhof gefahren, ohne sich umzuschauen. Hat im Zug zu lesen versucht, doch Augen und Kopf wollten immerfort weg von den Buchstaben, und ewig blieb die geöffnete Seite des Buchs ungelesen.

Dann hat sie lange aus dem Fenster geschaut.

Wälder fahren dort vorbei, Wiesen, Vieh, Häuser, Bahnsteige, Menschen.

Es dämmert schon, als sie zu Hause die Tür aufschließt. Es ist niemand da. Unter dem Briefkasten und drinnen auf dem Esstisch liegen Briefe. Und eine gelbe Karte. »Dritter Zustellversuch«, steht darauf, und noch bis heute könne sie ihr Paket unter Vorlage ihres Personalausweises in der Postfiliale abholen.

Bis heute.

Zu spät.

Maria holt eine Flasche Rotwein aus dem Keller: den Restposten einer Reise, die so viele Ewigkeiten schon her ist. Dann sitzt sie auf der Terrasse und hört den Grillen zu, bis der Mond hinter dem Nachbarhaus hervorschaut. Das Handy lässt Maria ausgeschaltet.

Nein, sie ist nicht hier. Noch nicht.

Zwei Tage später ist die Wäsche trocken, unendlich viele Botschaften hat das Smartphone versendet, Marco hat einen Gruß aus Köln geschickt, wo er gerade einen Freund besucht, von Sinja kam eine dreiminütige Sprachnachricht, ihr gehe es halbwegs gut, aber du weißt ja, Mama, und lass uns mal in Ruhe telefonieren.

Maria hat ihre Fotos von der Reise geordnet, erstaunt, wie wenige es nur sind. Und wie wenig die Bilder von dem zeigen, was wirklich zu sehen und was wirklich wichtig war. Auch ihr Tagebuch findet sie, als sie es durchblättert, erschreckend schütter. Und als Sabine kurz vorbeischaut, wie immer in Eile und nur auf einen kleinen Kaffee, da weiß Maria gar nicht, was sie ihr auf die Frage antworten soll: Habt ihr gefunden, was ihr finden wolltet?

»Ach«, sagt Maria, »lass mir doch bitte noch Zeit, dann gebe ich dir darauf eine Antwort, die wirklich passt und richtig ist.« Sabine hat sich damit zwar nicht wirklich abgefunden, aber dann reden sie eben über anderes. Zum Beispiel darüber, was Maria denn noch alles mit ihrem Sabbatjahr anfangen will, von dem noch immer so unendlich viel übrig ist.

»Bitte«, sagt Maria, »lass mir auch dafür noch Zeit.«

Sabine lässt. Dann bricht sie auf. Vielleicht, hoffentlich wird später mehr zu reden sein.

Kurz nachdem sie winkend davongefahren ist, klingeln das Telefon und die Haustürglocke.

Gleichzeitig.

Maria, die gerade begonnen hat, an der Terrasse das Unkraut aus den Rabatten zu zupfen, greift erst zum Hörer. »Moment, bitte«, ruft sie hinein, dann sprintet sie zur Tür.

Draußen steht Uli: »Hallo, große Schwester.«

Am Telefon ist der Leiter des Pflegeheims, in dem ihr Vater bis kurz vor seinem Tod gelebt hat. »Die Post hat ein Päckchen zurückgebracht«, sagt er. »Ich hatte Ihnen die Sachen geschickt, die noch im Zimmer Ihres Vaters waren. Mögen Sie kommen und es abholen?«

Nein, heute nicht »*We all live in a yellow submarine*«. Nicht Cherubinos Arien und auch nicht »Mexikoho«.

Still sitzen Uli und Maria im Bus, Uli noch mit nassen Haaren, erzählt hat er nichts, so sehr Maria auch in ihn drang, aber die Reise hat er gründlich von sich abwaschen wollen.

Der Motor ist laut.

Die lange, kurvige Straße. Hier die Baumgruppe, dort das Buswartehäuschen, die Autowerkstatt, die große Plakatwand. Wie oft sind sie, jeder für sich oder beide gemeinsam, diese Strecke gefahren, wie oft haben sie abgebremst in der letzten scharfen Kurve, bevor das Haus mit den alten, knorrigen Bäumen in Sicht kommt, die im Garten gut gepflegten Holzbänken Schatten spenden. Wie oft sind sie mit Hoffnung im Herzen auf den Parkplatz gefahren: dass es dem Vater heute endlich besser gehen möge, dass die Physiotherapeuten sich doch noch mit kleinen Schritten dem Wunder genähert haben könnten, den alten Mann nach seinem schweren Schlaganfall wieder in die Bewegung und vor allem zum Sprechen zu bringen.

Ihr Hoffen war vergebens. Immer hat der Vater starr in seinem Bett gelegen, nur an seinen Augen konnten sie sehen, dass er ihre Anwesenheit wahrnahm und ihre Worte verstand.

Und wie hilflos waren diese Worte. Na, du siehst heute aber gut aus. Draußen ist Frühling, im Sommer machen wir zusammen eine Wanderung. Im Sommer singen wir gemeinsam ein Lied. Im Sommer, wenn du laufen kannst. Dann hauen wir ab hier, packen deine Sachen ein, schleichen heimlich durch die Hintertür auf den Parkplatz, wir haben alles vorbereitet für die Flucht.

»Mmhhh«, machten die Kinder, wenn eine Pflegerin mit der Nährlösung für die Magensonde kam, oder »Heute gibt's Schwarzwälder Kirschtorte«, und dann zwinkerten sie – »gell, Vater« – betont lustig mit den Augen.

Gibt's etwas Neues?

Immer, wenn sie kamen, haben sie diese Frage an einen der Pfleger gerichtet, die draußen auf dem Flur Dienst taten, und immer wieder kam als Antwort nur ein freundliches Kopfschütteln. Nein, nichts Neues. Herr Lustig ist ein netter Mensch, wir haben ihn gern hier. Sein Körper ist alt, sein Herz wird schwächer, aber wir tun alles, was wir können, damit es ihm hier gutgeht, möglichst sogar besser. Wir kümmern uns um ihn, darauf können Sie sich verlassen. Machen Sie sich bitte keine Sorgen.

Jetzt, nachdem der Vater tatsächlich fortgegangen ist, liegt gewiss ein anderer alter Mensch in seinem Bett, vielleicht kann auch er nicht mehr laufen und essen und sprechen, und vielleicht stehen seine Kinder, seine Frau, seine Enkel an seinem

Bett und sagen »Morgen geht's dir bestimmt besser« oder »Stell dir vor, Katharina hat ihr erstes Zähnchen bekommen«.

Die Drehtür am Eingang ist besetzt. Ein kleiner Junge läuft mit ihr im Kreis, rund und rund und rund und rund. Er lacht dabei laut und hätte sich gewiss noch lange in seiner kleinen Welt weitergedreht, hätte nicht seine Mutter, als sie die wartenden Geschwister bemerkt, beherzt in den Kreisel hineingegriffen und mit starkem Griff das schwankende Kind herausgeangelt. »Maximilian!«, schimpft die Mutter ihren Sohn. »Entschuldigung«, sagt sie zu Uli und zu Maria, die dem bleichen Kleinen aufmunternd zublinzelt. Drehtürdrehen ist so schön.

Der Heimleiter hat sie erwartet. Er sitzt an seinem Schreibtisch, auf den von hinten die Sonne scheint, neben ihm ein großes Paket mit vielen Aufklebern darauf.

»Das ist wunderbar«, sagt der Heimleiter, »dass Sie gleich beide vorbeikommen.« Betont herzlich schüttelt er ihnen die Hände. Man vermisse ihren Vater, sagt er, ja, das tue man, er war ein freundlicher Mensch, immer zufrieden, mit lieben, nur manchmal etwas traurigen Augen. Nun, der Herr Lustig habe, als er noch aktiv gewesen sei, leider die Eigenart gehabt, um sich herum nicht alles in Ordnung zu halten. Sie wissen schon, na ja, da habe man halt ab und zu mal eingreifen und aufräumen müssen, sonst hätte sich einfach zu viel Müll angesammelt, denn wegwerfen habe der alte Mann ja partout nichts können, und so habe man dies dann heimlich erledigt, wenn der Herr Lustig abends sein Schlafmittel bekommen habe und eingenickt sei, und so sei es immer ordentlich geblieben in seinem Zimmer.

Sie sollen aber bitte unbesorgt sein: Mit dieser Eigenart sei ihr Vater nicht alleine. Das komme häufig vor, man müsse nur damit umzugehen wissen, und tatsächlich habe ihr Vater sich nie nach etwas Vermisstem erkundigt.

Der Heimleiter räuspert sich. Zum Glück sei das Bürokratische ja schon erledigt. »Und das Päckchen hier nehmen Sie doch am besten einfach mit und packen es in Ruhe zu Hause aus.« Wirklich Wichtiges sei wohl nicht darin, aber vielleicht würde ihnen ja der eine oder andere Gegenstand doch noch etwas bedeuten. Ein wenig Papier sei dabei, ein paar andere Kleinigkeiten, wahrscheinlich sei das alles wertlos, aber man habe es halt nicht wegwerfen wollen, denn das habe etwas mit Würde zu tun, und darauf lege man, das wissen Sie doch, in diesem Hause großen Wert.

Fehlt nur noch, denkt Maria, dass der quasselnde Typ jetzt sagt: Wenn sie mal wieder einen Vater für mich haben, bringen sie ihn ruhig vorbei, wir kümmern uns gerne um ihn.

Laut sagt sie: Danke.

Uli sagt das auch.

Händeschütteln.

Abgang.

Der Motor röhrt noch lauter als zuvor.

Zu Hause bei Maria packen sie das Päckchen aus.

Drei Fotos sind darin: eines von Tate Adele, das ein Fotograf gemacht hat; streng sieht sie darauf aus und auch ein wenig müde. Das zweite Bild zeigt Vater, er mag dreizehn, vierzehn Jahre alt sein, wie er in kurzen Hosen vor einer großen Tür steht. Lockige Wuschelhaare, lange Beine mit Strümpfen, hohe Schnürschuhe, kariertes Hemd. Vater lacht, aber es ist eines von den Lachgesichtern, die man macht, wenn einem jemand sagt, nun schau doch mal ein bisschen freundlich in die Welt, zieh die Mundwinkel ein bisschen hoch, ja, genau so.

Das dritte Foto ist das Hochzeitsbild von Vater und Mutter. Beide schauen aus dem Bild heraus, wie wenn dort etwas ihre Aufmerksamkeit magisch anzöge, Vater hat einen feinen, dunklen Anzug an, Mutter ein Kleid mit Rüschen im Ausschnitt und an den Ärmeln. Sie hält einen Rosenstrauß in der Hand, der mit einem Band zusammengebunden ist. Den feinen Anzug, das weiß Maria von Tante Adele, hat sich Vater damals von einem Kommilitonen ausgeliehen.

Im Päckchen ist auch ein deutscher Stadtführer von Brünn, herausgegeben im Jahr 1963, mit handschriftlichen Anmerkungen auf den Seiten, aber die verblichene Sütterlinschrift lässt sich nicht mehr entziffern.

»Ist Vater doch einmal nach Brünn zurückgegangen?«, fragt Uli. Maria zuckt mit den Schultern. »Bisher dachte ich immer, dass er das nie gemacht hätte. Ich dachte immer, er hatte mehr Angst vor der Vergangenheit als Sehnsucht nach ihr. Und ich dachte auch, dass er das alles verdrängt hat, weil er es sonst nicht ertragen hätte...«

»... was ich wirklich gut verstehe«, unterbricht Uli. »Und er hat nie davon erzählt, dass er noch einmal in Tschechien gewesen ist. Vielleicht stimmt das ja, denn diese Schrift hier ist nicht seine. Vielleicht hat er in dem Buch einfach nur die Bilder ansehen wollen...«

Als sie den Stadtführer durchblättern, entdecken sie zwar Fotos von Orten, die sie wiedererkennen, begegnen aber insgesamt einer völlig anderen Stadt. Restauriert ist in dem Brünn von damals noch nicht viel, das Hübsche, Puppenstubenhafte von heute gab es in den 60er-Jahren noch nicht. Damals hätten sie in Brünn bestimmt noch viel mehr alte Spuren finden können.

Sie blättern.

Schau, das ist doch die Burg.

Und hier, das ist das Gasthaus, in dem wir mit Gulasch und Knödeln kämpfen mussten.

Viel Papier ist im Karton. Ein Zettel mit sechs Zahlen, sonst nichts. Eine Rechnung von einem Automechaniker, auf der das Datum nicht mehr lesbar ist, Quittungen aus der Apotheke und vom Supermarkt.

Sie stapeln alles aufeinander, und sie tun es sorgsam. Auch wenn keiner von beiden denkt, dass sie diese Zettel noch brauchen und dass sie sie überhaupt noch einmal anschauen werden.

Verdammt! Uli zieht seine Hand aus dem Päckchen und steckt den blutenden Finger in den Mund. Da, unter dem Abholschein für die Reinigung, fühl du mal, Maria, aber vorsichtig.

Marias Hand stößt an etwas Hartes, Spitzes.

Es ist ein Zinnsoldat mit Gewehr und einem Ranzen auf dem Rücken. Die Uniformjacke muss einmal rot gewesen sein, Hose und Kappe schwarz, aber jetzt sind nur noch Reste der Farben da. Das Gesicht unter der Mütze ist ein weißer Fleck. Der Soldat marschiert, sein rechtes Bein ist angehoben. Aber ihm fehlen Augen, Nase, Mund.

Den Brief ganz unten hätten sie fast übersehen. Ein Kuvert, an der oberen Kante ordentlich aufgeschlitzt, darin ein Blatt Papier, das auf der Vorder- und Rückseite eng beschrieben ist.

In tschechischer Sprache.

»Ach je«, macht Maria.

Uli versucht, immer noch den schmerzenden Finger im Mund, ein paar von den Sprachbrocken ausfindig zu machen, die er auf ihrer Reise gelernt hat, aber er gibt schnell auf.

»Und nun?«

Maria läuft zu ihrem Schreibtisch. Dann kommt sie mit einem Zettel zurück.

Sie wählt eine Nummer.

Und spricht auf eine Mailbox.

* * *

Die Zeit ist vom festen in einen flüssigen Aggregatzustand übergegangen. Sie fließt durch Marias Hände. Oder sie ist gasförmig
geworden und verdunstet. Jedenfalls verschwinden die Tage,
kaum dass sie begonnen haben. Es dämmert morgens, es dämmert abends, und dann ist Nacht.

So geht die Zeit dahin.

Sinja ist wieder bei ihrer Mutter eingezogen, ein paar Tage
nur, sie wollte einfach weg, vor allem von diesem Typen, an
dessen Namen sich Maria wieder mal nicht mehr erinnert, verdammt, wie hieß der noch gleich. Jedenfalls hat sich auch dieser
No-Name-Boy einfach nicht genug um Sinja gekümmert, und
diesmal, sagt Sinja, ist der Computer daran schuld, von dem er
einfach nicht wegkommt. Maria sieht ihre Tochter dennoch selten: Kaum ist Sinja nachmittags aufgestanden und abends aus
dem Bad herausgekommen, wo sie sich jedes überflüssige Haar
ausgezupft und die schlimmsten Orangenhaut-Stellen lange mit
Luffa massiert hat, fängt ihre Mutter auch schon heimlich an
zu gähnen.

Uli ist in seinen Laden zurückgekehrt. Er riecht, wenn er
Maria besucht, jetzt wieder nach Leder, Einsamkeit und nicht
gelebten Träumen. Der bronzene Hautglanz der Reisezeit ist aus
seinem Gesicht gewichen, und sein Rücken, hat Maria neulich
mit Schrecken festgestellt, beginnt sich zu krümmen.

Und du, was hast du gelernt? Was hast du aus Brünn mitgebracht? Weißt du jetzt mehr über deinen Vater? Und weißt du
mehr über dich?

Marco hat diese Fragen gestellt, ganz plötzlich stand er, nachdem er seine mitgebrachte Wäsche wie üblich völlig unsortiert in die Waschmaschine gestopft hatte, egal, alles bei vierzig Grad, in der Küchentür, während sie konzentriert im Risotto rührte und vorsichtig kleine Mengen von Brühe, Parmesan und Butter zugab.

Maria ist zusammengefahren, so unerwartet kam die Frage ihres Sohnes, der mal wieder von irgendwoher nach irgendwohin auf der Durchreise war, und sonst hat er sich in diesen Situationen doch immer auf das Allernötigste beschränkt. Essen, Schlafen, Waschen, um Geld bitten.

Jetzt aber das.

Maria hat sich umgedreht. Hat zu rühren aufgehört. Was soll sie darauf bloß antworten?

»Nicht jetzt,« hat sie zu Marco gesagt, »das erzähl ich dir später.«

Dann ist sie über die eigenen Worte erschrocken.

Was hat sie denn gelernt? Erfahren? Mitgebracht?

Maria hat die Bilder der Reise, so wenig sie auch zeigen und bedeuten, in ein Album geklebt und sorgfältig beschriftet. Und sie hat ihr Tagebuch von damals um all die Gedanken ergänzt, die ihr erst später kamen oder die sie vorher zu notieren vergaß. Manches bleibt allerdings auch Skizze, weil sie sich nicht bei jeder Notiz erinnert, worauf sie sich bezieht. GELASSENHEIT steht zum Beispiel in Großbuchstaben auf einer Seite. Der Platz darunter ist leer. Nachdem Maria lange überlegt hat, ob sie das Wort nun durchstreichen oder stehen lassen soll, entscheidet sie sich für Letzteres, aber sie weiß eigentlich nicht, warum.

Auf ein anderes Blatt hat Maria dies geschrieben: »Ich fühle mich geborgen. Ich bin in Brünn im Fluss geschwommen, und so komme ich mir jetzt vor: getragen, Teil eines Ganzen, das vorwärtstreibt, und das, was vor mir war, ist auch in ewiger Bewegung.«

Heute findet sie diese Sätze ziemlich verquast, aber sie erinnert sich gut, wie sie sie damals schrieb: im Gras liegend, Sonne auf der Haut, das Brummen dicker Hummeln im Ohr, mit Blick auf die Burg Spielberg, im Bauch viel zu viele Klöße und die Wanderung noch vor sich wie ein Abenteuer, dem man aufgeregt entgegenfiebert.

Auf dem Weg nach Pohořelice hat vieles sie im Innersten berührt. Und manches von dem, was auf der endlosen Landstraße in ihr geschah, kommt in ihren Träumen nachts so oft zu ihr zurück.

Über sich selbst weiß Maria nach dieser Reise aber kaum mehr als zuvor.

Sie hat wieder erfahren, dass sie die Dinge, die sie sich in den Kopf gesetzt hat, durchzieht – gegen alle Widerstände, auch die eigenen. Und dass es ihr nie zuallererst darum geht, anderen etwas zu beweisen, sondern immer darum, sich vor sich selbst stark zu fühlen.

»Aber es ist ja nicht so, dass wir das nicht schon gewusst hätten«, sagt Sabine, als sie an einem Abend mit Maria auf der Terrasse sitzt und einen Sundowner trinkt, den sie sich vorher ziemlich ausgelassen an der Bar gemixt haben.

»Nein«, lacht Maria.

Aber mal im Ernst, Sabine: »Ich denke heute anders über die Toten.«

Jetzt hätte sich die Freundin fast verschluckt.

»Wie?«

»Die Toten sind nicht in einer anderen Welt.«

»Sag mal, spinnst du jetzt?«

»Nein«, sagt Maria, und da merkt Sabine, dass es der Freundin wirklich ernst ist. »Die Toten«, sagt Maria, »bleiben immer da. Sie sind bei uns, sie folgen uns auf Schritt und Tritt. Man muss sie nur sehen lernen.«

»Und das hast du in diesem Poho...?«

»Ja«, sagt Maria.

Ja, das hat sie erlebt auf dem Weg nach Pohořelice. Unter ihren wandermüden Füßen haben sich die Toten aufgerichtet, neben der Straße haben sie gesessen, sie sind auferstanden aus dem Graben, und nun haben sie sich eingerichtet in Marias Leben. Jeden Tag sitzen sie mit ihr am Tisch, auf der Terrasse. Jeden Tag setzen sie sich zu ihr ans Bett, wenn sie schlafen geht, und wenn sie aufwacht, sitzen sie immer noch da.

»Ich danke ihnen dafür«, sagt Maria.

Zeit ist nämlich keine Linie. Wir sind nicht heute ein paar Schritte weiter als gestern und morgen ein paar Schritte von heute entfernt. Nein, Zeit ist kreisförmig, wie ein Baum besteht sie aus Ringen, die nach außen wachsen. Die Gegenwart ist nur eine dünne Rinde, es gäbe sie gar nicht ohne den Kern, den sie umhüllt, und wäre da nicht so viel Altes, über Jahrhunderte Gewachsenes in ihr, dann gäbe es nichts, das sie hielte, und schon mit einem winzigen Windhauch fände ihr Leben ein Ende.

Sabine sieht die Freundin von der Seite an, mit einem Blick, der sagt: Manchmal kann ich dich nicht verstehen, so sehr ich dich auch mag.

Was noch geblieben ist, sind Bilder. Und Vorstellungen, die konkreter geworden sind. So könnte ihr Vater ausgesehen haben mit zwölf Jahren in Brünn und mit vierzehn in Wien. So könnte das Leben damals gewesen sein, als der Krieg gerade zu Ende war.

»Würdest du«, hat Sabine gefragt, »diesen Weg denn nochmals gehen?«

Maria zögert. »Jetzt nicht mehr«, sagt sie dann. »Aber es war wichtig, ihn einmal zu gehen. Nun habe ich das Gefühl, etwas Unfertiges abgeschlossen zu haben. Eine Geschichte konnte zu Ende gehen – zumindest in mir.« Im Übrigen sei ihr diese ganze Reise im Nachhinein manchmal wie ein Reißverschluss vorgekommen: Kleine Häkchen haben den Stoff verbunden, zwei Seiten haben zusammengefunden.

Der Weg war das Ziel: Das fällt ihr jetzt zu Sabines Frage ein, und das hätte sie auch Marco antworten können. Es ist eine banale Antwort, aber sie trifft auch hier den Kern.

Sie wird es Marco sagen. Bald, ganz bald.

* * *

Uli ist zum Essen gekommen. *Coq au vin*, er mag Marias Rezept sehr, und sie mag, dass er es mag.

»Alles okay im Laden?«, fragt Maria. Sie weiß, Uli mag es gar nicht, wenn man ihn direkt fragt, wie es ihm geht.

»Es läuft gut«, sagt Uli, und er bleibt ernst, auch als Maria augenzwinkernd anmerkt, dass dieser Satz für einen Schuster so ziemlich die passendste aller Antworten sei.

Uli schweigt. Maria geht in die Küche und kommt mit einer zweiten Flasche Weißwein und einem Korkenzieher zurück. Beides stellt sie vor Uli auf den Tisch.

»Also«, sagt sie erst, als ihr Bruder ihre Gläser gefüllt und den Wein wieder zurück in den Kühlschrank gebracht hat, und das ist wieder einer von den abrupten Themenwechseln, die Uli so oft schon völlig aus der Fassung gebracht haben, »– also, etwas anderes... Hast du für dich eigentlich so etwas wie ein Fazit unserer Zeit in Tschechien gezogen? Ich meine: Gibt es etwas, das du gelernt hast über Vater? Über unsere Familie? Und über dich?«

Uli nimmt einen Schluck aus dem Glas und bewegt den Wein in seinem Mund.

»Mmh«, macht er dann.

»Weißburgunder aus der Pfalz«, sagt Maria.

Uli sieht sie an. »Gelernt? Ich weiß nicht. Ich glaube, gelernt habe ich nicht wirklich etwas, jedenfalls nichts Konkretes und nichts, was über rein Touristenmäßiges hinausgeht. Das hatte ich aber auch nicht vor. Ich wollte gerne mitfahren, um mit dir zusammen das Land kennenzulernen, in dem unser Vater lebte, als er ein Kind war. Mehr nicht. Diese ganze Wanderung hab ich nur dir zuliebe mitgemacht, das weißt du, ich hätte gut darauf verzichten können, denn ich wusste schon vorher, dass mir das nichts bringt.«

»Nichts bringt?« Jetzt regt sich Maria aber richtig auf. »Wie kann man einen Weg gehen, auf dem 900 Menschen umkamen und im weiteren Verlauf noch sechs Mal so viele, die umgebracht wurden oder an Entkräftung starben, an Ruhr oder Typhus, und du sagst, das bringt dir nichts?«

»Es ist schrecklich, was passiert ist, Maria, ganz schrecklich. Aber was war davon zu sehen? Was konnte man noch spüren, wenn man nicht so wie du Träume und Alpträume ins Gehen mit hineinnimmt? Nichts, rein gar nichts. Vielleicht hätten wir den Weg in umgekehrter Richtung gehen sollen, also von Wien nach Brünn, das hätte etwas gehabt. Wir beide hatten keine einfache Zeit miteinander, aber es war eine gute Zeit. Das ist mein Fazit. Ich habe gespürt, wie viel uns verbindet. Außerdem weiß ich jetzt, wo mein Vater aufgewachsen ist und wo der Todesmarsch entlangführte, den er sein Leben lang weitergegangen ist. Mehr weiß ich nicht, und das hatte ich auch gar nicht erwartet.«

Maria schüttelt den Kopf. Nein, das ist ihr viel zu simpel. »Also, Uli...«

Es klingelt.

Einmal. Zweimal.

»Erwartest du noch jemanden?«

Maria schüttelt den Kopf.

Uli steht auf und geht zur Haustür.

Draußen steht Tereza.

Das kann doch nicht wahr sein!

Maria kommt gelaufen, lange umarmen sich die beiden Frauen, und lange halten sich auch Uli und Tereza fest umschlungen. Erst nachdem sie sich voneinander gelöst haben, sehen die Geschwister, dass Tereza Tränen in den Augen hat.

»Ich habe«, sagt sie, »jemanden mitgebracht.«

Auf der Straße fällt eine Autotür ins Schloss, und langsam nähern sich schwere Schritte. Im Licht der Straßenlaterne erscheint ein alter Mann.

»Das«, sagt Tereza, »ist Großvater.«

Der Mann streckt Maria und Uli seine große, trockene Hand entgegen. Sein Händedruck ist fest, und seine Augen leuchten.

»Guten Abend«, sagt der Mann auf Deutsch, aber mit ganz ähnlichem osteuropäischem Zungenschlag wie Tereza.

Er lächelt.

»Ich bin Pavel.«

»..., weil ich glaubte, du bist tot.«

Das steht in dem Brief, den Maria und Uli im Päckchen des Vaters fanden. Stockend übersetzt Pavel die Zeilen, die er vor so vielen Jahren an seinen Freund geschrieben hat, und als er an dieser Stelle ankommt, muss er eine kurze Pause machen. Tereza legt ihre Hand auf die ihres Großvaters, und er sieht sie dankbar an. »Tereschen«, sagt er, »du bist Schatz. Wenn du nicht da...« – dann ergänzt er, weil ihm nicht alle deutschen Worte einfallen, den Rest auf Tschechisch, und Tereza lehnt ihren Kopf an seine Schultern.

Maria hat aus dem Kühlschrank geholt, was noch darin war, hat die Reste des Abendessens für die Gäste aufgewärmt und eine Flasche Champagner in die Tiefkühltruhe gelegt, die jetzt genau die richtige Temperatur hat, und nun sitzen sie zusammen im Wohnzimmer, trinken, lachen, reden Deutsch, reden Tschechisch, verstehen manches, fühlen alles, sind tief angerührt, wissen noch immer nicht, wohin mit ihrer Freude, ihrer Aufregung und mit den vielen Fragen, aber langsam, ganz langsam setzen sich die Splitter der Erinnerungen erst zu Bildern, dann zu Geschichten zusammen: Geschichten zur Geschichte.

Da ist eine Stadt. Da ist ein Volk, und da ist ein anderes. Dass sie dem einen oder dem anderen angehören, merken viele erst, als das eine Volk die Macht übernimmt. Das ist der Krieg, wie er in Brünn war, der Wandel kommt schnell, aber fast geräuschlos, die Bomben haben erst später andere geworfen. Plötzlich ist Krieg, und alles wird anders. Die einen bestimmen, was richtig ist, wer außer ihnen etwas wert ist und wer nicht. Aus einer geübten Gemeinschaft werden in wenigen Monaten zwei Klassen. Unter denen, die unten sind, gibt es welche, die als Handlanger aufsteigen, und es gibt andere, die sich wehren. Von diesen werden die meisten festgenommen und gefoltert, auch oben auf dem Berg, in der heute so edel restaurierten Burg Spielberg.

Es gibt Widerstand, heimlich. Und ohne Erfolg. Zunächst. Bis sich das Blatt langsam zu wenden beginnt. Da ruft sich ein Mann zum Präsidenten aus und sagt: Auge um Auge, Zahn um

Zahn. Da fahren Panzer der Roten Armee durch die Straßen, mit Soldaten, die so lächeln und winken, wie nur Sieger es tun. Da wagen sich all jene aus ihren Verstecken, die zuvor geduldet, gewartet, gelitten und heimlich gehasst haben. »Die meisten aber«, übersetzt Tereza, was ihr Großvater jetzt nur noch auf Tschechisch sagen kann, »wussten plötzlich einfach nicht mehr, wie sie leben sollten und was ihnen jetzt noch wichtig war.«

Es ging zu schnell. Viel zu schnell. Was würdest du tun, denken, fühlen, wenn bei dir plötzlich oben unten und unten oben wäre? Und was würdest du mit der Wut anstellen, die du über Jahre tief in dir drinnen verschlossen hast, damit sie bloß keiner wahrnimmt?

»Ich hatte Freund«, sagt Pavel, der Großvater. »Und ich hatte Freundin. Waren beide deitsch oder halbdeitsch, aber habe ich erst gemerkt, als Krieg vorbei. Vorher nur Freunde.«

Paul. Und Marie.

Plötzlich war ein Widerstand da. Eine Mauer.

Plötzlich war er mit beiden nicht einfach so nur befreundet, sondern er war es trotzdem. Plötzlich haben sie nicht einfach so miteinander gespielt, sondern sie haben es trotzdem getan.

Plötzlich hat er sie immer wieder verteidigen müssen: deshalb. Dennoch hat sich alles noch angefühlt wie ein großes Spiel. Vielleicht, weil sie so jung waren. Oder weil es vorher so lange gut gewesen ist.

Bis der Tag vor Fronleichnam kam.

Am Nachmittag hat der Vater Pavel verboten, aus dem Haus zu gehen. Er hat den Sohn eingesperrt in sein Zimmer, zwei Mal hat er den Schlüssel im Schloss umgedreht. »Zum Schutz, Pavel«, hat der Vater gesagt, »ich bringe dir Essen, ich bin da, aber wir machen alle Fensterläden zu und sind ganz still. Es ist gefährlich heute.«

Pavel hat Angst gehabt. Er hat den ganzen Tag in seinem dunklen Zimmer gesessen. Nur gehört hat er, wie laut es draußen war. Und durch die Ritzen der Fensterläden konnte er die Menschen sehen, die auf der Straße vorübergingen. So viele. Alte Menschen, Frauen, Kinder, auch ein paar von den Kriegsheimkehrern, die erst kurz zuvor verwundet nach Hause gekommen waren. Sie alle gingen mit Koffern in der Hand und mit Leiterwägen in einem endlos langen Zug. Pauls Familie hat Pavel nicht gesehen, es waren viel zu viele Menschen. Nur Marie hat er gesehen, weil sie hüpfte und hin- und herlief. Pavel hat seinen Mund spitz gemacht, durch die Fensterläden wollte er ihr etwas zurufen, aber das hat er sich schließlich doch nicht getraut.

Zwischendurch ging die Tür auf. Der Vater brachte Kartoffeln, Äpfel, eine Kanne mit Wasser, und wenn Pavel zur Toilette musste, hat er leise und beharrlich an die Wand geklopft, bis sein Vater ihm öffnete und ihn auf den Hinterhof begleitete. Er musste dann ganz, ganz leise sein und auf Zehenspitzen über die dunklen Treppenstufen schleichen.

Am nächsten Tag öffneten sich Tür und Fensterläden.

Pavel ist durch die Straßen gelaufen. Die Stadt war leer. Er ist zu der Kellerwohnung gegangen, in der Pauls Familie zuletzt wohnte. Die Tür war aufgebrochen, und gerade kam ein kleiner Junge von drinnen, Pauls Ball in der einen Hand, in der anderen eine Wolldecke.

Zu dem Haus zu gehen, in dem Marie gewohnt hatte, hat sich Pavel nicht getraut. Er wollte nicht noch trauriger werden.

Er weiß nicht mehr, wie viele Tage vergangen sind, bis er Antek wiedersah. Sein tschechischer Freund hatte sich freiwillig zu den Partisanen gemeldet, die den Zug der Deutschen begleiten wollten. Die Rückführung ins Reich. So hat man das genannt. Damals hat Pavel nicht verstanden, was das heißen sollte: weil das Reich doch gerade noch hier bei ihnen gewesen war.

Brünn war eine Geisterstadt, und zu ihr hat Antek gepasst, als er ihn ganz unerwartet auf einem leeren Platz erblickte. Schmal war Antek geworden, sehnig, er hatte dunkle Bartstoppeln im Gesicht, aber obwohl er breitbeinig dastand, eine Zigarette lässig im Mundwinkel, wirkte er überhaupt nicht wie ein Sieger.

»Antek!«, hat Pavel gerufen, ist auf den Freund zugelaufen, da hat dieser die Arme ausgebreitet und getan, was er zuvor noch nie getan hatte: Er hat ihn umarmt, ganz lange festgehalten, und dann hat Pavel gespürt, wie er zu zittern begann, ja, wie es ihn durchschüttelte.

Sie haben nichts gesprochen an diesem Tag, kein einziges Wort. Haben nur auf dem Platz gestanden, Pavel hat von Antek einen Stumpen bekommen, sie haben schweigend nebeneinander gehockt und geraucht.

Dann hat Antek gehen müssen. Er war einer von denen, die Brünn wiederaufgebaut haben: erst mit den eigenen Händen, dann als Stadtrat. »Er hat Leere verwaltet«, übersetzt Tereza, was ihr Großvater gerade gesagt hat. »Sagt man so? Trümmer von Häusern, Schutt, so viele weg.«

Und Pavel? Hat in der Leere zu leben gelernt. Hat Steine zusammengeräumt. Häuser repariert. Auf dem Acker Kartoffeln geerntet und Wintergetreide gesät. Sein Vater hat ihn mitgenommen zur Feldarbeit, bis die erste Schule wiedereröffnete: mit Lehrern, von denen viele an Stöcken gingen, mit ehemaligen Lehrern, die bereit waren, noch einmal vor Gruppen von dreißig Schülern unterschiedlichsten Alters und unterschiedlichster geistiger Bildung zu stehen, obwohl sie dafür eigentlich viel zu alt waren.

Groß geworden ist Pavel dabei. Und stark. Er hat neue Freunde gefunden. Er hat wieder zu lachen gelernt. Es gab viele Momente, in denen er spürte, dass er gerade vollkommen glücklich ist.

Nur seine besten Freunde hat Pavel nie vergessen. Paul, mit dem er so viel geteilt hatte, der viel von ihm wusste, was er nie einem anderen verraten hat. Ob Paul jetzt im Reich war, in Österreich, in einer der Besatzungszonen? Und Marie, an die er mit so viel Zärtlichkeit dachte, gerade als sein Körper nach oben schoss, seine Brust breiter wurde und auf seinem Gesicht dunkle Haare zu sprießen begannen: Wie sie jetzt wohl aussah, als junges Mädchen, als junge Frau?

Pavel hat einen Brief an eine Organisation geschrieben, die sich um die Zusammenführung getrennter Familien nach dem Krieg kümmerte. Er hat gewartet. Die wirklich wichtigen Menschen, das hat er fest geglaubt, kommen immer zu einem zurück. Man muss nur geduldig sein, wie im Sommer, wenn man in der Nacht auf eine Sternschnuppe wartet. Sie wird kommen, das ist gewiss.

Es war der zwölfte November 1955, als die Sternschnuppe fiel.

Pavel kam von seinem Onkel, dem er Kartoffeln gebracht hatte, dort hatte es noch Suppe gegeben, und er hatte seinem Onkel erzählt, dass er nach Prag gehen wolle, um dort Biologie zu studieren. Sie hatten sich eine Flasche Bier geteilt, und Pavel merkte den Alkohol ein wenig, als er die Straße hinunterging zum Haus seiner Eltern, das als eines der wenigen in seiner Straße kaum Schäden von den Bomben davongetragen hatte.

Pavel schaute in den Sternenhimmel, der so weit und so klar war wie lange nicht mehr, und so wäre er in einer unbeleuchteten Seitenstraße fast an der jungen Frau vorbeigelaufen, die einen großen Koffer vor sich abgestellt hatte und sich an eine Mauer lehnte.

Pavel grüßte freundlich, ging weiter.

Und hielt an.

Die Frau hatte auch gegrüßt, ihr Tschechisch klang dunkel und kehlig, wie aus einer anderen Welt. Aber da war etwas in ihrer Stimme, das er kannte. Das ihn erinnerte.

»Können Sie mir helfen?«, fragte die Frau, als sie sah, dass er stehen geblieben war.

Pavel drehte sich um.

»Ich suche ...«

»Ich weiß«, sagte Pavel.

Sie haben stumm voreinander gestanden.

Sie konnten es nicht fassen.

»Ein Jahr später«, sagt Tereza, »wurde meine Mutter geboren.«

»Wunderschönes Mädchen«, sagt ihr Großvater und fasst wieder nach ihrer Hand. »So wie meine Marie. Und wie du.«

Tereza lächelt.

Pavel erzählt, und Tereza übersetzt: Ihre Großmutter, Marie, hatte in Russland gelebt, lange, bei guten Menschen, die haben auf sie aufgepasst, sie haben sie umsorgt und erzogen wie eine eigene Tochter. Außerdem haben sie Maries Eltern gesucht. Haben lange Fragebögen für sie ausgefüllt, haben telefoniert, haben Freunde um Hilfe gebeten. Es hat alles nichts geholfen. Von Maries Familie ist keiner irgendwo verzeichnet gewesen, nicht als Lebender und auch nicht als Toter, und wer zu lange als vermisst gilt, wird irgendwann für tot erklärt.

Dimitri und Olga haben Marie umarmt. Sie haben sie zu trösten versucht. »Waren gute Familie«, sagt Pavel, »waren wie Mutter und Vater. Oft besucht. Für mich auch Eltern.« Um zu zeigen, wie sehr er sie mochte, legt er seine große Hand auf sein Herz. Ach ja, und Borschtsch habe Marie in Russland kochen gelernt: den besten Borschtsch der Welt. Das Rezept hat Marie ihrer Tochter vererbt, und die hat es an Tereza weitergegeben. »Geht aber nur richtig gut mit Gemüse aus schwere Erde von Russland«, sagt Tereza und lacht. »Und mit Zeit von Dorf, nicht von Stadt.«

»Und Paul?«, fragt Maria. »Habt ihr versucht...«

Pavel hält den Brief hoch. »Ja, hier. Mehr nicht.«

»Hat er nicht geantwortet?«

»Nein«, sagt Pavel, »nie.«

»Kannst du dir vorstellen, warum?«

Pavel wischt sich Tränen aus seinen Augen.

»Paul«, sagt er dann, und jetzt muss Tereza ihm wieder helfen, »wollte vergessen, weil er Leben sonst nicht ausgehalten hat. Wollte einfach nicht mehr weinen.«

Marias Hand legt sich auf die Hand von Pavel. Sie schließt die Augen.

»Es haben die Worte nicht hinauswollen aus meinem Mund, und sie wollten auch nicht auf Papier hingeschrieben sein«, sagt sie. Es sind Pauls Worte, Zeilen auf dem Papier in ihrer Erinnerungsschublade, die sie auswendig weiß, so oft hat sie sie schon laut gelesen, und jetzt wollen sie endlich, endlich laut werden und Wirklichkeit.

* * *

Dieser Großvater ist unschlagbar. Ganz gleich, ob sie die Karten auf dem Tisch mischen oder in der Hand, ganz gleich, wer sie verteilt, ganz gleich auch, wer als Erster Reihen von Zahlen oder Bilderserien in die Mitte legt: Immer ist es Pavel, der vor allen anderen seine leeren Hände in die Luft hält. »Das ist Glick!«, sagt er dann und lacht. »Glick im Spiel, Glick in der Liebe.«

Offenbar ist Rommé international. Es war Sinja, die, als sie nach Hause kam, das Spiel aus der Schublade holte. »Jetzt hört mal auf mit dem traurigen Zeug«, hat sie gesagt, und dann hat sie den Kartenstapel auf den Tisch gelegt.

Doppelkopf, entdecken sie später, kennt man in Tschechien auch, aber nachdem sie sich auf verbindliche Sonderregelungen geeinigt haben, wirft auch hier Pavel mit Schweinen und Dullen nur so um sich, und fast immer kriegt er am Ende dazu noch den stärkeren Partner ab.

»Spielen mit Großvater macht keinen Spaß«, lacht Tereza, als sie am Ende einer Runde wieder einmal ohne Punkte dasteht. »War immer schon so.«

»Musst du lernen«, wirft Pavel ein, »ist gut für Leben.«

Man kichert, man lacht.

Maria öffnet eine Flasche Rotwein.

Und noch eine.

Irgendwann sehr spät hat sich Uli an das Klavier gesetzt. Es ist verstimmt, seit Jahren, doch warum sollte man einen Handwerker rufen, wenn niemand darauf spielt?

Vorsichtig drückt Uli die Tasten. Vorsichtig tastet sich sein Fuß hin zum leise quietschenden Pedal. Ein kurzer Lauf wie ein Windhauch, der rasch verweht. Chopin. Und dann: Mozart. Beide vertragen das Künstliche nicht, sie wollen, dass alles, was sie mit Noten konstruierten, schlicht Gesang wird, und man kann wahrscheinlich ein ganzes Pianistenleben damit zubringen, diese Musik weder nach Kunst noch nach harter Arbeit klingen zu lassen.

Uli spielt, die anderen lauschen. Sinja verabschiedet sich, bis morgen dann.

Uli spielt Schubert, wie Liszt ihn sah.

Der Lindenbaum. Maria sieht, wie sich Pavels Lippen bewegen. Wie sie die Worte formen.

Am Brunnen vor dem Tore, da steht ein Lindenbaum,
ich träumt' in seinem Schatten gar manchen süßen Traum.

Pavel scheint das Lied gut zu kennen. Er versinkt in der Musik. Maria und Tereza blinzeln sich zu, sie bemerken, wie verzaubert der alte Mann ist. Wie entrückt.

Plötzlich steht Pavel auf. Langsam, ganz langsam drückt er sich hoch aus dem Sessel, stellt sich aufrecht hin und geht zum Klavier, Fuß vor Fuß und Schritt für Schritt. Er stellt sich neben Uli und blickt zu den Frauen. Seine Augen glänzen. Seine Stimme ist alt, schütter, sie fasst nicht mehr alle Töne, der Atem reicht nicht mehr für weite Bögen. Aber Pavel singt. Und Uli gleitet von Liszt zurück zu Schubert.

Ich musst' auch heute wandern vorbei in tiefer Nacht.
Da hab' ich noch im Dunkeln die Augen zugemacht.
Und seine Zweige rauschten, als riefen sie mir zu:
Komm her zu mir, Geselle, hier find'st du deine Ruh'.

Pavel singt, als ginge es um sein Leben. Als stünde neben ihm einer, der das Gewehr auf ihn richtete und sagte: Sing oder stirb. Mit durchdringendem Blick sieht er zu Maria und Tereza.

Nun bin ich manche Stunde entfernt von jenem Ort,
und immer hör ich's rauschen: Du fändest Ruhe dort.

Es ist ganz still im Zimmer.

Uli hat den letzten Akkord gespielt. Er klang, als wehte er aus einer anderen Welt zu ihnen herein.

Pavel ist neben dem Klavier in sich zusammengesunken.

Tereza sitzt auf dem Sofa wie versteinert.

Maria kämpft mit den Tränen.

Bis Uli einen Ton spielt.

Und dann noch einen.

Da löst sich die Spannung. Uli weint, er spielt, er hört, er lächelt.

Er lacht.

Aus der Stille erhebt sich ein Tanz, aus Gesang wird Rhythmus, aus Schuberts Lied ein Tango von Astor Piazzolla. Ganz langsam, Ton für Ton und Takt für Takt.

Pavel richtet sich auf. Um seine Augen zeigen sich kleine Fältchen. Seine Mundwinkel ziehen sich nach oben. Sein Körper streckt sich.

Maria fühlt, wie ihr Fuß zuckt, als führen kleine elektrische Schläge in ihn hinein. Dann in ihr Bein, in ihre Hände.

Sie steht auf, ihr Körper ist voller Spannung.

Die Hüfte schwingt nach rechts, nach links.

Die Arme strecken sich zur Seite und nach vorne.

Die Augen leuchten.

Ein Schritt. Noch ein Schritt. Viele Schritte.

Die Schritte sind eine Spur.

Sie sind ein Weg.

Maria tanzt.

Erhaltener Fluchtrucksack des Todesmarsches
aus dem Besitz von Ursula Schmidt-Hoschek (Nürnberg),
deren Mutter ihn damals trug.

Der Brünner Todesmarsch 1945

Seit ihrer Gründung 1918 war die Tschechoslowakei ein Vielvölkerstaat. Das verdankte sie ihrer Herkunft: Die Gebiete Mähren, Böhmen, Slowakei und Österreichisch-Schlesien hatten ab 1867 als Teil des Großreichs Österreich-Ungarn eine international zusammengesetzte Bevölkerung. In Böhmen und Mähren lebten vor allem Deutsche, Ungarn und Slowaken mit Tschechen zusammen – teils harmonisch, teils in Spannungen, die aus wechselnden Machtverhältnissen und aus dem wachsenden tschechischen Nationalbewusstsein resultierten.

Nachdem 1918 die Macht auf die Tschechen übergegangen war, wurden die Deutschen nurmehr als Minderheit geduldet: In Brünn (tschechisch: Brno) schloss man das deutsche Theater und deutsche Schulen, man entließ deutsche Beamte und enteignete Deutsche im Sudetenland.

1939 erklären die deutschen Nationalsozialisten große Teile der Tschechoslowakei zu einem Teil des Großdeutschen Reiches: Im »Deutschen Protektorat Böhmen und Mähren« darf die tschechische Regierung bis zum Ende des Zweiten Weltkriegs nur entscheiden, was der deutsche Reichsprotektor, unterstützt von Gestapo, SS und tschechischen Opportunisten, billigt. Gute Bedingungen finden die tschechischen (Zwangs-)

Arbeiter nur in Rüstungsbetrieben wie etwa den Brünner Waffenwerken, die bis zum Kriegsende fast ungestört produzieren – sie liegen knapp außerhalb der Reichweite der alliierten Luftstreitkräfte. Proteste der tschechischen Bevölkerung, vor allem an Universitäten, werden niedergeschlagen, im November 1939 schließt man die tschechischen Hochschulen. In der Folge werden etliche Studentenheime zu Gestapo-Gefängnissen, die außerdem als Sammelstellen für Transporte in Konzentrationslager dienen. Unter ihnen ist auch das traditionsreiche Kaunitz-Kolleg, in dem bis zum 19. April 1945 etwa 35 000 Menschen interniert werden: Tschechen, Menschen jüdischen Glaubens, Kommunisten, Oppositionelle, darunter auch Deutsche. Nach dem tödlichen Attentat auf den stellvertretenden Reichsprotektor Reinhard Heydrich, den »Schlächter von Prag«, 1942 erreicht der Terror der Nationalsozialisten seinen Höhepunkt: SS und Polizei zerstören in Massakern ganze Ortschaften, ermorden dort fast alle Männer, transportieren Frauen und Kinder in Konzentrationslager. Bis 1945 ermorden sie 40 000 Tschechen und 69 000 tschechische Juden.

Nachdem die Rote Armee am 26. April 1945 Brünn und im Mai auch Prag besetzt hat, neigt sich die Waage zur anderen Seite. Auf Betreiben des ehemaligen tschechoslowakischen Ministerpräsidenten Edvard Beneš, der 1940 in London eine von den Alliierten anerkannte Tschechoslowakische Exilregierung gegründet hatte, werden die verbliebenen Deutschen enteignet, entlassen, entrechtet, sie dürfen nur noch manuelle Arbeit verrichten, müssen weiße Armbinden mit dem Buchstaben N (*němec* = deutsch) tragen und gelten als vogelfrei. Dabei wird nicht differenziert, ob sich jemand nationalsozialistischer Verbrechen schuldig gemacht oder Widerstand gegen Hitler

geleistet hatte. Beneš' großes Ziel, das er unter anderem bei
seiner Rede auf dem Brünner Rathausbalkon am 13. Mai 1945
artikuliert, ist die Vertreibung der damals 3,4 Millionen kollek-
tiv als »Sudetendeutsche« bezeichneten Deutschen aus seinem
Land. Die in der Folge verübten Verbrechen werden 1946 nachträglich durch eines der sogenannten Beneš-Dekrete straffrei
gestellt.

Zu diesen Verbrechen zählt auch die Vertreibung der Deutschen
aus Brünn, die als Brünner Todesmarsch in die Geschichte ein-
ging. Sie beginnt am Fronleichnamstag 1945, dem 31. Mai – also
gut zwei Monate vor dem Beschluss der Alliierten, die Deutschen geordnet aus den ehemals besetzten Gebieten auszusie-
deln. Deshalb gilt sie als »wilde Vertreibung«: ein Racheakt, bei
dem 27 000 Deutsche – damals etwa die Hälfte der Brünner
Bevölkerung – gut 60 Kilometer in Richtung Niederösterreich
getrieben werden. Organisator ist der ehemalige Gestapo-Agent
Bedrich Pokorny, durchgeführt wird die Aktion vor allem von
tschechischen Arbeitern der Brünner Rüstungsfabrik.
  Ausgangspunkt für die Vertreibung ist das Augustinerklos-
ter am Brünner Mendelplatz. Der Zug, den Revolutionsgar-
den, Partisanen und Soldaten brutal antreiben, besteht haupt-
sächlich aus Frauen, Kindern und alten Männern. Die jüngeren
Männer waren gefallen, sind noch in Kriegsgefangenschaft oder
in Arbeitslagern, unter anderem auch in der Brünner Festung
Spielberg. Während des Marsches gibt es weder Essen noch
Wasser. Wer nicht mehr gehen kann oder sich widersetzt, wird
ermordet. Zahlreiche Frauen werden vergewaltigt. Viele sterben an Erschöpfung, Hunger und Durst, später kommen Ruhr
und Typhus hinzu. Insgesamt gibt es rund 5 200 Tote. Knapp
900 von ihnen liegen in einem Massengrab bei Pohořelice

(Pohrlitz) auf halbem Weg zwischen Brünn und der österreichischen Grenze. Dort hatten sie in der Zuckerfabrik genächtigt, und viele hatten abgestandenes, verseuchtes Wasser getrunken.

Als der Menschenzug die Grenze zum sowjetisch besetzten Niederösterreich erreicht, wird diese zunächst nicht geöffnet. Nachdem die Vertriebenen eingelassen worden sind, nähern sie sich auf unterschiedlichen Wegen Wien. Viele erreichen ihr Ziel nie, sie sterben unterwegs krank und entkräftet. Gut tausend Tote des Brünner Todesmarschs sind in Niederösterreich – teils auf Dorffriedhöfen, teils in Massengräbern – bestattet worden.

Die meisten Überlebenden des Brünner Todesmarsches haben sich in Wien, Bayern und Baden-Württemberg angesiedelt. Gemeinsam mit anderen Vertriebenen bekennen sie sich zur 1950 verfassten Charta der Vertriebenen und bemühen sich, bestärkt durch die »samtene Revolution« 1989, um lebendigen deutsch-tschechischen Austausch. Die seit 2007 stattfindenden Brünner Gedenkmärsche haben mit dazu beigetragen, dass sich der Brünner Stadtrat am 70. Jahrestag des Todesmarsches 2015 offiziell für die an Deutschen begangenen Verbrechen entschuldigt und einen international beachteten symbolischen Gedenkmarsch in der Gegenrichtung des historischen Zugs von Pohořelice nach Brünn initiiert hat: eine in Tschechien bisher einzigartige Geste.

Beim Brünner Todesmarsch war mein Vater Leopold Benda zwölf Jahre alt, sein Bruder Kurt sechs. Beide Jungen haben überlebt, ebenso wie meine Großmutter Mitzi. Mein Vater hat über die Vertreibung nie gesprochen. Dass seine Großmutter, meine Urgroßmutter, dabei grausam ermordet wurde, weiß ich nur aus biografischen Skizzen seines Bruders, die mir meine Cousine Christiane Benda zukommen ließ. Ich danke ihr, ebenso wie vielen, die mich beim Schreiben ermutigt und gestärkt haben. Kurt Bendas Aufzeichnungen bilden das Rückgrat des ersten Romanteils, ebenso wie die Zeitzeugenberichte in der Dokumentation »*Němci ven!* – Der Brünner Todesmarsch 1945. Die Vertreibung und Misshandlung der Deutschen aus Brünn« des Heimatverbandes der Brünner in der Bundesrepublik Deutschland e.V. Wichtige Informationen für den zweiten Romanteil verdanke ich Büchern von Sabine Bode (*Kriegsenkel – Die Erben der vergessenen Generation*) und Peter Spork (*Der zweite Code: Epigenetik oder Wie wir unser Erbgut steuern können*). Ähnlichkeiten meiner Romanfiguren mit lebenden oder verstorbenen Menschen sind möglich, aber nicht beabsichtigt.

Stuttgart, 20. Mai 2022   *Susanne Benda*